当代浙江学术文库
DANGDAI ZHEJIANG XUESHU WENKU
浙江省社科联省级社会科学学术著作出版资金资助出版（编号：2014CBQ06）

清代《红楼梦》的图像世界

陈 骁 著

浙江工商大學出版社
ZHEJIANG GONGSHANG UNIVERSITY PRESS

图书在版编目(CIP)数据

清代《红楼梦》的图像世界 / 陈骁著. —杭州：浙江工商大学出版社，2015.6(2016.6重印)
ISBN 978-7-5178-1089-6

Ⅰ.①清… Ⅱ.①陈… Ⅲ.①《红楼梦》研究 Ⅳ.①I207.411

中国版本图书馆CIP数据核字(2015)第111743号

清代《红楼梦》的图像世界
陈　骁　著

责任编辑　任晓燕
责任校对　刘　颖
封面设计　王好驰
责任印制　包建辉
出版发行　浙江工商大学出版社
(杭州市教工路198号　邮政编码310012)
(E-mail:zjgsupress@163.com)
(网址:http://www.zjgsupress.com)
电话:0571-88904980,88831806(传真)
排　　版　杭州朝曦图文设计有限公司
印　　刷　虎彩印艺股份有限公司
开　　本　710mm×1000mm　1/16
印　　张　15
字　　数　261千
版 印 次　2015年6月第1版　2016年6月第2次印刷
书　　号　ISBN 978-7-5178-1089-6
定　　价　48.00元

当代浙江学术文库

总　序

源远流长的浙江学术，蕴华含英，是今天浙江经济社会发展的“文化基因”；三十五年的浙江改革发展，鲜活典型，是浙江人民创业创新的生动实践。无论是对优秀传统文化的传承弘扬，还是就波澜壮阔实践的概括提升，都是理论研究和理论创新的“富矿”，我省社科工作者可以而且应该在这里努力开凿挖掘，精心洗矿提炼，创造学术精品。

繁荣发展浙江学术，当代浙江学人使命光荣、责无旁贷。我们既要深入研究、深度开掘浙江学术思想的优良传统，肩负起继承、弘扬、发展的伟大使命；更要面向今天浙江经济社会的发展趋势和人文社会科学建设的迫切需要，担当起促进学术繁荣的重大责任，创造具有时代特征和地方特色的当代浙江学术，打造当代浙江学术品牌，全力服务“两富”现代化浙江建设。

繁荣发展浙江学术，良好工作机制殊为重要。我们要着力创新机制，树立品牌意识，构建良好载体，鼓励浙江学人，扶持优秀成果。“浙江省社科联省级社会科学学术著作出版资金资助项目”，就是一个坚持多年、富有成效、受学人欢迎的优质品牌和载体。2006 年开始，我们对年度全额资助书稿以“当代浙江学术论丛”（“光明文库”）系列丛书资助出版；2011 年，我们将当年获得全额重点资助和全额资助的书稿改为“当代浙江学术文库”系列加以出版。多年来，我们已资助出版共 553 部著作，对于扶持学术精品，推进学术创新，阐释浙江改革开放轨迹，提炼浙江经验，弘扬浙江精神，创新浙江模式，探索浙江发展路径，产生了良好的社会影响和积极的促进作用。

2013 年入选资助出版的 27 部书稿，内容丰富，选题新颖，学术功底较深，创新视野广阔。有的集中关注现实社会问题，追踪热点，详论对策破解之道；有的深究传统历史文化，精心梳理，力呈推陈出新之意；有的收集整理民俗习尚，寻觅探究，深追民间社会记忆之迹；有的倾注研究人类共同面对的难题，潜心思考，苦求解决和谐发展之法。尤为可喜的是，资助成果的作者大部分是我省的中青年学者，我们的资助扶持，不仅解决了他们优秀成果的出版之困，更具有促进社科新才成长的奖掖之功。

我相信，“浙江省社科联省级社会科学学术著作出版资金资助项目”的继续实施，特别是“当代浙江学术文库”品牌的持续、系列化出版，必将推出更多的优秀浙江学人，涌现更丰的精品佳作，从而繁荣发展我省哲学社会科学，充分发挥“思想库”和“智囊团”的作用，有效助推物质富裕精神富有现代化浙江的加快发展。

浙江省社会科学界联合会党组书记　郑新浦

2013 年 12 月

前　言

一

从古至今，文化研究和学术研究中图像的地位始终逊于文字，哪怕是在今天所谓的“视觉时代”，语言学的束缚也无处不在。可是在实际生活领域图像的作用不可小觑，图像与文字有互相转化的能力，这种转化也可能是一种精神领域不断循环的改造和更新。

小说图像与艺术作品不同，它的直接来源就是文字，可以说在形式上它就是文字的派生物，也从来不像艺术作品那样为人重视，如果这样一个派生物也能与作为母体的文本相互转化和更新，那么图像的价值就可见一斑了。于是我选择了《红楼梦》这部据考证是由曹雪芹写于清代乾隆年间，即公元 1735 年左右的小说。《红楼梦》本身是中国古典小说史上的杰作，在中国文学和语言学上的地位毋庸置疑，一个更重要的原因是这部小说广受喜爱，雅俗共赏。研究《红楼梦》的学问称作“红学”，“红学”一词，清嘉庆、道光年间就早有流传。自《红楼梦》诞生以来近三百年的时间里，“红学”从未间断过，而今更成为中国乃至世界文学史上的一门“显学”。“红学”研究涉及《红楼梦》的作者、版本、诗词、评点、哲学思想乃至建筑、医药、服饰、饮食、工艺等各个方面，其相关的研究论文和研究专著，可谓汗牛充栋，笔者自不必在此赘言，可以说没有哪一部小说在文字研究的领域中引起过这样的重视。但当我们把眼光投向《红楼梦》小说图像的研究时，与文学研究的浩如烟海相比简直是寥寥无几、历历可数，至今也未得到足够的重视。但另一方面，自十八世纪晚期至今，《红楼梦》小说的插图、写真、画作以及日常生活中的实物图像和视觉化产物层出不穷，几与“红学”的浩瀚可比。这是一个很有趣的现象，在同一个故事母体之下，图像与文字各自展现所长，相映生辉。这一点就很值得考察，而且作为研究客体，《红楼梦》小说在清代产生了多种图像形式，内容丰富，应有尽有。这些图像形成了清代生活中一个独一无二的《红楼梦》的虚构世界，而这个世界甚至已经能够独立于文本之外了。

汉斯·格奥尔格·伽达默尔曾说过："理解从来就不是一种对于某个所与对象的主观行为，而是属于效果历史，这就是说，理解属于被理解东西的存在。"是否我们可以将清代《红楼梦》的图像世界看作为红楼梦"普通知识"成型的阶段？我想用一个术语来定义这个过程：清代《红楼梦》集体性视觉形象集群的形成。在这里我看到了从文字到图像的转化，也看到了图像再次转化为逻辑语言意义上的"普通知识"，它们很有意思。

二

本书以清代《红楼梦》的图像世界为主要研究对象，探讨图像与文本之间的关系。首先对清代《红楼梦》的图像做了梳理和概述；然后从《红楼梦》小说文本中两处对画的直接描述起始，讨论图像对文本的再现；接着以顷间为单位探讨图像是如何打破"凝固瞬间"的束缚来展现故事的；最后以日常生活与清代《红楼梦》小说的视觉化入手，考察历史大背景下清代《红楼梦》图像世界的触发之缘，并单设一节"故宫长春宫游廊壁画考"。文章阐述了清代《红楼梦》小说文本如何转化为图像的过程并着重于受众接受的视角，对受众而言，图像与文字最终都会转变为内心所领会的感受和意义，图像和文字的统一就在于他们都是展现故事的一种能力。独立于文本之外的《红楼梦》图像世界的形成，逐渐建构起了清代《红楼梦》集体性视觉形象集群。图像世界脱胎于文本，又再次转化为人们日常生活中、逻辑语言意义上的"普通知识"，这种"文—图—文"的相互转化实际上包含了接受和解释者自我意识的历史深度。从而突破了通常意义上图像与文字的竞争、对立关系，着重于图像与文字相互之间的转化，希望重建起两者"一体无分"的亲密关系。

本书一共分为四章。第一章是清代《红楼梦》图像概论，对清代《红楼梦》的图像做了概述。清代《红楼梦》图像的这一块工作前人虽然也有过部分的搜集，但总的来讲过于笼统、也不够全面，还处于亟须梳理的阶段。清代《红楼梦》图像的梳理主要从时间维度上从清乾隆年间程甲本起始对图像分为早期和晚期两部分。而图像的分类主要是从小说与图像是否空间并存的角度来看：一是小说中的图像，二是独立于小说之外的图像，一一分别阐述。在这一章中还有关于清代《红楼梦》图像的传播方式流变的考察，小说插图其发展本身与印刷技术的发展密切相关，技术的进步和媒介的变化是图像的传播方式变化的关键原因。

第二章是从文本到图像——清代《红楼梦》文本的图像再现。主要阐述从原著小说延伸出来的图像，以小说中的图像即插图为主要研究对象，考察图像如何再现文字以及插图与文本如何共处、转换、相互作用的。从《红楼梦》小说文本中两处关于图像的文字描述谈起，比较文字与插图的关系。第二节是十二钗造型比较，主要考察图像对原典内容的取舍问题，贾宝玉和十二钗作为小说中的主要角色在插图中再现的是插图作者所选择的典型画面，但这种选择逐渐也接受受众口味的影响而最终基本成型。第三节是重构文本与图像之再生性，以双清仙馆本卷首绣像为例，考察插图对文本的重构以及图像在文本内部的文本再生。第四节是关于小说绣像插图排序的问题，以宝玉和黛玉在绣像中的位置变化为线索，考察小说受众对图像的接受和选择，以及《红楼梦》图像独立于文本之萌芽。

第三章主要从图像如何打破"凝固瞬间"束缚的角度，叙述清代《红楼梦》图像"展现故事"的能力。第一节从图像叙事的顷间开始，讨论观看者的视角和决定性顷间的内在要素，进而探讨单幅图像如何突破时间束缚。第二节考察连续图像独立完成叙事，完整"展现故事"的问题。第三节考察图像场景是如何来展现故事意境的，这是图像媒介本身用以展现故事情节的优势所在。在本章中我们主要以独立于文本以外的故事画为主要研究对象，间或涉及叙事为主的回目画，考察图像独立叙事的问题。

第四章从日常生活和清代《红楼梦》小说的视觉化这一视角入手，考察世俗生活与伤感文化、红楼仕女图源流与文人画家的生活、西洋风与民间画家等触发之缘，探讨红楼梦集体性视觉形象集群的形成，并进而成为清代红楼梦"普通知识"成型的源链接之一，得出清代《红楼梦》图像世界独立性的结果。另外单设一节从个案角度考察故宫长春宫廊内十八幅红楼梦巨幅壁画，该案例无论从日常生活史、西洋风入侵还是生成意义上都有典型价值。

最后还附录了"清代红楼梦图像大事记年"部分。以时间纵轴展现了清代红楼梦图像的大事记要，使读者对这一时期的红楼梦图像有一个大致的认识，方便阅读。

三

对红楼的迷恋从幼年时就开始了，到中学时代已经收集了不少的图谱和画册，以及红学诗词评论。记得当时购得戴敦邦《红楼梦群芳图谱》的白描画册，用三十六色淡彩铅笔悉心将其一一着色，洋洋自得。小伙伴间抢着流转赏玩，被人借去，后来遗失不见，着实心痛了好一阵子。从大学到硕士再到博士阶段，与文学专业并无交集，可是不同版本的《石头记》一直伴随书案，细细把玩。于中国美院做博士论文之际，借图像学研究的视角，将积存心间十几年的喜爱付诸笔墨之间，颇有假公济私之嫌。可也正因为如是，此文凝结了我青年时代的小儿女形态，情怀旖旎……亦倾注了多年痴爱红楼的心血结晶。

2012 年 6 月完稿后，我把此文看作人生一个阶段的结束，一个里程碑，从那时起我就再也不读《红楼梦》了，曾经日日相伴的文字忽然就不想再看了，乃至此文也一直束之高阁了三年。如今几案之上唯余道家和修真、内丹学之类的书籍，读书为学亦转向传统道家玄妙丹法这一让自己身心愉悦的方向。“沉酣一梦终须醒，心头无喜亦无悲！”我就把这本书当作青春岁月的纪念吧。

由于清代《红楼梦》图像涉及领域广泛，情况复杂。本书又尝试了图像与文字在叙事（“展现故事”）上互相转化的视角，一方面增加了研究难度，另一方面也难免谬误。这样的“试错”并非旨在寻求某个确定性的结论，而是希望能够通过对其方法、材料与观点的批判，以丰富图像研究的视角，从而开拓对文本与图像关系的认识，若能略有助益，亦可体现出本文价值所在。

书将成，顾虑自己读书太少，藏书不多。相信谬误的地方一定很多，诚望海内贤达，予以批评指正。

目 录

绪 论 学术史回顾及本课题的研究意义 …………………… 001

第一章 清代《红楼梦》图像概论 …………………… 015
第一节 清代《红楼梦》图像的时间流绪 …………………… 015
第二节 清代《红楼梦》图像的分类 …………………… 023
第三节 清代《红楼梦》图像传播形态之流变 …………………… 063

第二章 从文本到图像
——清代《红楼梦》文本的图像再现 …………………… 069
第一节 文本内部的图像
——"薄命司"金陵十二钗正册、副册、又副册和大观园行乐图 …………………… 070
第二节 插图对原典语言内容的取舍 …………………… 077
第三节 重构文本与图像之再生性
——双清仙馆本《红楼梦》绣像考 …………………… 102
第四节 宝玉和黛玉的位置:小说绣像的排序问题 …………………… 119

第三章 清代《红楼梦》图像"展现故事"的能力 …………………… 127
第一节 叙事的顷间 …………………… 128
第二节 连续图像的独立叙事 …………………… 147
第三节 图像场景对小说意境的展现 …………………… 158

第四章 独立的清代《红楼梦》图像世界 …………………… 171
第一节 日常生活与清代《红楼梦》小说的视觉化 …………………… 173

第二节　故宫长春宫游廊壁画考 …………………………………… 183
第三节　清代《红楼梦》图像世界的脱胎与转化 ………………… 200

结　论 …………………………………………………………………… 207
附　录　清代《红楼梦》图像大事年表 …………………………… 211
参考文献 ……………………………………………………………… 217
后　记 …………………………………………………………………… 225

绪　　论　学术史回顾及本课题的研究意义

一、图像与文字

关于图与文的经典性意义，18世纪中叶德国美学大师莱辛早已在他久负盛名的著作《拉奥孔》中做出了精辟的论断。对于画与诗的界限，他认为两者固然都是模仿的艺术，即处于模仿概念下的一切规律同时适用于诗和画，但是二者用来模仿的媒介和手段却完全不同，“绘画用空间中的形体和颜色而诗却用在时间中发出的声音”。亦即区分了时间艺术和空间艺术。[①]在莱辛看来：

> 全体或部分在空间中并列的事物叫做“物体”。因此，物体连同它们的可以眼见的属性是绘画所特有的题材。全体或部分在时间中先后承续的事物一般叫“情节”。因此情节是诗所特有的题材。[②]

莱辛所说的图与文都是模仿生活的艺术，这句话含义深远。后世人为的区划，使得“写作”与“绘画”分属于不同领域。今天由于视觉文化的大兴，两个领域的学者都十分关注文字与图像两者的主次、竞争与互语的问题。实际上在考虑文和图不同的时候，或许也需要思考的是文和图的统一。符号学家罗兰·巴特曾提到过“一体无分”的概念，罗兰·巴特说：

---

① 莱辛在这里所讲的诗并不是指狭义的诗歌艺术，也指一般意义上的文学艺术，这里的空间艺术“画”在莱辛看来也并不是狭义的绘画艺术，亦指一般的造型艺术。

② [德]莱辛：《拉奥孔》，朱光潜译，安徽教育出版社2006年版，第91页。

我们这部法律，溯渊源，究民事，讲思想，合科学：仰赖这部搞分离的法律，我们将书法家置于这一边，画家置于那一边，小说家安于这一边，诗人安于那一边。而写却是一体无分的：中断在在处处确立了写，它使得我们无论写什么，画什么，皆汇入纯一的文之中。……写作者，画家，书法家，一言蔽之，文的编织者，必须发挥作用。[①]

他的意思是，文和画在某种意义上是“一体无分”的，他用“中断”这个概念把两者连接在一起。罗兰·巴特所使用的表音体系的法语与中国汉字的单字表意体系不同，或许他对汉字了解也不够深入，但他的“一体无分”论却有着深刻的理论意义。在中文里，“文”这个字是与“纹”相通的。“文”既可以表示“文字”“文章”“文采”等意义，也可以表示“纹理”。一般的解释是“文”源于“纹”。《易经·系辞》上讲：“物相杂，谓之文。”即认为鸟兽之纹启发了古人的造字思维，仓颉等人因而模仿鸟兽的足迹和毛羽，用交错的线条组织成形形色色的汉字。“文”最初的形态“乂”留下了这种思维的痕迹，两道斜向交叉的线条成为所有文字和纹饰的起点：错画者，交错之画也。《考工记》曰：“青与赤谓之文。错画之一端也。错画者，文之本义。彣彰者，彣之本义，义不同也。黄帝之史仓颉，见鸟兽蹄迒之迹，知分理之可相别异也，初造书契，盖依类象形，故谓之文。”（汉·许慎《说文解字》段注）

在中国传统文化中“书画同源”的观点早为人熟知，但这往往只针对狭义的书法和传统国画艺术领域而言，江西师范大学的傅修延教授有过一篇关于青铜器上的“元书写”的文章也很有意思，这些都可以归为汉字的象形渊源与纹饰渊源一流。但当“图与文”引申理解为今天我们常常使用的术语“图像与文字”时，两者之间的理解与区别更接近于西方学科分类的认识。

“图像”这个词在汉语中出现得较晚，具有代表性的有晋代傅咸《卞和画像赋》中“既铭勒于钟鼎，又图像于丹青”和北魏郦道元《水经注·漯水》中“其神图像，皆合青石为之”两处。前者是动词，即绘制图画；后者出自一部中国古代的地理学著作，该处指的是平城南径皇舅寺西、太师昌黎王冯晋国所造的五层浮屠上的佛教神像壁画。“图像”这个词在《辞海》中的解释是：各种图形和影像的总称。

① ［法］罗兰·巴特：《文之悦》，屠友祥译，上海人民出版社2002年版，第112页。

实际上,“图像”已经成为一门新兴学科的研究对象,“图像学”作为现代视觉艺术研究、实践探索中一种全新的艺术史和艺术学的研究方法,源于19世纪欧洲美术史研究领域里发展起来的图像志研究,当时图像志是艺术史学科中的一个分支,它所关心的是艺术客体的主题内容以及题材背后延伸的深层寓意,从而自然减少了对艺术作品的形式和表现风格的关注,在这一点上同传统的艺术史研究方法背道而驰。早期的图像志研究基本都是关于宗教内容的,进入20世纪后图像志的研究领域不断扩展,与其他学科的联系日益密切,进而发展成为一种蓄势取代传统艺术史研究思路的新方法:图像学。[①] 瓦尔堡的新方法关注的是艺术研究过程中作品内容与形式的相互作用,他的目的是引导学者们吸收其他领域的研究成果,使艺术史得以纳入文化史的整体当中。

20世纪40年代,艺术史家潘诺夫斯基曾提出著名的图像学理论。潘氏将图像的阅读过程分为三个阶段:前图像志(pre-iconography)描述、图像志(iconography)分析与图像学(iconology)阐释。在前图像志阶段,观众需要对一件艺术品中出现的图像做最基本的物理事实与视觉形象的识别。它包括形式、线条、色彩、材料及其表现时所用的技术手段。只有基于这种认识,观众进一步的解读和研究才有可能。进入图像志阶段后,观众就涉及对艺术品中的图像做知识性的解释,弄清楚人物身份、故事内容、历史背景和传统脉络,以及某种表现方式所形成的、约定俗成的规范等。而图像学的阐释则代表了美术史研究的最高层次,此时,需要研究者通过利用历史和现实的各种材料,把艺术家与作品置于具体的文化环境,实现意义的互证,即从构成作品存在条件的关系网络(譬如文化、政治、经济、宗教、社会惯例、审美习惯、风俗等)中来证明作品所从属的文化世界,并重构其意义显现的方式。也就是说我们看到的形式特征并不是“纯形式”的,而是与一定社会文化意识形态息息相关。

可以说“图像”这个词引领了其后整个“视觉文化”研究的兴起。正是这一系列始于艺术史领域的研究,对“图像”一词概念的理解,从早期的指各类图形的传统寓意,即“谱像”;到贡布里希增加的新观念,他认为对图像内容的研究也应包括图像作者的实际意图,当然这就不可避免地对部分艺

① 1912年,德国的艺术史大师阿比·瓦尔堡在第10届国际艺术史大会上宣读了他的论文《弗拉拉的无忧宫意大利艺术与国际占星术》,在这篇论文中他使用了新词汇“图像逻辑”来昭示他准备倡导的一种新生的艺术研究方法,一种脱胎于传统图像志研究的研究艺术史、艺术学的新理论模式。

术形式的问题也产生了兴趣;再到"现代图像学"力图突破,将图像由"艺术"转型为"文化",即向着"视觉文化"的方向转变。图像的文化内涵显然也在超越传统概念中关于审美和艺术问题的界定,当然这种超越是以突破一般形式美思想为前提的。正因如此,图像和图像学方法已经作为全方位的文化与科学的研究解释工具而流行于当代学术界,如哲学、心理学、占星学、神学、考古学、文化人类学及民族学等等。图像一词已经被广泛采用,大有流行之势。

而与"图像"相对应的"文字"则是人类用来记录语言的古老符号系统。一般认为,文字是文明社会产生的标志。汉代许慎在《〈说文解字〉叙》中解释:"盖依类象形,故谓之文;其后形声相益,即谓之字。"依类象形,即独体,为文;形声相益,即合体,为字。清代陈澧在《东塾读书记·小学》中说:"声者象乎意而宣之者也,声不能传于异地,留于异时,于是乎书之为文字。""文字"在语言学中指书面语的视觉形式。文字在发展的早期都是图画形式的表意文字(象形文字),发展到后期,除汉字外几乎都成为记录语音的表音文字。"语言"是以语音为物质外壳,由词汇和语法两部分组成的文字符号系统;"文本"是语言的实际运用形态,在具体场合中,文本是根据一定的语言衔接和语义连贯规则而组成的整体语句或语句系统,有待于读者的阅读。[①]

文字本身是一种视觉符号,具有抽象与逻辑的理性思考形式;而图像是二维空间对于三维空间的模仿,是作用于感官与感性的,两者虽然都付诸视觉,但有阅读与观看的区别。传统社会文化中文字占有绝对的统治地位,图像不过是从属;而今天的情况似乎大有不同。正如美国学者安东尼·卡斯卡蒂所指出的:"鉴于当今的社会与物质环境,后现代主义哲学的'审美转向'已经不是多新鲜的事儿了。图像不只是无处不在——存在于任何表面之上或任何媒介之中,而且占据了一个先于'事物本身'的位置;今天的世界甚至可以用'图像先行'来定义。也就是说,图像不仅仅在时间上,而且在本体论的意义上均先于实在。"[②]当今学术研究中所谓"后现代转向"问题,在某些学者看来其实就是"图像转向"。比如作为后现代运动干将之一的斯科特·拉什就认为"现代的感受性首先是话语的",而"后现代的感受性是造型的"。[③] 在其著作《话语,图像》中写道:"利奥塔认为西方哲

---

① 来源于百度百科词条。

② [美]安东尼·卡斯卡蒂:《柏拉图之后的文本与图像》,《学术月刊》2007年第2期。

③ [斯]阿莱斯·艾尔雅维茨:《图像时代》,胡菊兰、张云鹏译,吉林人民出版社2003年版,第95页。

学是围绕着话语与图像、推论与感觉、说与看、阅读与感知、普遍与特殊之间的二元对立组织起来的。在上述每一组对立中,前者在传统上总是被赋予特权,而利奥塔则试图捍卫这些二元对立中被贬抑的一方。与许多符号学家提倡语言之优先性的做法相反,利奥塔赞成图像、形式和意象——亦即艺术和想象——对理论的优先性。"①利奥塔倡导图像优于话语,所见优于所言,同时希望图像解构文字,使图像进入话语之中并影响话语,并发展出一种绘图式的写作模式,即"以言词作画,在言词中作画"。可以想象如果利奥塔的设想更为彻底地付诸实施的话,我辈艺术类学生的博士论文应该不是由文字构成,而是以图像的参与和某种构成形式来完成的,那是多么令人兴奋的话题啊。但是图像能够独立承担这样理论性思辨的任务吗?这是一个有趣的命题,或许也是一个悖论。

相较激进的后现代主义学者的观点,相反在传统的语言学、文学和美学领域中,学者们也对文字与图像这一问题进行了大量探讨,得出的结论大都维持文字的统治地位。如:"图像不过充当了文学的工具,恰如古之'文以载道',今则'图以载文',这并不会导致文学原作有任何改变。因此,与其说现代图像技术将文学边缘化,不如说文学是在借助新媒体自我放逐。因此,对于'文学图像化'和'图像时代'的担忧和焦虑,大多属于情绪性的过度反应,缺乏学理依据。"②认为文字遭遇"图像时代",提倡"崇文抑图",捍卫语言艺术(文学)的传统优势。两派的斗争不可谓不激烈。

二、展现故事的能力

文字与图像这一古老的命题在今天重新遭遇了巨大的挑战,两者固然有区别,但真的是二元对立的命题吗?两者之间真的只有"竞争主次"和"图文互语"这两种对立关系吗?竞争主次问题我们在上文已经提到了两派学者的激烈交锋。关于图文互语问题是近来很多研究者提及的新观点,或许也可以看作是前面两派学者观点的一种调和:在语图二元对立的情势下,语言与图像或引申而去,或互补其不足,或延宕而"比德",认为图像与文字各具优势,可以互为弥补,互为解释。总之无论是"竞争主次"还是"图

① [美]道格拉斯·凯尔纳、斯蒂文·贝斯特:《后现代理论——批判性的质疑》,张志斌译,中央编译出版社 1999 年版,第 195 页。

② 赵宪章:"文学遭遇图像,是文学的不幸?"来自"叙事·符号·图像:当代文化景观三人谈"。2011 年 5 月 15 日,赵毅衡、赵宪章和傅修延三位教授齐聚江西师范大学,以"叙事、符号、图像"为切入点,采用会讲形式,探讨当下文化景观。这一段话为赵宪章教授所述。

文互语”，两类观点在文字与图像二者之间的对立地位问题上没有变化。

现在回到我们前面讲的文和图的“一体无分”的观点，两者之间是否存在着统一？统一究竟在哪里呢？我以为两者的统一在于叙事上。

叙事是什么？抛开烦琐的定义，我的理解也就是讲故事。据说 20 世纪 90 年代就有人做过这样的猜测：“讲故事的人将是 21 世纪最有价值的人。所有专业人员（包括作家、广告制作者、教师、企业家、政界人士、运动员和宗教领袖）的价值评判标准将是他们编故事吸引听众的能力有多强。”这个猜测是否已成为今天的事实大家有目共睹。虽然都是讲故事，但讲的方式多种多样，可借助的媒介也是五花八门。叙事的行为古已有之，电子媒介出现前至少也有口头、文本、图像、曲艺表演等方式。现代学术意义上的“叙事学”（narratology），即对叙事行为进行研究的学科，则迟至四十多年前才产生，此概念于 1969 年由旅居法国的保加利亚学者托多罗夫（Tzvetan Todorov）在文学研究领域中率先提出。因而叙事理论一直束缚在语言学的语境下，西方叙事学进入中国学术界较晚，大约是在 20 世纪 80 年代中期，主要用于文学批评界的借鉴，而美术领域对叙事学的引入则更晚。早期叙事学以结构主义理论为基础，旨在对文学作品的叙事行为进行形式主义的描述和分析，称经典叙事学。20 世纪 90 年代至今的叙事学不再局限于形式主义的结构研究，而发展为开放型的跨学科研究，称后经典叙事学。

图像和文字的统一就在于它们都是展现故事的一种能力，因而两者的统一不在传播者，而在于接收者也就是受众的一方。从传播者的角度来讲，写作和绘画当然是完全不同的技艺；而对受众来讲，无论是文字的叙述还是图像的展现，均转变成内心所理解和领会的感受与意义，两者的叙事最终在接收者的头脑中是没有区别的。文字叙述在阅读者的头脑中可能是一些场景和画面的想象；同样，图像展现在观看者的头脑中留下的也可能是一些逻辑性的思维片段记忆，而这些思维片段往往是必须由语言来组织的。正如罗兰·巴特所言：“历史文本是一个‘能指’的星云，而不是一个‘所指’的结构；它调动的代码无止境地显现，不可确定；各种意义系统都有可能控制这个绝对多元的文本，我们可以通过好几个入口进入其中，但任何一个入口都不能被确认为是主要入口，更不是唯一入口。”[①]诚如上文所述，叙事理论一直束缚在语言学的语境下，连“叙事”这个词本身都带有语

---

① [法]罗兰·巴特：《叙事作品结构分析导论》，《马克思主义文艺理论研究》编辑部编选：《美学文艺学方法论》（下），文化艺术出版社 1985 年版，第 532 页。

言学的特性：是一种时间上的顺序，有前后和上下文关系。“讲故事”这一说法虽然能较为清晰地表达这里的含义，但同样存在着“时间上的顺序”这一语言学特性。所以本书使用了“展现故事”这一说法，希望能较为准确地表达图像与文字的“一体无分”的统一性。

敦煌遗书中有一类作品叫作“变文”。尽管目前学术界对变文含义的理解还有分歧，但“大多数的看法，都认为变文与变相有关。也就是说，变文，作为一种文字，和另一种叫作变相的图画有不可分割的关系，两者相辅而行”[①]。“变”或“变相”用来指称图画，较早见于唐代张彦远的《历代名画记》卷三《记两京外洲寺院画壁》，其中提到了“地狱变”“真经变”“西方变”等；又提到“变相”，如“佛殿南杨契丹画涅槃等变相”“东精舍郑法士画灭度变相”等。古代中国画家画人物故事等许多作品只是用“像”“图”或“图画”等称之，可见“变相”是一种完全不同于传统故事画的类型。它是随佛教传入，用来方便佛法宣讲和帮助信众理解的一种手段。将佛经文字改编成有情节的故事画，这才用了“变”“经变”或“变相”来称呼。所谓“变相”，即是把文字之描述转化为图画。杨公骥说：“佛寺中的变相或变大多是具有故事性的图画，‘变文’是解说‘变’（图画）中故事的说明文，是‘图画’的‘传’‘赞’，是因‘变’（图画）而得名；‘变文’意为‘图文’。”[②]也就是将较难理解或有语言障碍的原经绘制成“叙事为主”的变相来方便传法和宣讲（印度传入的大乘佛法作为入世之教，以普度众生为任，信众中贩夫走卒、男女老幼不一，故事说法是佛教之无上法宝），再因为要解释这种变相，出现了变文，即注解变相中故事的说明文。变文又逐渐成了一类文学作品的形式。从：

经——经变（变相）——变文　（文——图——文）

文本和图像在佛教“展现故事以说法”的主旨之下，自然转化、畅通无碍。变文也罢、变相也罢，在佛教来讲实为一体。更有意思的是“变”这个字，古汉字往往宜小宜大，能独立表达非常完整确切的含义，我想很多内容也并非今天的西方语言学所能涵盖。

江西省社会科学院的龙迪勇研究员，有一系列关于空间叙事学的研究，虽然是从文艺学和语言学的角度展开对图像叙事的研究，但仍有很多成果和术语体系对本书的论点展开有益。如他区别了“视觉叙事”和“图像叙事”；提出文学叙事是一种时间的空间化，而图像叙事是空间的时间化这样的观点。实际上由于文字在学术研究中的绝对优势地位，在展开本书的

---

① 周绍良、白化文：《敦煌变文论文录》，上海古籍出版社 1982 年版，第 434 页。

② 杨公骥：《杨公骥文集》，东北师范大学出版社 1998 年版，第 415 页。

过程中，不得不启用大量叙事学的术语来阐述图像的问题。像“展现故事”这样的说法虽然更为亲切贴近，但的确无法进一步地深入展开，即它不是一个完善的具有逻辑性表述的术语。[①] 这也是我们在上文中已经提及的悖论。实际上在讲述图像与文字的统一问题上，并非要抹杀两者的特性差异，“一体无分”的概念在某种意义上接近于中国传统道家思想“天人同源”“一以贯之”的智慧，贯穿着朴素的整体性思考。比如在道家打坐与佛教禅定中，当修行者静定达到一定的境界，往往都能产生一些作为副产品的神通，最常见的是感官功能可以自由互换，如以耳观和以目听，这些用西方的科学（我的理解就是分科之学，通过分解来定义事物）恐怕目前还很难解释，实际上如果用图像与语言在展现故事上“一体无分”观念来类比，也并不难心领神会，“此中有真意，欲辩已忘言”。这种探索或许正可以弥补今天学术领域沿袭西方学科分类带来的纰漏。

本书所思考的角度在于：图像与文本在叙事（“展现故事”）上是如何转化的？是否存在着一定的转化模式或规律？加拿大传播学者麦克卢汉曾有过一个著名的论断：一种媒介是另外一种媒介的内容。套用在本书命题中，即图像内容是文字，文字的内容是图像，意义不变，信息不变。那么就形而下言，如何能在实践中更好地完成这种转化呢？是否存在着某种最佳的途径？

三、为什么选择清代《红楼梦》的图像

要探讨上文所提出的这些问题，最好的方法莫过于个案样本研究。这个个案需要有足够的广度和深度，在文字和图像两者的探讨上都具有延伸性；并且具有明确的界定框架。我选择了小说图像这一独特的载体来讨论以上问题。

从古至今，文化研究和学术研究中图像的地位始终逊于文字，哪怕是在今天所谓的“视觉时代”，语言学的束缚也无处不在。可是在实际生活领域，图像的作用不可小觑，图像与文字有互相转化的能力，这种转化也可能是一种精神领域不断循环的改造和更新。这也是我选择小说图像作为载体的原因。小说图像与艺术作品不同，它的直接来源就是文字，可以说在

---

① 这点如果要深入下去，就要追溯“学术论文”这种形式和“科学”这一术语的西方渊源，甚至要涉及学术体制的西方背景。这些不在本书探讨的范围之内，但在讨论图像研究的悖论时，不得不提及此处。

形式上它就是文字的派生物，也从来不像艺术作品那样为人重视。如果这样一个派生物也能与作为母体的文本相互转化和更新，那么图像的价值就可见一斑了。

其次，所谓“视觉时代”的到来，大抵是从照相术发明之后，特别是电波媒体的出现，随数字技术的兴起而兴起的。活动画面的大量出现，拍摄、复制技术与传播技术迅速发展，使得视像借助科技后来居上。这就使人产生一种错觉，即以为图像的兴盛是借助于技术手段罢了，上文所提及的“图像不过充当了文学的工具，恰如古之‘文以载道’，今则‘图以载文’”①的观点就是以此来展开的。所以本书欲选择“前视觉时代”作为观照来考察图像与文字的关系。另一方面，由于身处时代的“视觉洪流”之中，的确也很难做到有距离的审视，历史观照总需要一定的时间维度来冷静和客观吧。以上种种所以选择了清代作为框架界定。即将该小说图像的清代部分作为研究对象，而该小说在近代和当代的图像、视像部分不作为本书探讨的范围。以便剥离技术的迷雾，结论或许会更为公允些。

其三，我选择了《红楼梦》这部据证曹雪芹写于清代乾隆年间，即公元1735年左右的小说。《红楼梦》本身是中国古典小说史上的杰作，在中国文学和语言学上的地位毋庸置疑，一个更重要的原因是这部小说广受喜爱，雅俗共赏。研究《红楼梦》的学问被称作“红学”，“红学”一词，清嘉庆、道光年间就早有流传。自《红楼梦》诞生以来近三百年的时间里，“红学”从未间断过，而今更成为中国乃至世界文学史上的一门“显学”。“红学”研究涉及《红楼梦》的作者、版本、诗词、评点、哲学思想乃至建筑、医药、服饰、饮食、工艺等各个方面，其相关的研究论文和研究专著，可谓是汗牛充栋，笔者自不必在此赘言，可以说没有哪一部小说在文字研究的领域中引起过这样的重视。但当我们把眼光投向对《红楼梦》小说图像的研究上，与文学研究的浩如烟海相比简直是寥寥无几、历历可数，至今也未得到足够的重视。但另一方面，自18世纪晚期至今，《红楼梦》小说的插图、写真、画作以及日常生活中的实物图像和视觉化产物层出不穷，几可与“红学”的浩瀚相比。这是一个很有趣的现象，在同一个故事母体之下，图像与文字各自展现所长，相映生辉。这一点就很值得考察，而且作为研究客体，《红楼梦》小说在清代产生了多种图像形式，内容丰富，应有尽有。这些图像形成了清代生活中一个独一无二的《红楼梦》的虚构世界，而这个世界甚至已经能够独立于文本之外了。

---

① 参见本书第5页。

最后，上文所说的能够独立于文本之外的《红楼梦》图像世界，正是我选择这一个案的终极原因。《红楼梦》的“故事展现”是从曹雪芹笔下的文字开始的，虽然各种版本有所出入，但对于前八十回的文字，今天的我们与乾隆嘉庆年间的人看到的大致相同。但是展现在我们理解中的“故事”与当时人们理解中的“故事”是否相同呢？由于这个“故事”很不错，广受传播，后世的人很可能在年幼的时候，即看不懂小说文字的时候就看过了小说绣像、插图，听过了说书，看过了戏曲，现代人更是直接被连环画、电视剧、电影等抢先占据了。据不完全统计，1987 年拍摄完成的电视剧《红楼梦》在之后的二十年内，在省市各大电视台播放了 700 多遍。我曾在学生中做过一个有趣的小实验，我问了一个文科专业（非汉语言专业）里三个班一共 105 个同学同一个问题：“你是先看过《红楼梦》的电视剧，还是先看过小说？”他们年龄在 19～21 岁，其中有 21 个人回答既未看过电视剧，也未看过小说。其余的 84 个人都说或多或少先看过电视剧，在这 84 个人中只有 28 个人回答其后看过小说；1 个人回答先看过小说，再看电视剧。对于 21 个两者都未看过的学生做单个访谈，问题包括“你知道红楼梦的大致故事吗”“林妹妹的样子能描述吗”“贾宝玉的样子请描述下”等，嘿，这些人中的大部分都能讲出个子丑寅卯来，在人物描述上比如林黛玉很瘦，穿白衣服，哭哭啼啼；贾宝玉穿红衣服，戴块玉什么的。① 既然没看过电视剧也没看过书，他们是怎么知道这些很具体的描述性内容的呢？在百思不得其解之际，“家喻户晓”这四个字很容易地就给出了答案，而这并不是文字载体能够独立完成的任务。

在清代，读书识字的群体往往只限于贵族和士子，广大老百姓还有一些贵族人家的家眷女子大多不识字，以他们为受众群体的《红楼梦》图像、视像、戏曲、年画、日常物品大量产生，又因为他们的爱好而不断充实改变，甚至于早已脱离了文本，日积月累最终形成了清代《红楼梦》图像的独立世界。汉斯·格奥尔格·伽达默尔曾说过：“理解从来就不是一种对于某个所与对象的主观行为，而是属于效果历史，这就是，理解属于被理解东西的存在。”在其著作中他提到了“效果历史”的观点：“当我们的历史意识把自己置入各种历史的地平线时，这并不需要进入与我们自己世界毫无关系的异己世界，而是它们共同构成了一个大的地平线是内在运动

---

① 由于调查样本数未到 300 份，抽样也未见全面，不足以做为严格意义上的社会学样本作学术观点上的佐证。在这里只是作为笔者提出疑问的一个小实验，帮助大家从更广泛意义上的视角来看待这一问题。

发展而来的。"[①]是否我们可以将清代《红楼梦》的图像世界看作《红楼梦》"普通知识"成型的阶段？我想用一个术语来定义这个过程：清代《红楼梦》集体性视觉形象集群的形成。在这里我看到了从文字到图像的转化，也看到了图像再次转化为逻辑语言意义上的"普通知识"，很有意思。

除了以上四个重要的原因，笔者个人也未能免俗，二十多年来沉迷红楼一梦，收集红楼图画的爱好也帮助本书的写作完成了部分资料的收集。如今能以《红楼梦》作为博士学位论文的选题，余愿足矣。于"红学"方面，哪怕是一星半点、抛砖引玉，也是后辈小子的拳拳之心。

四、前人研究综述和本课题的研究视角

郑振铎先生早在20世纪二三十年代就开始收集《红楼梦》的图像资料。但他的工作主要是将其作为插图和古版画的资料来收集，并未对其展开专题研究。最早从事《红楼梦》图像方面专题研究的开创者是研究小说的名家阿英先生，他在1955年出版了《红楼梦版画集》（上海出版公司），1963年出版了《杨柳青红楼梦年画集》两部画集，并在1963年，即曹雪芹200周年诞辰之际，发表了《漫谈红楼梦的插图和画册》（《文物》1963年第6期）一文，开启了《红楼梦》图像研究之先河。文中阿英先生简要梳理了《红楼梦》插图的不同版本，如程甲本、荆石山民的《红楼梦散套》、改琦的《红楼梦图咏》和王希廉评本等，并扼要分析了这些插图的艺术特征。其对清代《红楼梦》图像见解之独到，收集之丰富，在《红楼梦》图像研究领域，笔者以为至今都无人能出其右。而后洪振快先生编订了《红楼梦古画录》（人民文学出版社1997年版），在选画与点评上仍遵循阿英先生的思路，对于清代《红楼梦》的图像收集更为详细齐整。陈平原先生在《看图说书——小说绣像阅读札记》（三联书店2003年版）的开篇就选择了《红楼梦》插图做三篇书说，从文学、文化和历史的角度去看小说图像。前三位先生是收集丰富资料，具开创之功；后一位先生是以文读图，乃中国人久远的读书传统：左图右史。台北的朝花美术出版社在1996年出版了王树村先生的《民间珍品图说红楼梦》，亦收集了大量清代的民间《红楼梦》图像。在图像文献整理方面，"国家图书馆古籍文献丛刊"项目下，国图文献缩微复制中心辑成

---

① 汉斯·格奥尔格·伽达默尔：《效果历史原则》，见《诠释学·真理与方法》，商务印书馆2010年版，第431页。本书此处引用的译文是甘阳的翻译，刊登于《哲学译丛》1986年第3期，甘阳用"地平线"的概念，商务印书馆本使用的是"视域"的概念，笔者以为前者更为形象。

六卷本的大型画册——《古本红楼梦插图绘画集成》，该画册收集了《红楼梦》目前所存的几乎全部清代古本插图，共收四十一种，有上千幅图像，最为齐全，可谓集大成者。但也并非没有疏漏，比如孙温绘的《全本红楼梦》就不在其中。当然《古本红楼梦插图绘画集成》作为插图集，将一些原本穿插于小说之中的图像单独截取，在观看形式上难免不同于原书。在国家图书馆的古籍善本处，基本上可以找到大部分清代的《红楼梦》类小说的刻本和印本，也有一些散藏于各地博物馆、图书馆或高校图书馆中。

陆续还有一些论文关注该领域：1993 年孙逊教授的《〈红楼梦〉绣像：文学和绘画的结缘》，主要考察部分版本流绪。其后是静轩与李芬兰，前者著文于细微处，如《〈红楼梦〉的插图艺术》（静轩，《红楼梦学刊》1997 年第 2 期）；《改琦：来自红楼梦时代的图像——改琦〈红楼梦图咏〉研究》（静轩，《红楼梦学刊》2006 年第 6 期）；《艳情人自画红楼——清代〈红楼梦〉绘画研究》（静轩，《红楼梦学刊》2009 年第 4 期）。后者为孙逊的学生，对文本插图版本做了梳理，如：《〈红楼梦〉图像传播研究》（李芬兰，上海师范大学 2006 年硕士论文）；《浅析以“程甲本”绣像为代表的〈红楼梦〉卷首木刻绣像》（李芬兰，《郧阳师范高等专科学校学报》2007 年第 4 期）。其间还出现了唯一一本针对画家的研究专著：何延喆的《改琦评传》（天津人民美术出版社 1998 年版）。

更多的是从单一史料或单类史料研究入手的，如：《卷帙浩繁 富丽精雅——旅顺博物馆藏〈红楼梦〉图册探析》（房学惠，荣宝斋 2007 年版）；《清代杨柳青〈红楼梦〉年画对原著的接受与重构》（张雯，线装书局 2011 年版）；《程甲本版画构图、寓意与其他〈红楼梦〉版画之比较》（张惠，《红楼梦学刊》2009 年第 3 期）；《〈金玉缘图画集〉序》（张庆善、杜春耕，《红楼梦学刊》2003 年第 1 期），等等。另有一些从新兴话语权的传播学或视觉文化的角度入手的，具有代表性的有：《图绘〈红楼梦〉及其“语—图”互文》（王珍，《江西社会科学》2007 年第 9 期）、《文字与图像：以〈红楼梦〉为个案的传播与接受研究》（周密，华东师范大学 2006 年硕士论文）。

由此可见，从图像入手研究《红楼梦》的比起其他红学研究来的确是寥若晨星。目前《红楼梦》图像研究的文章大多篇幅有限，涉入不深。实际上对于清代《红楼梦》图像的梳理和分类归整工作都没有完成。清代《红楼梦》图像方面的整体研究至今也未出现一部专著。

综观这些《红楼梦》图像研究的已有成果，大致从两个视角出发：一是将《红楼梦》图像作为小说中的插图，即文字的附属物来考察的。或是考察版本流绪，如颜音海的《〈红楼梦图咏〉版本比较》，版本考察严谨有度；或是考察插图功能，如陆涛的《叙事的停顿与凝视——关于〈红楼梦〉插图的图像学考察》(《红楼梦学刊》2010 年第 3 期)。相对而言这一类研究是目前《红楼梦》图像研究中较具理论性的一部分。研究者的学术背景多为文学、文艺学和美学等传统语言学领域。

第二类是将清代《红楼梦》图像作为明清版画或古本小说插图的一部分，做版画研究方面的探讨，主要使用艺术史写作方法。如郑振铎先生的《中国古代木刻画史略》(上海书店出版社 2010 年版)、何延喆的《嘉庆道光年间的仕女图》(《美术研究》1991 年第 3 期)等，都部分涉及了清代《红楼梦》的图像，研究的是版画插图史或审美的问题。而之所以没有像《西厢记》那样，出现研究《红楼梦》版画的专题讨论，实际上主要是因为处于木刻版画衰退期的清代《红楼梦》版画在整个明清版画史中的地位并不重要。所以，这类研究对于清代《红楼梦》图像仅为涉及，并未形成专题考察。

而新的几篇传播学或视觉文化研究视角的文章，还基本处于话语权和新术语使用的层面。在这种情况下，哪怕就清代《红楼梦》图像研究领域的本身而言，就还有颇多空白等待后辈学人去填补。

本课题的研究视角在上文中实际已经有所叙述，主要是围绕图像与文字在叙事(“展现故事”)上互相转化的问题来展开的。其一：考察《红楼梦》小说的文本是如何转化为图像的过程并着重于受众接受的角度，由于《红楼梦》图像和文本的统一就在于它们都是展现故事的一种能力。对受众而言，两者的叙事最终都会转变成为内心所理解和领会的感受和意义。其二：独立于文本之外的《红楼梦》图像世界的形成过程，以及图像世界再次转化为逻辑语言意义上的“普通知识”的过程。着重于图像世界的独立性以及清代《红楼梦》集体性视觉形象集群的形成。这种相互转化实际上正是图像和文字在“展现故事”上的统一，从而试图突破图像与文字的竞争和对立关系，重建“一体无分”的亲密关系。

由于清代《红楼梦》图像涉及领域广泛，情况复杂，本书注重采用图像学、传播学、叙事学、历史学、美学等多种学科的交叉运用。本课题尝试新的研究视角，一方面增加了研究难度，另一方面也难免谬误。这样的“试错”并非旨在寻求某个确定性的结论，如果能够通过对其方法、材料与观点的批判，以丰富图像研究的视角，从而开拓我们对文本与图像关系的认识，但或略有助益，亦足以体现出本书价值所在。

本书的第一章是清代《红楼梦》图像概论，对清代《红楼梦》的图像做了概述。清代《红楼梦》图像的这一块工作前人虽然也有过部分的搜集，但总的来讲过于笼统，也不够全面，还处于急需梳理的阶段。清代《红楼梦》图像的梳理主要在时间维度上从清乾隆年间程甲本起始对图像分为早期和晚期两部分。而图像的分类主要是从小说与图像是否空间并存的角度来看：一是小说中的图像；二是独立于小说之外的图像，一一分别阐述。在这一章中还有关于清代《红楼梦》图像的传播方式流变的考察，小说插图其发展本身与印刷技术的发展密切相关，技术的进步和媒介的变化是图像的传播方式变化的关键原因。概论这一部分的工作是研究开展的前提，也是文章的重要部分，目前的确还是一个尚需深入的研究领域。

本书的第二章题目为从文本到图像——清代《红楼梦》文本的图像再现。主要阐述从原著小说延伸出来的图像，以小说中的图像即插图为主要研究对象，考察图像如何再现文字以及插图与文本如何共处、转换、相互作用的。从《红楼梦》小说文本中两处关于图像的文字描述谈起，比较文字与插图的关系。第二节是十二钗造型比较，主要考察图像对原典内容的取舍问题，贾宝玉和十二钗作为小说中的主要角色在插图中再现的是插图作者所选择的典型画面，但这种选择逐渐也接受受众口味的影响而最终基本成型。第三节是重构文本与图像之再生性，以双清仙馆本卷首绣像为例，考察插图对文本的重构以及图像在文本内部的文本再生。第四节是关于小说绣像插图排序的问题，以宝玉和黛玉在绣像中的位置变化为线索，考察小说受众对图像的接受和选择，以及《红楼梦》图像独立于文本之萌芽。

本书第三章主要从图像如何打破“凝固瞬间”束缚的角度，叙述清代《红楼梦》图像“展现故事”的能力。从图像叙事的顷间开始，讨论观看者的视角和决定性顷间的内在要素，进而探讨单幅图像如何突破时间束缚。第二节考察连续图像独立完成叙事，完整“展现故事”的问题。第三节考察图像场景是如何来展现故事意境的，这是图像媒介本身用以展现故事情节的优势所在。在本章中我们主要以独立于文本以外的故事画为主要研究对象，间或涉及叙事为主的回目画，考察图像独立叙事的问题。

本书的第四章从日常生活和清代《红楼梦》小说的视觉化这一视角入手，考察世俗生活与伤感文化、红楼仕女图源流与文人画家的生活、西洋风与民间画家等触发之缘，探讨红楼梦集体性视觉形象集群的形成，并进而成为清代红楼梦“普通知识”成型的源链接之一，得出清代《红楼梦》图像世界独立性的结果。另外单设一节从个案角度考察故宫长春宫廊内十八幅红楼梦巨幅壁画，该案例无论是从日常生活史、西洋风入侵角度分析还是在生成意义上都有典型价值。

第一章 清代《红楼梦》图像概论

第一节 清代《红楼梦》图像的时间流绪

自红学诞生以来,《红楼梦》版本问题始终是红学家们关注的焦点。由于《红楼梦》成书和流传过程的复杂,造成各本来源不一,加之出现时间早晚不同,各本间残存回数有别,文字歧异众多,想搞清楚现存十几种钞本的关系已经相当困难。时至今日,《红楼梦》的版本以及与之相关的诸多问题仍然存在疑点和难点,有些甚至可能成为永远无法求得正解或共识的"公案"。目前一般文学史及相关论著将其版本分为两大系统:一是八十回抄本系统,因为大多带有脂砚斋、畸笏叟等人的批语,所以习惯上称为脂本系统;一是一百二十回刊印本系统,最早由程伟元、高鹗整理刊印,所以又称程高本或程本系统。有学者曾对《红楼梦》版本做过详细的梳理,认为脂本主要有 12 种,程本主要有 18 种,[①]但也有学者认为存在一百二十回本的事实与"八十回抄本系统"的说法相矛盾等一些问题,比如脂系的蒙府本和梦稿本为一百二十回本,似乎不宜沿用"八十回抄本系统";另外虽然学术界公认程本是以早期脂本作为底本的,但毕竟也曾在 20 世纪 90 年代初期对于"程前脂后"还是"脂前程后"的问题引发过激烈论争。所以我个人也比较认同某些学者的分法:从版本的外部特征出发,实际将其分为"抄本"和"印本"可能更加合适。[②]

清代乾隆年间红楼梦以"石头记"为题名,开始在曹雪芹的少数朋友中传阅,并逐渐以抄本的形式流传开来。现存的抄本系统中包括甲戌本、己卯本、庚辰本、列宁格勒藏本(列藏本)、有正本(戚序本)、蒙府本、南图本、靖藏本、甲辰本(又称"梦序本")、梦稿本(又名"杨藏本")、己酉本(舒序

① 魏绍昌:《红楼梦版本小考》,中国社会科学出版社 1982 年版,第 280—306 页。

② 蔡义江等:《红楼梦导读》,黑龙江教育出版社 2003 年版,第 299 页。

本）、郑藏本等等。不久，由于《石头记》这本奇书风靡一时，而手抄速度缓慢、所费时间较长，不能最快地满足读者高涨的阅读兴趣；同时手抄本价格高昂，“好事者每传抄一部（《红楼梦》），置庙市中，昂其值得数十金”①。显然不利于《红楼梦》小说的普及和传播。当时市场的巨大需求使得手抄本很快被活字印刷本所取代，这便有了一百二十回本的“程甲本”《红楼梦》的问世。程甲本和程乙本以降，印本众多。清代《红楼梦》图像正是随着《红楼梦》印本系统的问世而开始出现在世人面前的。

乾隆五十六年辛亥（1791），程伟元、高鹗在萃文书屋以木活字首次排印了一百二十回本的《红楼梦》，后世以“程甲本”“程高本”称之。其封面题作“绣像红楼梦”，扉页题“新镌全部绣像红楼梦萃文书屋”。其中绣像共二十四页，是目前可知最早出现的清代《红楼梦》图像。可以说《红楼梦》这部小说从印本出现的那一天起就和图像结下了不解之缘，这一点不容忽视。

郑振铎先生曾将清代木刻画的历史划分为“清代早期”和“清代后期”②，所谓“清代早期”是指从顺治元年至乾隆六十年（1644—1795）；“清代后期”是指从嘉庆元年到清末（1796—1911）。这主要是从清代重要木刻作品的兴衰趋势的角度来做的划分。红学研究版本方面的专家孙逊先生曾经从插图的角度将《红楼梦》印本系统做了分类，他认为大致可以分为三大阶段：一是《红楼梦》流行初期，以“程甲本”“程乙本”为代表，只有卷首二十四页或十五页绣像，没有回目画，一直绵延至同治初年：二是《红楼梦》流传中期，以道光十二年（1832）双清仙馆本为代表，有绣像六十四幅，“各配‘西厢’及花名，前人后花”，一直延续到光绪初年；三是以光绪年间上海广百宋斋铅印本和同文书局石印本为代表，既有卷首绣像，也有回目画，但印刷质量有所下降。③ 孙逊先生只是对小说印本中的插图做了版本的梳理，并未涉及清代其余的《红楼梦》图像内容。

学术界一般认为曹霑（号雪芹）于乾隆初期即开始起草《石头记》，他大约卒于乾隆二十八年癸未（1763），时书未成竟卒业。④ 因此如果对清代《红楼梦》图像做一个时间上的整体梳理，我以为清代《红楼梦》的图像基本可

---

① 程伟元：《红楼梦序》，乾隆五十六年辛亥（1791）萃文书屋活字本《新镌全部绣像红楼梦》卷首，书目文献出版社 1992 年影印本。

② 郑振铎：《中国古代木刻画史略》，上海书店出版社 2010 年版，第 161、186 页。

③ ’93 中国古代小说国际研讨会学术委员会：《’93 中国古代小说国际研讨会论文集》，北京开明出版社 1996 年版，第 360—364 页。

④ 孙楷第：《中国通俗小说书目》，上海古籍出版社 1981 年版。该文节录于朱一玄：《红楼梦资料汇编》，南开大学出版社 2001 年版，第 56 页。

以分成两个阶段：一是以“程甲本”为代表的三大木刻插图母本系统为主体的清代《红楼梦》图像传播的早期，从乾隆时期一直延续到光绪初年；一是石印术推广以后，以石印插图、画册为主体的清代《红楼梦》图像传播的晚期，这一时期《红楼梦》图像形式多样，内容极大地丰富了，从光绪时期一直到清末。

一、清代《红楼梦》图像传播的早期（约 1736—约 1874）

清代《红楼梦》图像传播的早期与雪芹先生所生活的时代较为接近，是《石头记》八十回抄本流传的主要时期，也是《红楼梦》一百二十回印本出现的时期。从乾隆时期一直延续到光绪初年，这一时期红楼梦图像的传播主要以木刻小说插图的形式出现，其中最受人瞩目的是与首个《红楼梦》印本一起出现的程甲本插图系统，该本封面题作“绣像红楼梦”，扉页题“新镌全部绣像红楼梦萃文书屋”。其中绣像共二十四图，每图占半页，附题词半页。是目前可知最早出现的清代《红楼梦》图像。“程甲本”又很快被连续修订、重印了好几次，产生了程乙本、程丙本、程丁本等多种以“程甲本”为底本的本子。这些本子主要是在文字内容上对“程甲本”进行了多次校订和补充，但在卷首木刻绣像上都承袭“程甲本”二十四页的原貌，除了相互翻刻技艺的些微差异，基本没有大的变化。此后的抱青阁刊本和东观阁刻本插图系统都承袭程本插图。另外，道光三十年《妙复轩评石头记》抄本中，太平闲人在卷首《石头记读法》中对于卷首绣像有专门的提及：“原刻绣像二十四幅，具合书意。……今改原刻加语为大板，其绣像画幅题词则照原本摹绘，以存其旧也。其有坊刻另本，绣像仅十五幅，有像无景，缺贾氏宗祠、太君、贾政王夫人、宝琴、纹绮岫烟、尤三姐、菱袭、晴雯、女乐九页，其与书中情节则大谬。”[①]太平闲人在此抄本中照原本（程甲本）“摹绘”了二十四页绣像。因而妙复选评本也属“程甲本”卷首木刻绣像系统之一。“妙复轩”是张新之的号，另号太平闲人，生平未详。抄本中加入手绘图像页，这在整个《红楼梦》抄本系统中是比较少见的。可见时人在阅读过程中尚不满足于文本，希望也能有插图绣像间之其中。

清代《红楼梦》图像传播早期的木刻插图母本系统一共有三个，除了上面所讲的最早出现的“程甲本”插图系统，还有最早约刊刻于嘉庆二十三年

① 张新之：《红楼梦读法》，见一粟编：《红楼梦卷》（第一册），中华书局 1963 年版，第 159 页。

(1818)左右的藤花榭藏板和刊于道光十二年(1832)的王希廉评双清仙馆本。

金陵藤花榭本系统,一百二十回,是继东观阁本之后,受"程甲本"影响而出现的一个刻本。其扉页题"绣像红楼梦藤花榭藏板"。其文本书字内容据东观阁嘉庆十六年本复刻,且都有重点、重圈及行间批。首程伟元序,次目录,次绣像十五页,前图后赞。图像上虽受程本影响,但无论在卷首绣像的数量还是在具体图像内容上都发生了重大变化。与所有之前的"程本系插图"都不一样,也算得上是与程本并列的典型母本之一。其后也有很多藤花榭本的翻刻本和重刻本,如耘香阁、会锦堂、聚和堂、凝翠草堂以及道光年间刊刻三让堂本等本子。

双清仙馆本系统,一百二十回,在当时此本又有好几种本子面世,名为《新评绣像红楼梦全传》(道光十二年)。有学者依据封面的不同颜色,将杜春耕先生收藏的几个本子称为"黄本""蓝本""残本",[①]另外还有北师大图书馆藏的"北师大本"、上海师范大学图书馆所藏的"上师大本"等。这些版本在插图上都是卷首六十四页绣像,人物绣像刊刻上略有细节的差异或细节的缺失,可能是翻刻过程中出现的一些误差,比如"黄本"中"薛宝琴"像,中缝"薛宝琴"缺一"琴"字等。王希廉评双清仙馆本在《红楼梦》小说的卷首绣像中是另一个重要的母本系统,绣像数量和内容上都与程本和藤花榭本大为不同。该本值得注意的还有两点:一是卷首绣像单独成册;二是在第一册的几篇序言中,有一篇《大观园图说》,纵然该本中未出现大观园图,但时人已经开始注意"大观园"的问题。该本多有翻刻和重印,如光绪二年的木刻聚珍堂本是其重要的翻刻本。

这一时期还出现了清代唯一保存至今的两种红楼戏曲的曲本插图。一是清代乾隆年间的仲振奎所编的曲本《红楼梦传奇》[②],这是清代第一个红楼梦曲本,也是第一个插图曲本。该本初刊于乾隆末期,有绿云红雨山房藏板,卷首附图两幅。二是曲本《红楼梦散套》,吴镐(1796—1820,别号荆石山民)所作,清嘉庆二十年(1815)或稍前,蟾波阁刻本。书有套数十六,每套附图两幅。

在清代《红楼梦》图像传播的早期,随着印本小说的迅速风靡,也出现了不少画家的红楼画作,特别是红楼仕女画在当时尤为流行,改琦、顾洛、费丹旭、王小某、汪惕斋等当时著名的仕女画家都画过红楼画。其中最为

---

① 孙玉明:《新评绣像红楼梦全传·卷首序言》,北京图书馆出版社2004年影印本。
② 阿英:《红楼梦戏曲集》,中华书局1978年版,第113页。

重要的是有红楼“改费”并称之说的改琦与费丹旭。两人都是嘉道年间的仕女画家，改琦是文人介入《红楼梦》绘画创作的代表人物，其作品为时人所激赏，对后世红楼人物造像影响深远。费丹旭流寓苏、杭、沪等地卖画为生，以擅长仕女见重于时，其代表作绢本《十二金钗图》现藏于故宫博物院，为清代红楼画中的精品。

另外，这一时期的日常生活中也已经出现了《红楼梦》的图像，成书于嘉庆二十四年(1819)，反映嘉庆初期北京景况的《绩都门竹枝词》(张子秋作)中就有“试看热车窗子上，湘云犹是醉憨眠”之句。可见在《红楼梦》刻本流行以后，民间艺人就已经开始将其小说图像绘制在“热车”的玻璃窗上(热车是当时北京街头用骡马拉的一种车子，车厢边上装镶玻璃，坐在其中的人可赏街景，内有火炉可取暖，所以叫热车)。民间红楼梦图像以年画为最主要的传播手段，年画作为中国特有的一种绘画体裁，是普通百姓日常喜闻乐见的艺术形式。传统民间年画多用木版水印制作，考究的还要再以人工上色。大都用于新春时张贴，装饰环境，含有祝福新年吉祥喜庆之意，故名。阿英说他所见到的《红楼梦》年画以道光年间的“绘本”为最早(见阿英《〈杨柳青红楼梦年画集〉序》)。

从乾隆晚期到光绪初年是《红楼梦》图像发展的初始阶段，图像的传播主要依赖木刻印刷技术。但对后世而言，几种重要的《红楼梦》图像母本系统都已经出现，无论是改琦的画作还是程本卷首绣像，早期《红楼梦》图像为后来者的红楼创作启发了思考，也限定了框架。这一时期画家的画册、绘本、粉本和年画等民间图像也开始出现，并延伸到日常生活中去。

二、清代《红楼梦》图像传播的晚期(约 1875—约 1911)

鸦片战争以后中国半殖民地半封建社会形态开始形成，到了清光绪时期中国半殖民地半封建社会进一步加深，西方列强入侵，社会矛盾、民族危机异常尖锐。此时新的传播技术也随着“西学东渐”而广泛加诸古老的中华大地。清代《红楼梦》图像传播的晚期主要是从光绪时期到清王朝的结束，区分图像传播的早期与晚期的主要标志是以石印术为代表的近代印刷技术的兴起。近代印刷技术是指以铅印、石印等技术为主的印刷技艺，石印术尤其有利于图像的印刷和传播。光绪四年点石斋石印书局的创办，掀起了一股石印的高潮。石印书价廉物美、印刷迅速，深受读者欢迎。这一时期在清代《红楼梦》图像传播的领域虽然还存在着木刻和石印术并存的局面，但石印术作为一股新兴的力量显然占了上风。在清代《红楼梦》图像发展的晚期，小说版本虽然在插图翻印上时有些微差异或缺页拼凑，但总的来说这一时期《红楼梦》小说插图主要有两个母本系统：其一是王希廉、姚燮合评本《增评补图石头记》，有绣像十二到十九幅，并回目插图。该本子有刊本[如光绪十八年(1892)古越诵芬阁刊本]，又有石印本(光绪二十四年、光绪二十六年上海石印本)及铅印本；其二是王、张(新之)、姚合评本《增评补像全图金玉缘》，有绣像一百二十幅，并回目插图。该本有石印本(光绪十年同文书局、光绪十五年沪上、光绪三十四年求不负斋、光绪三十二年上海桐荫轩)及铅印本。这一时期在小说插图中出现了两种新的图像形式：回目图和“大观园图”。“大观园图”是以房屋园林布局为内容展现《红楼梦》小说故事展开的空间，我以为这是一类独特的《红楼梦》图像的开始。

在第一种王希廉与姚燮(梅伯)合评本《增评补图石头记》插图母本系统中有不少版本，我们以光绪十八年(1892)古越诵芬阁铅印本为例，该本为一百二十卷本，共十六册，图像为石版插图。此本扉页题“增评补图石头记”，卷首程伟元序，次护花主人批序，次太平闲人读法附补遗、订误，次护花主人总评，护花主人摘误，大某山民总评，明斋主人总评，或问，读花人论赞，周绮题词，大观园影事十二咏，大观园图及图说，音释，次目录，次绣像，后正文。文中有圈点及批语，每回前有回目画一页，前后两幅，插图间杂于文本各回之前、之中。卷首有十九页绣像，分别为青埂峰石绛珠仙草、通灵宝玉、辟邪金锁、警幻仙子、宝玉、元春、迎春、探春、惜春、李纨、王熙凤、巧姐、秦可卿、薛宝钗、林黛玉、史湘云、妙玉、茫茫大士、渺渺真人，前图后赞。十九页绣像中有十六页为人物绣像，画面仅有人物，没有环境，人物描画比较细致。另在卷首还有一张大观园图，为白底黑线描画而成，全图将大观园中的潇湘馆、蘅芜苑、秋爽斋、紫菱洲等处房屋、景致一一展现在读者眼前，有景无人。在绣像和大观园图之外，二百四十幅回目画以《红楼梦》每联回目为题，取情节作画。由于采用了当时先进的铅活字印技术来印刷，文本书字清晰，图像应为石印，此母本系统多有版本，如光绪上海广百宋斋铅印本、光绪二十四年(1898)上海石印本，日本明治三十八年(1905)铅印本等。

第二种母本系统《增评补像全图金玉缘》的插图是以临王墀图咏为一百二十页绣像，也有多个版本，我们以现存最早的上海同文书局光绪十年(1884)石印本为例。该本为王希廉、张新之、姚燮合评本，一百二十回。为现存最早的《红楼梦》石印本小说。关于此本《增评补像全图金玉缘》的印行年代有两种说法：一粟先生认为据其扉页背面题“光绪十年甲申仲冬上海同文石印”，确定印行时间是光绪十年(1884)；也有学者依据卷首华阳仙裔序末称“光绪十四年(1888)小阳月望”，推断印行时间最早在光绪十四年(1888)，目前还未有定论。此本卷首华阳仙裔序，次目录，次太平闲人读法，护花主人批序，护花主人摘误，护花主人总评，明斋主人总评，大某山民总评，读花人论赞，或问，大观园影事十二咏，周绮题词，音释，《大观园图》及图说，次绣像，后正文。正文中有太平闲人夹评，回末还有太平闲人、护花主人、大某山民评语。此本卷首绣像有一百二十页，从绛珠仙草通灵宝玉到警幻仙姑止，除第一页上题字“愿天下有情人都成了眷属”、第一百二十页下警幻仙姑像之外，其他均为下图上赞。这一百二十幅绣像，均是临光绪八年上海点石斋本王墀绘《增刻红楼梦图咏》，后面的赞语也全部来自王墀画作刻本。卷首另还有一张《大观园图》，由白底黑线勾描而成，有景有人。而正文每回前还有一页两幅的回目画，自从石印本图像开始，结合文本的《红楼梦》卷首绣像与回目图数量大为增加。该系统中也多有翻刻和重印本，如光绪十五年(1889)上海同文书局广百宋斋藏本石印本、光绪十五年(1889)沪上石印本、光绪三十二年(1906)上海桐荫轩石印本和光绪三十四年(1908)求不负斋石印本等。

除了上述两个插图母本系统外，也有不少零星不同的插图印本，如光绪十二年(1886)铅印本《增评绘图大观琐录》，此本图像每回前的一页两幅回目画，也有异于前两个母本系统。再如光绪年间《增评补图石头记》悼红轩石印本，一百二十回，署“东洞庭护花主人评”“蛟州大某山民加评”，版心署“悼红轩原本”，卷首绣像一十八页，内容分别为青埂峰石绛珠仙草、通灵宝玉、辟邪金锁、警幻仙子、宝玉、元春、迎春、探春、惜春、李纨、王熙凤、巧姐、秦可卿、薛宝钗、林黛玉、史湘云、妙玉、茫茫大士、渺渺真人，图单面方式，绣像中只有人物，略有些许道具，没有环境背景。图像刻画细腻，与以上两个母本不同，但原书未见刊记，版本详细情况待考。再有如光绪二十六年(1900)石印本《绣像全图增批石头记》，扉页题“绣像全图增批石头记悼红轩原本钟山居士题”，背面题“光绪廿有六年庚子石印”，中缝题“增评补图石头记”。卷首同前，但其中图像独具一格。绣像为二十四页，人物绣像除警幻仙子以外，各配有赞语和花。绣像、赞语、花在同一页上，其中有六页绣像的人物、赞语、花名，和此前王希廉评双清仙馆本完全一样，另还有“薛宝钗”之“全不见半点轻狂”，“元春”之“一个仕女班头”，也与双清仙馆本中所配“西厢”句同，其余赞语和花名应属该本自创。正文中的回目画以回目为题，每四回前两页八幅。

这一时期也出现了改琦、钱慧安、徐湘雯等不少优秀的红楼仕女画家，并涌现了大量独立于文本以外的红楼画册和画家图咏，其中意义最为重大的是光绪五年(1879)淮浦居士刊刻的改琦《红楼梦图咏》，淮浦居士曾有序曰："先生在李氏所作卷册中，惟'红楼梦图'为生平杰作，其人物之工丽，布景之精雅，可与六如、章侯。光禄珍秘奇甚，每图倩名流题咏。当时即拟刻以行世，而光禄旋归道山，图册遂传于外。前年冬，予从豫章归里，购得此册，急付手民以传之。"这则序言见于由李光禄原辑、淮浦居士重编，刊于光绪五年(1879)的四卷本《红楼梦图咏》卷首。此本共有图像五十幅，除了第一幅"通灵宝玉绛珠仙草"外，全本共绘有人物图像五十五人。图以单面方式，前幅图画，后幅空白，但在图后有张问陶、王希廉、周绮等人的题咏。除了光绪五年的刻本之外，另有杭州文元堂杨耀松本。此本一经出世，为人所惊艳，后世红楼绘画和小说绣像多以此为母本，或直接翻录，或深受其影响。

另外由于近代照相石印技术的引入，无论是卷首绣像、《大观园图》，还是文本中的回目画，还是《红楼梦》图咏、画册、写真等，图画数量都大大增加，甚至《红楼梦》图像还借助刚刚兴起的新媒体(定期出版的画报)来传播。如飞影阁画报中就曾刊载过吴友如的《红楼梦十二金钗图》和周慕桥《红楼十二金钗图》。画家不需要考虑以往因木刻工艺而必须对图像所做的一些简单化处理，因而画面内容增多、布局版式多样，质量也大为提高，拓宽了《红楼梦》图像的领域。如光绪八年壬午(1882)十一月上海点石斋出版的王墀绘《增刻红楼梦图咏》照相石印本是《红楼梦》刊本中的第一个石印本，包含 120 个人物造像并选取了当时词人名家咏叹《红楼梦》中人物的诗句，诗与图对应，一诗一画。此本成为其后所刊小说本绣像的一个母版。再如光绪十四年(1888) 王钊的云声雨梦楼石印本《红楼梦写真》，依据《红楼梦》回目作画，每回绘图两幅，三十二回，共六十四幅。此本工笔精绘，取情节入画，人物众多，背景中的亭台楼阁描画细致入微，线条极为繁复，是清末《红楼梦》画册中的上乘之作。还有李鞠侪的《石头记新评》石印本，阿英先生说他所见有两种，一是光绪十年(1884)点石斋石印巾箱本，一为民国 2 年(1913)北京《黄钟日报》附张连刊本。此本是现存最早的《红楼梦》连环画集，存图 388 面(阿英说看到过 390 面)，画家在介绍故事时，加入自己对情节与人物的理解，评语有精到之处。

可以说，清代自光绪以降，石印术将《红楼梦》图像带入了惊人的繁华时代。民间画师与工匠们所创作的《红楼梦》图像在这一时期也同样达到了烂漫怒放之势，既成为人们日常生活中欣赏和审美的对象，也成为装饰和美化空间的工具。如近年来才被发现的现藏于辽宁旅顺博物馆的清代孙温绘本《石头记》画册，图画精美，气势磅礴；现藏于中国历史博物馆的清晚期民间画师所绘的巨幅设色大观园图，设色妍丽、绘工精细而不厌其烦，为现存最大、人物最多、最精美的大观园图。这一时期天津杨柳青、苏州桃花坞，还有山东潍坊等一些木刻年画作坊都出现了大量《红楼梦》年画作品。而后随着石印术的兴起，月份牌有取代年画的趋势，而《红楼梦》仍是月份牌画家们的重要取材，如周慕桥就以传统仕女画风格创作了大量《红楼梦》月份牌。另外，在清代上层贵族的日常生活中也出现了《红楼梦》图像的影子，如在光绪年间(1886)重建的颐和园长廊彩绘中就出现了展现《红楼梦》故事的图像二十幅，而故宫长春宫更是出现了十八幅以《红楼梦》为题材的巨幅设色壁画。据本书最后一章中考为光绪年间所制。[①] 长春宫为慈禧曾居住过较长时间也是最重视的宫所，作为这一时期帝国实际最高统治者的日常居所，其游廊《红楼梦》壁画意义巨大。可见在清代《红楼梦》图像传播的晚期，从平民百姓到王公贵族，乃至天子妃嫔都对《红楼梦》图像产生了巨大的兴趣，此一阶段正可谓是形成了独立于文本之外的《红楼梦》图像世界。

本节将清代《红楼梦》图像的整体分为早、晚两个时期做了时间上的简要梳理，对各时期图像上所出现的重要特征和变化予以叙述。为方便清楚地考察红楼画家和各类清代《红楼梦》图像在时间上的前后关系，特在全文最后做了一个附录：清代《红楼梦》图像大事年表。须知前人的图像作品往往是后人翻刻、翻印、临摹和创作的母本，所以时间上的梳理可以帮助我们了解各类《红楼梦》图像之间的相承相袭和互相影响的联系。当然由于清代刻印通俗小说的书坊众多，《红楼梦》小说的刻印版本也极多，也有很多版本并未收录齐全，至于文章所展现的《红楼梦》民间图像更是沧海一粟，只是择其一二重要者论之。

第二节　清代《红楼梦》图像的分类

清代《红楼梦》图像源于小说，不同时期不同行当的图像制作者以自己所擅长的手段解读、阐释、传播《红楼梦》，也造就了清代独立的《红楼梦》的图像世界的形成。清代《红楼梦》的图像从内容上来分，主要有仕女人物

① 参见本书第四章第二节。

画、故事画和反映建筑园林的大观园图三类构成。但从小说与图像是否空间并存的角度来看，清代《红楼梦》图像又可以分为两个大类：小说中的图像与独立于小说之外的图像。前者与小说文字并存一体，是小说的一部分。在读者阅读小说过程中，原著文字与图像共同展现着人物形象与故事情节；后者是独立于小说以外的图像，不再依赖于文本，而是独自展现人物与故事，给人以视觉化情节的理解和感官的享受，当然这些都要以普遍意义上社会对原著的记忆和喜爱为前提。

一、小说中的图像

中国书籍之有图，历史悠久。《易经·系辞》中载："河出图，洛出书。"叶德辉先生在《书林清话》中说："吾谓古人以图书并称，凡书必有图。"[①]所谓"文不足，以图补之；图不足，以文叙之"。图文并茂，相辅相成，是中国书籍的优良传统。在写本时代，如《汉书·艺文志》著录的《孔子徒人图法》二卷，绘孔子七十二弟子像；《汉书·术数略》著录的耿昌《月行帛图》二百三十卷；《兵书略》总记五十三卷，有图四十三卷；《隋书·经籍志》著录的《周官礼图》、梁《郊祀图》等，都是画家直接描绘在书本上的插图。

"小说"一词在我国最早见于《庄子·外物》："饰小说以干县令，其于大达亦远矣。"以"小说"与"大达"对举，是指那些琐屑的言谈，无关政教的小道理。鲁迅在《中国小说史略》中指出："案其实际，乃谓琐屑之言，非道所在。与后来所谓小说者固不同。"最初的小说是起源于以口语作为主要传播手段的神话传说。神话传说大部分也都是以口耳相传的方式在民间流传。小说作为一种叙事性文体，叙述故事是其最重要的特征。而讲说故事作为一种"说话"的技艺在中国起源很早，汉魏时有"俳优"一类的讲话人。宋元时期，随着商业的繁荣，城市的扩展，市民阶层迅速壮大。城市中普遍设立瓦舍勾栏作为"说话"的固定场所，由于说话艺人在题材内容与艺术表现手法上的多样化，形成了说话艺术的不同类型。据耐得翁《都城纪胜》说："说话有四家。一者小说，谓之银字儿，如烟粉、灵怪、传奇。说公案，皆是搏刀赶棒及发迹变泰之事。说铁骑儿谓士马金鼓之事。说经谓演说佛书。说参请谓宾主参禅悟道之事。讲史书，讲说前代书史文传、兴废争战之事。""小说"一家题材广泛，接近老百姓生活，因而最受听众欢迎，而小说的表演常常要使用"展卷长谈"的方法。在绪论中我们曾提到"变文"与"变

---

① 叶德辉：《书林清话·卷八》，上海古籍出版社 2008 年版，第 164 页。

相”的互相交融，来直观地传达抽象的佛经观念。此时“小说”也是如此，吉师老诗《看蜀女转昭君变》“翠眉颦处楚边月，画卷开时塞外云”，李贺诗《许公子郑姬歌》“长翻蜀纸卷明君，转角含商破碧云”等诗句，都讲到了用展卷配图的表演方式来烘托现场气氛，增强小说表演的吸引力。于是小说的接受对象既是听众，也成了观众。

到了南宋后期，只在瓦舍勾栏中听说话已不能满足市民的需求，这种形式毕竟要受时间地点的限制，将“说话”书面化，使之可以随身携带、随时阅览，这种愿望一旦印刷条件具备，便成为现实。以口传故事为蓝本的文字记录本，以及受说话体式影响而衍生的其他故事文本等，后世统称为“话本”。其中“小说”类逐渐演变成为话本小说即白话短篇小说；讲史、说经等类辗转演变，经过世代累积发展成为后来的白话章回小说。

明中后期，各地的私刻和书坊大量涌现，小说的刊刻繁荣旺盛，极大地推动了小说的流传和接受。小说通过发达的刻印出版系统传播，开始走进人们的日常生活。一部通俗小说如果受到市场的欢迎，各家书坊会竟相刻印，便产生了书坊之间的竞争。而运用插图的设计方案来吸引不同层次的读者是其中运用最多、最广泛的手段。明代小说插图已到了无书不图的地步。插图本小说在万历时，以建安、金陵两地最多；万历中后期至明末，杭州、苏州兴起，并以品种多、质量精而取胜；天启时，浙江湖州的闵氏、凌氏，徽州歙县的黄氏更用彩色套印技术，以提高出版物的观赏性，扩大销路。“读图看书”逐渐成为明清两代人们的欣赏习惯和阅读要求。插图成了小说的一种重要传播手段。

清代小说《红楼梦》可以说是我国古代小说的最高峰，虽非完璧却依然光芒万丈。此书尚在写作阶段就已被传抄流传，时人如痴如醉者多矣。这样一部小说在第一次被印刷时就已经是图文并茂的了。清代《红楼梦》小说中的图像有三种形式：一卷首绣像，二回目图，三大观园图。前两者是所有明清以来小说插图的共有形式，大观园图是《红楼梦》小说所独有的一种形式，用于展现小说故事所在的空间：大观园的方位布局和环境建筑。这主要与《红楼梦》小说内容的特殊性有关。另外在本节中还不得不提到一种特殊的文本插图：清代《红楼梦》曲本插图。曲本虽非小说原著文本，但从文本与图像空间并存的角度，本书仍将这一部分归属于小说中的图像来展开叙述。

（一）卷首绣像

清代《红楼梦》的第一个印刷本是乾隆五十六年辛亥程甲本，其封面题作“绣像红楼梦”，其扉页题“新镌全部绣像红楼梦萃文书屋”。戴不凡在《小说见闻录》之《小说插图》中说：“自清初以降，虽‘绣像’小说大行。而‘全像’‘出像’之制几废，其中竟罕有稍具艺术价值者。”小说插图标注名为“绣像”的做法从明代开始流行，特别是在明末到清代的通俗小说中比较常见。而之前多是使用“全相”和“全像”的说法。关于“绣像”，有学者指出绣像在插图史的早期也可以是指故事情节画，并非一定是人物图。鲁迅先生解释说：“明清以来，有卷头只画书中人物的，称为‘绣像’。”[①]万历中后期江南各地版画深受新安派风格之影响，转而为工细婉丽，时人称为“绣梓”，原意是用彩色线在布帛上制成花、鸟等图案。“绣像”一词，“绣”指绣梓，“像”指人物肖像。因而明清以来，冠名绣像的小说可以解释为：内有精美的人物画像插图的小说。清代《红楼梦》的印本小说中冠名“绣像”者皆是如此。而这些绣像在小说中的位置也是固定的：序言之后，正文之前。所以往往被称为“卷首绣像”。在清代《红楼梦》图像传播的早期，木刻的《红楼梦》小说图像主要都是卷首绣像，而冠名“增像”的则是出版商指自己的卷首绣像比前人增加了一些而已。到了晚期因为出现了回目图，虽然小说名字上不再使用“绣像”而改用“全图”，但卷首绣像的惯例和形式都依然存在。

清代《红楼梦》的卷首绣像是印本小说的一部分，按照读者阅读的顺序，读者读完序和评以后，首先看到的是绣像，早期就有十几、二十几幅，后来更多达六七十幅，甚至一百二十多幅。在笔者看到的很多善本中，整套小说中的第一册都是由序、评、赞和绣像组成，而正文从第二册开始，也有序、评、赞和大观园图及图说、目录为第一册，绣像为第二册，正文从第三册开始的。这样的方式固然是因为印制和装订的方便沿袭而来，但在客观上也使得卷首绣像具备了两个重要的特质：

一是绣像成了文本的导读。开卷之始，先认识了小说中的人物，形容面貌、衣着动作、环境背景、图赞和图像上的文字都在引导读者的思路；阅卷以后每有感触，读者往往会再回去重新观看这些绣像，则感受愈深；掩卷之时不由回顾，图像总能吸引读者的注意。而那些不识字的人也能从绣像上最大程度地理解故事。所以说卷首绣像先于文本、引导文本。

二是绣像单独成册后，实际上和独立的图咏已经十分相似，甚至前图后赞的形式也完全一样，所以晚期很多石印本的小说直接使用改琦或王墀或其他画家的图咏作品作为卷首绣像。这样一来，卷首绣像与文本之间的

---

① 鲁迅：《且介亭杂文·连环图画琐谈》，《鲁迅全集》（第六卷），人民文学出版社 1981 年版，第 22 页。

联系在空间上疏离了，具有了一定的独立性。

从图像内容上来看，清代《红楼梦》的卷首绣像当然都是以人物为中心的，都是人物画。主要通过四个方面来展现人物形象：形容面貌、衣着动作和环境背景、题词。四个方面并非都要具备，有些卷首绣像缺少环境背景或题词，或是两者皆无。各个版本的印本之间常常互相翻刻或模仿卷首绣像，画像质量上也良莠不齐，且也有翻印人物画册而为己图的，如戴不凡批评云："清代坊刻小说多小本，前附绣像多不倩人绘制，而往往以'缩放尺'自金古良之《无双谱》、上官周之《晚笑堂画传》《芥子园画传四集·百美图》诸书中剽窃翻刻者。此等图谱中之人像与小说本来毫无关系，益以缩尺既不精密，刻工又复潦草，往往成为'奇观'，亦可哈已。"[①]但总体来讲形成了几个清代《红楼梦》卷首绣像的母本系统：木刻本主要有程甲本、藤花榭本和王希廉评本（双清仙馆本）三个卷首绣像母本系统；石印术使用后主要有两个绣像母本系统，一是王希廉、姚燮合评本《石头记》系统有绣像12—19幅，并回目插图，二是王、张、姚合评本《金玉缘》有绣像120幅，并回目插图，该本绣像为临王墀图咏本；另外还有悼红轩本（《增评补图石头记》）、临改琦图咏本等一些不同于前两个系统的插图绣像系统。除临王墀图咏本与临改琦图咏本放在下文画家画册中论述外，其他几个母本系统一一图例叙述。

程甲本卷首绣像：绣像共二十四页，分别为石头、宝玉、贾氏宗祠、史太君、贾政王夫人、元春、迎春、探春、惜春、李纨贾兰、王熙凤、巧姐、秦可卿、薛宝钗、林黛玉、史湘云、妙玉、薛宝琴、李纹李绮邢岫烟、尤三姐、晴雯、女乐、僧道。此本绣像四周双边、白口、波纹曲角，无鱼尾。前图后赞，书口镌人物名。绣像中既有人物，也有环境（见图1）。

藤花榭本卷首绣像：绣像共有十五页，分别为石头、宝玉、元春、迎春、探春、惜春、李纨、王熙凤、巧姐、秦可卿、宝钗、林黛玉、史湘云、妙玉、僧道。此本绣像单边、白口、直角，无鱼尾，书口镌人物名。前图后赞。绣像较程本更为简单粗糙（见图2）。

王希廉评双清仙馆本卷首绣像（道光十二年刊本）：绣像共有六十四页，前图后花，图像页右侧配以《西厢记》词句，花页左侧题花名。此本绣像四周双边、白口、直角，单鱼尾，书口镌"红楼梦像"和人物名。绣像中只有人物，没有环境背景（见图3）。

---

① 戴不凡：《小说见闻录》，浙江人民出版社1980年版，第298页。

图 1　程伟元刊本插图原本二十　僧道

图 2　藤花榭本插图原本十四　妙玉[①]

大某山民姚评本卷首绣像(《增评补图石头记》古越诵芬阁刊光绪十八年铅印本):卷首绣像一十六页,内容分别为青埂峰石绛珠仙草、通灵宝玉、辟邪金锁、警幻仙子、宝玉、元春、妙玉、探春、惜春、李纨、王熙凤、巧姐、秦可卿、薛宝钗、林黛玉、史湘云,前图后赞。此本绣像四周双边、白口、直角,单鱼尾。书口镌"增评补图石头记"和人物名。绣像中只有人物,没有环境背景(见图 4)。

悼红轩本(《增评补图石头记》光绪年间石印本):版心署"悼红轩原本",卷首绣像一十八页,内容分别为青埂峰石绛珠仙草、通灵宝玉、辟邪金锁、警幻仙子、宝玉、元春、迎春、探春、惜春、李纨、王熙凤、巧姐、秦可卿、薛宝钗、林黛玉、史湘云、妙玉、茫茫大士、渺渺真人,图单面方式,此本绣像四周双边、白口、直角,单鱼尾。书口镌"增评补图石头记""绣像"和人物名。绣像中只有人物,略有些许道具,没有环境背景。

---

① 二图出自首都图书馆编辑《古本小说四大名著版画全编・红楼梦卷》,线装书局 1996 年版。另本书所选载插图之原古籍大多可见于国家图书馆,笔者已一一查订,但古籍图片常常不允许拍摄,扫描必须附带水印,所以退而求其次,使用已集成或选定出版的图集,主要出自《古本小说四大名著版画全编・红楼梦卷》《红楼梦古画录》和阿英的《红楼梦版画集》,也有部分直接来自古籍拍摄的图片和单独出版的画册,本章概论、载图均注明出处,此后不再赘言。

图 3　王希廉评本插图原本六：元春①

图 4　姚梅伯评本插图原本八：探春②

图 5　悼红轩本插图原本四：警幻仙子③

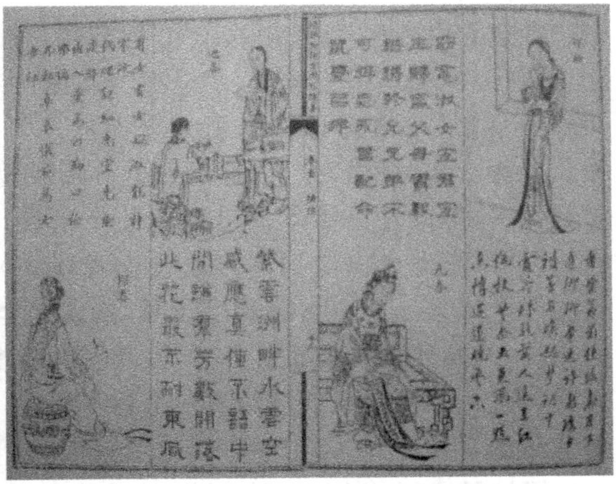

图 6　《增评加注全图红楼梦》本卷首绣像十二④

在卷首绣像的版式设计上，以单面形式、前图后赞为主，但在晚期也出现了在单页上以中轴线做划分，有一页两面左图右赞的，也有分绘上下两幅绣像并左右赞咏的，如光绪年间的石印本《增评加注全图红楼梦》卷首绣

① 图选自 1832 年双清仙馆本《新镌全部绣像红楼梦》，见《古本小说四大名著版画全编・红楼梦卷》。

② 图选自 1892 年《增评补图石头记》古越诵芬阁本，见阿英：《红楼梦版画集》，上海出版公司 1955 年版。

③ 图选自《增评补图石头记》悼红轩原本，光绪年间石印本，见《古本小说四大名著版画全编・红楼梦卷》。

④ 图选自《增评加注全图红楼梦》上海同文书局 1922 年石印本，图文据光绪十四年石印本重印，见《古本小说四大名著版画全编・红楼梦卷》。

像以王、姚评本《石头记》系统为主，又加了王墀图咏本中的部分图像，但绣像部分版式有所不同，前九页都是前图后赞，其余绣像则分绘左右两幅绣像并上下赞咏（图 6）。应是当时的刻坊主为了节约成本而为，却别有一种情趣，图文相济，颇有古版“出相”的味道。

（二）回目画

清道光以后由于石印术的普及，插图的制作变得简单快捷。之前木版画需要画家和刻工密切合作，画家的作品只有通过优秀的刻工才能传神地表现出来。石印画则不同，只需要画家绘制好插图就行了。因此小说中插图的数量大增，印制也较容易，所以故事情节图大量出现。许多出版商除了在卷首附人物绣像外，还在每回前配上一两幅故事情节画。这种情节图叫作回目图，书名也改用“全图”或“增图”的名称。在古代插图中，通常“像”专指人物插图，“图”则指故事情节图，而“全图”仅是指每回都有配图，一般一回配一至二幅图。“全图”“补图”“增像”的说法不过是书坊主为宣传书籍，用来标榜和吸引读者而已。阿英说过，有的石印本《红楼梦》，除数十幅“绣像”外，还每回加上一幅或两幅插图。根据当时印行的各种本子，可以看出图本回目图有几个系统，就是以《增评补图石头记》《增评补像全图金玉缘》《增评绘图大观琐录》及《绣像全图金玉缘》为代表的四个体系。这一类的章回插图，格式完全是按照我国明清小说插图的传统，绘本回主要人物及事件，实际上各版本回目图内容不相径庭。因而阿英说：“四个体系的章回插图虽各不相同，然也只是大同小异，表达了情节而已。”①

回目图是“全相”的一种发展，其功能主要是配合文字阅读、增强对情节的理解。但清代通俗小说中的回目图又与古代插图中的“全相”不同，古代插图中的“全相”往往采用上图下文的形式，即文本与图像在单页空间上并存。随着情节的展现，图像与文字都是不断地向下线性排列的，图文互补，阅读者边看图边读文字。而清代通俗小说中的回目图不过是以小说回目作为小说插图的标题并创作出故事情节图，放在小说章回的卷首页，即每回的文本之前，往往单回一到两幅。可以说正如卷首绣像为全书的引导，回目图也是整个章回文本的引导。在清代《红楼梦》小说中，小说回目的标题往往是回目图不可或缺的图像组成部分，一般处理成图画上的题词，有时会使用各种书法体来书写，以增加审美。

---

① 阿英：《阿英美术论文集》，人民美术出版社 1982 年版，第 148 页。

图 7-1　姚梅伯评本回目图原本第四十一回[①]

图 7-2　姚梅伯评本回目图原本第十八回

回目图作为小说情节图，往往是该回某一典型情境的展现，是这一章中的某个定格画面。清代小说回目图大多在环境绘制上较为精致，注重传统山水画的意境。将人物嵌于其中，通过人物的动作、表情、衣着来表达章回故事的情节。我们以《增评补图石头记》（光绪十八年古越诵芬阁刊铅印本）为例，该本每回绘制两幅回目图，图上留白处题写回目标题。阿英认为该本回目图格式比较清新、醒目，但人物却大体染上了清末的人物精神面貌。

在回目图的版式设计上，基本都是以单面形式、单回两幅（即回目上下联各作为一幅图像的题目），每卷四回到八回，每卷在卷首（正文之前）连续附八面到十六面的回目图为主。但笔者曾见过国家图书馆古籍处藏清末石印本蝶芗仙史评《增评加批金玉缘图说》。书中，在单面上上下左右绘制四个不同空间的画面，中间用房屋或山水云纹自然分割，也就是单面上绘制两回故事并四个题目。每卷八回，每卷首只有四面回目图。如卷七卷首其中一面为四十七回和四十八回，图上半部分右面为“呆霸王调情遭苦打”，上半部分左面为“冷郎君避祸走他乡”；下半部分右面是“滥情人情误思游艺”，下半部分左面为“慕雅女雅集苦吟诗”。全图人物多达八人，

① 图选自 1892 年《增评补图石头记》古越诵芬阁本，见阿英：《红楼梦版画集》。

其中柳湘莲出现两次。这种版式设计的方式未必是有意为之，但却使得阅读者对于故事情节颇有连环动态之感，在单幅图像中展现出故事的动态性，使得回目标题的单独指向性减弱，图像增加了观看者对整体故事情节展现的把握。

（三）大观园图

清代《红楼梦》小说插图中有一种十分特殊的插图：大观园图。此为通常明清小说所未见。这首先是因为雪芹先生将整个故事的主要空间放在了贾府的省亲花园“大观园”之中，大观园也同时是小说中主要人物的生活起居之处。其次则是由于《红楼梦》小说对大观园布局描绘的细腻与逼真，清人早已注意到这个问题。脂砚斋就对大观园的修建和布局有很多批语。红迷们对大观园布局的痴迷发展到极致便是要为大观园作记、画平面图甚至绘出真景。现存最早为之作记的是《大观园图说》一卷，有说无图，作者无考，内容无非将原著文本有关大观园的段落规整而成，“图说”结束处也自云：“谨就十七回中所载录出，间有增益，俱参全书而贯串之。但头绪纷如，良多挂漏，阅者谅焉。”[①]嘉庆二十二年（1817），范锴（苕溪渔隐）的《痴人说梦》刊行中附有“荣国府、大观园平面图”，这大约是迄今所知最早的大观园图，是标注建筑方位的图示；中国历史博物馆所藏的彩绘“清人绘巨幅大观园图”，作者已不可考，大约出自嘉庆、道光年间民间画工之手，全图以四处重要建筑为主，选取典型情节入画，人物多达 173 人，是界画和仕女图的结合，堪称巨制。但这两者皆非原著文本中的插图。

立信先生在《大观园图记》一文中提及最早出现大观园图的本子是光绪中上海广百宋斋《增评补图石头记》铅印本，其中附有《大观园总图》；同文书局石印本也附有《大观园图》，两图似根据原书情节而构，画法类似点石斋画报风格，绘制比较工细。[②] 其实早在道光十二年（1832）王希廉评双清仙馆刻本的序部分就出现了上文所讲的《大观园图说》，说明时人已经将“大观园”单独展示，只是该本并未附图。此后从光绪中叶至清末，石印或铅印的《金玉缘》或《石头记》系统的印本中大都在第一卷前言部分附大观园图和《大观园图说》，成为清代印本《红楼梦》的惯例。如同文书局本、求

① 原载《红楼梦评赞》，光绪丙子刻本，见 1979 年北京红楼梦研究室：《大观园研究资料汇编》，第 73 页。

② 立信：《大观园图记》，原载《文物》1963 年第 6 期，引用自 1979 年北京红楼梦研究室：《大观园研究资料汇编》，第 74 页。

不负斋本、王姚评本以及光绪十四年、二十六年石印本等等。其绘制的方法大多为清人根据小说《红楼梦》中所描述的大观园所绘之鸟瞰图，所谓"天上人间诸景备，芳园应锡大观名"，大部分都为界画，大都由山水和建筑构成，遵循中国传统界画的散点透视法则，分穿插人物与不穿插人物两种，以不穿插人物为多；又可分为黑线描与红线描两种。大观园图帮助读者从空间上去了解和把握小说人物所在的生活场所，逐渐成为一种自成一格的《红楼梦》图像。在脱离文本的独立图像中，大观园图也一直是年画、壁画和其他日常生活中的《红楼梦》题材图像所喜爱的选题。

图 8-1 大观园总图①

这是笔者从各种渠道所能找到的几种清代《红楼梦》古籍中的大观园图，图 8-1 和图 8-3 是比较相近的画法，具有立信先生所说的点石斋画报风格，受到一些西画技巧的影响。图 8-2 和图 8-4 两幅之间明显是翻刻或摹写的关系，四幅画都为石印图像。此类大观园图纸开页往往是书本开页的两到三倍，置于卷首序言之后，折叠其中，位置处于卷首绣像和回目图之前。

---

① 图选自光绪年间广百宋斋《增评补图石头记》铅印本，上海博物馆藏，出自 1979 年北京红楼梦研究室：《大观园研究资料汇编》。

图 8-2 大观园图①

图 8-3 《金玉缘》大观园图(穿插人物)②

图 8-4 《全图金玉缘》大观园图(红线描)③

① 图载光绪年间姚梅伯评本《增评补图石头记》铅印本,原本未见刊记,版本详细情况待考,版心也有"悼红轩原本字样",藏于国家图书馆古籍部,该图为古籍直接扫描。

② 图出自"百年·红楼梦",参见中国社会科学院文学研究所主办网站 http://hlm.literature.org.cn。

③ 图出自私人藏清末铅印评注精校《全图金玉缘》中的插图,32 开,32 册。该图为古籍直接翻拍。

(四)曲本插图

《红楼梦》小说出现之后很快得到了广泛传播,而将其改编为戏曲,搬上舞台演出则是一种非常重要的传播方式。自清中叶《红楼梦》小说流传以来,清代红楼剧目并不多,究其原因是这部文学名著故事情节不像《三国演义》《西游记》《水浒传》那样火炽、热闹和矛盾冲突激烈,入戏并不讨好。据不完全统计,在清代以《红楼梦》为题材的传奇、杂剧大约有二十种,20世纪60年代阿英先生编订了《红楼梦戏曲集》,收敷演《红楼梦》故事的清代戏曲10种,这是极为珍贵的清代《红楼梦》戏曲研究文献。阿英先生在《红楼梦版画集》的前言说明部分谈道:红楼梦小说出世不久,就有戏曲《红楼梦传奇》等书印行,附图的有荆石山民《红楼梦散套》(清嘉庆二十年,1815年蟾波阁刻本)和仲云涧的《红楼梦传奇》,所见乾隆以来红楼梦戏曲凡十余种,有图的仅此两种。[①]

《红楼梦传奇》为清代乾隆年间吴州仲振奎所编,据《道光泰州志》载:"仲振奎,字春龙,号云涧。别号红豆村樵、花史氏,生于乾隆十四年,卒年不详。"该本初刊于乾隆末期,有绿云红雨山房藏板,嘉庆己未绿云红雨山房原刊本,同治十二年(1873)友于堂有复刻本,又有光绪三年(1877)铅排本,二卷,五十六折。首河间春舟居士序,次都转宾谷夫子题辞。所谱并及前后《红楼梦》事,集中传宝玉、黛玉及晴雯三人之情。卷首均附图两幅,一为黛玉,一为晴雯。

梁廷枏在《曲话》中提到:"《红楼梦》工于言情,为小说家之别派,近时人艳称之。其书前梦将残,续以后梦,卷牍浩繁,头绪纷琐。吴州仲云涧取而删汰,并前后梦而一之,作曲四卷,始于原情,终于勘梦,共得五十六折。其中穿插之妙,能以白补曲所未及,使无罅漏,且借周琼防海事,振以金鼓,使不终场寂寞,尤得本地风光之法。"[②]认为仲云涧的作品改编得还不错。《红楼梦传奇》的作者仲振奎在《自序》中说:"壬子秋末,卧疾都门,得《红楼梦》于枕上读之,哀宝玉之痴心,伤黛玉、晴雯之薄命,恶宝钗、袭人之阴险,而喜其书之缠绵悱恻,有手挥目送之妙也。同社刘君请为歌辞,乃成《葬花》一折,遂有任城之行,厥后绿绿,不遑搦管,丙辰客扬州司马李春舟先生幕中,更得《后红楼梦》而读之,大可为黛玉、晴雯吐气,因有合两书度曲之意,亦非暇为也。"[③]所以该本插图只有女主角二人:黛玉与晴雯。而该本的

---

① 阿英:《红楼梦版画集·说明》,第3页。

② 梁廷枏:《曲话》,中国戏剧出版社1959年版,第265—266页。

③ 阿英:《红楼梦戏曲集》,第113页。

黛玉图为"葬花",与曲内容相符,也是目前所知传世最早的一幅"黛玉葬花图",是最早选择"葬花"主题来作为黛玉造型的清代图像,很有意义。

图 9-1 《红楼梦传奇》插图:晴雯[①]

图 9-2 《红楼梦传奇》插图:黛玉

《红楼梦散套》:作者吴镐(1796—1820),别号荆石山民。清嘉庆二十年(1815)或稍前,蟾波阁刻本。《曲话》对于《红楼梦散套》更是称赞有加:"近日荆石山民亦填有红楼梦散套,题止归省、葬花、警曲、拟题、听秋、剑会、联句、痴诔、颦诞、寄情、走魔、禅订、焚稿、冥升、诉愁、觉梦十六折而已,其实此书中亦究惟此十余事言之有味耳。其曲情亦凄婉动人,非深于四梦者不能也。"[②]

书有套数十六,每套附图两幅,共有图三十二幅。基本为故事情节图,相当于小说中的回目图。图为单面形式,一题两幅,正反两面为双面对图,其中的树石波纹、砖瓦建筑都是相连的,正反两面组成一个完整的场景展现。除第一套"葬花"两幅,在同一场景中黛玉出现两次外,其余对图均很好地构成了一个完整顷间,展现了出场人物的扮相位置和场景布置。而"葬花"两幅明确提示了演员表演的动作和表演的前后过程,用意态来展现人物心理,十分有意思。

① 图选自 1873 年友于堂本,参见洪振快:《红楼梦古画录》,人民文学出版社 2007 年版。
② 梁廷枏:《曲话》,第 265—266 页。

图 10-1　《红楼梦散套》"葬花"背面①

图 10-2　《红楼梦散套》"葬花"正面

图 10-3　《红楼梦散套》原本"联句"背面

图 10-4　《红楼梦散套》原本"联句"正面

---

① 图选自 1815 年蟾波阁刻本，参见洪振快:《红楼梦古画录》。

清代《红楼梦》戏曲是对《红楼梦》原著小说的改编，常常选取原著中的部分人物、情节进行改编和创作，作为以代言体叙事的戏曲文学，曲本的结构、曲辞、宾白、角色、装扮、音律等都是小说文体所没有的。曲本是戏曲表演所依据的文本，其中包括唱腔、唱词、作、念等戏曲演出的要求，因而曲本插图比起小说插图更有一重作用，即作为戏曲演员扮相、眼神、动作，戏曲场景的布置等视觉效果的样本而出现，具有实用价值。因而注重插图人物的动作、眼神与扮相的描绘，有舞台表演的趣味。另一方面，曲本插图并非来自原著文本，而是来自依编者的想法改编的文本，如仲振奎的同情黛玉晴雯、讨厌宝钗袭人，自然在曲本内容上有所体现，曲本插图展现的人物情境就与原著小说文本意境大为不同。

二、独立于小说之外的图像

独立于小说之外的清代《红楼梦》图像的出现打破了《红楼梦》图像对文本的依赖，图像成了一个独立的存在体。文本书字此时已经消失了踪影，在有些画册图像中虽然还有文字的点缀，但这些文字以纯粹为图像服务的功能而存在。如《红楼梦图咏》前幅图画，后幅题咏，有张问陶、王希廉、周绮等人的题咏，很多是对图中所绘人物的咏赞。《增刻红楼梦图咏》在每幅图像之后，有七绝题咏一首。这些题咏与《红楼梦》中情节文字已无太大关联，更多的是题词者本人对图像中人物的叹咏，正如曲本作者以自己的感受来改编原著一般。在绘本与写真中有时虽然也出现回目标题，但也不再有正文内容，回目标题成了图像的标题，而人们通过观看连续的图像来理解故事。此后出现的画报更是因时势所成，当时的石印技术物美价廉，生产大量图像并广泛传播，人们读图的热情盖过读书是必然的现象，读图不必费神，也无须太多的字，为观者带来的愉悦直接付诸感官，因此选择读图成了当时更多人的追求。有了需求就有人生产，画报一类具有一定新闻时效性的媒介也在晚清应运而生。此类画报中的《红楼梦》图像更是完全独立于原著文本，甚至趋向于“百美图”取材一类的了。而清代日常生活中的《红楼梦》图像作为独立于文本以外的图像从乾隆年间《红楼梦》小说传播之后就已经出现，虽然清政府曾多次颁布禁止小说的条款，但随着戏曲、绘本和画册的流传，无论是在民间还是内府大院直至皇宫大内，出现了无数的不同工艺的《红楼梦》年画、壁画、玻璃画、月份牌、西湖景、洋片等，还有大量物品上的图像如屏风、瓷器、绣品、橱柜等。清人对《红楼梦》喜爱之强烈都可以从那数量巨大的日常生活里的《红楼梦》图像上窥见一斑。

这些图像逐渐形成了独立的清代《红楼梦》图像世界，在展现故事上最终与文本一起完成了世人对《红楼梦》的理解。

(一)图咏与人物画册

画册是中国古代对单张图画进行合并册页装裱的一种形式，即装订成册子的图画。如明代陈继儒《书画史》云："黄玄宰寄余金笺画册十幅，有仿《西岳降灵》笔意，乃云学张僧繇也。"(《四库全书总目·艺术二·郁氏书画题跋记》)图咏是同时代文人或后辈文人对画家所完成的画作进行赏鉴之后所作的题诗咏叹。这些题诗也源于古代画家为画写作题跋的传统，据说这一方式源于苏轼。"画之题识，唐人只小字藏树根石罅。大约书不工者，多落纸背。至宋始有年月纪之，然犹是细楷一线，无书二行者。惟东坡款皆大行楷，或有跋语三五行，已开元人一派矣。元惟赵承旨犹有古风。至云林，不独跋，兼以诗，往往有百余字者。元人工书，虽侵画位，弥觉其隽雅。明之文、沈，皆宗元人意也。"(《松壶画忆》卷上)书画一体很快受到了众多画家的青睐。一代代画家为图文结合的理想方式做出了不懈的努力和探索。而在装订有图咏的画册时，往往采用前图后咏的形式，使得画家绘画作品和文人的题赞墨宝一并以册页的形式展现在观看者的眼前。当刊印书籍和绘画作品的印刷术传播后，以册页前图后赞形式的图咏画集和以画家单幅作品成集的画册就被大量印制并流行开来。而以《红楼梦》为题材的文人画作在小说刊印的初期就已经出现了，此后又出现了不少画家以人物仕女为主要形式的《红楼梦》人物画作并被辑以成册。这些《红楼梦》专门画册的出现，没有了文本书字的束缚，其图咏题词针对画作而叹；图像单独成册、自由驰骋，形成了较为独立的《红楼梦》的图像空间。

清代《红楼梦》人物画册和图咏集从内容上看是插图卷首绣像的一种发展，以仕女图为主，大部分清代《红楼梦》人物画册和图咏的画家如改琦、费丹旭、王墀、王素、徐湘雯等都是闻名一时的人物丹青好手。他们虽以同时代的通俗小说《红楼梦》为题材，但其画风、手法都属于清代仕女画技法一类。在绘画发展史上，清朝是仕女画异常发达的时代。康、雍、乾三朝以降，仕女画的创作异常活跃，朝野上下，描绘仕女的风气大开。画家往往精研入古，上追摹宋、元人画，中取明唐寅、仇英，是以清代以柔和秀逸的审美观为时所尚，《红楼梦》画作大多不出于此。今取改琦、费丹旭、王墀三人画作为叙述。

改琦：

清代著名人物画家，字伯韫，号香白、七芗，晚号玉壶外史，居松江。据

《中国美术家辞典》载："少英敏，弱冠受学，声名大起。其画精研入古，脱尽凡蹊，山水花草兰竹小品仕女皆雅秀绝俗。海内画家首推叔美七芗两君，贵人以得其仕女珍于瑰宝，有百金不能得其片楮。琦诗不多，但倚画名即使到了烟花风月之所也受欢迎。"[①]另改琦《红楼梦临本》所附《墨香居画论》简介云："琦体弱善病，能文工诗，善丹青，仕女妙绝，折枝花卉亦娟秀可爱，乾嘉中名盛一时。"[②]改琦亦取宋、元、明诸家特点，取法李公麟白描，笔法特别吸取明唐寅、仇英蕴藉雅逸的特色，形成了自己仕女画造型纤细清瘦、姿容文雅，线条飘逸简适，勾画精微、笔墨舒展的独特风格。《清史稿》则称："嘉、道后画人物，琦号最工。"秦祖永在《桐阴论画》(1864)中，把改琦的仕女画评为"妙品"，并说他"落墨洁净，设色妍雅"，是一位能脱去脂粉习气的高手。

改琦之红楼人物画为清代红楼画中的杰作，可知得传者有三种[③]：其一，《红楼梦临本》十二页，绢本。原稿朵雪轩藏，民国 4 年(1915)及民国 12 年(1923)有正书局珂罗版印本，日本兴文社版《南画大成》第七卷，亦选印其中八页；其二，《红楼梦图咏》光绪己卯(1879)淮浦居士刊刻本；其三，《红楼梦图》1915 年上海神州国光社玻璃版，共十二帧，此十二图画意与《红楼梦图咏》相似，唯三幅画题有误，特别是香菱斗草一幅，题黛玉香菱，笔者以为既与《图咏》不符，也与原著有违，令人起疑。由于改琦的作品在社会上辗转流传，四方索取，不但后学者竞相效仿，也给绘制伪作者提供了可乘之机。"玉壶名重画少，伪者迭出。"(《爱日吟庐书画续录》)以致在清代赝品就大量出现，在存世署名改琦的作品中，伪本之多相当惊人，考辨其真假也是一项颇为艰巨的任务。何延喆的著作《清代仕女画家——改琦评传》可说是一部对画家生平、交游、画作、诗稿和记载等方面较为深入的研究专著，对于其存世作品做过整理考证，在《红楼梦》画作中他也只提到了以上三种。

值得一提的是 2006 年初上海崇源艺术品拍卖公司以两百多万人民币的高价拍卖了二十四幅传为改琦所作的红楼人物画，其画绢本设色，色彩明艳，所画人物不出《图咏》，但《图咏》中绘的岫烟在拍卖图中为王熙凤；《图咏》中秦钟的背景被移到拍卖图中的惜春一幅上；而黛玉一页画意将肩

① 俞剑华：《中国美术家人名辞典》，上海人民美术出版社 1981 版，第 335 页。

② 改琦：《红楼梦临本·序》，有正书局 1923 年版。

③ 阿英、洪振快等研究《红楼梦》插图的学者和何延喆(《改琦评传》)等研究画家的学者都只承认此三种。

荷花锄与潇湘鹦鹉合二为一也是历来创作所从未有过的，最可疑的是据宝玉一幅上题识，作画时间为嘉庆丁卯(嘉庆十二年)，而收藏者所题封面册板署的是嘉庆丙寅(嘉庆十一年)，收藏时间比作画时间还早了一年。另外西泠印社出版社 2007 年出版的中国书画名家卷轴册页精品《清改琦红楼梦人物图册》十二页，绢本设色，题咏为墨本。卷首序言部分丁羲元先生直接告知"笔者所见改琦原图真迹，惜今只存十二幅"，直指该十二幅为《红楼梦图咏》刊刻本的原绘本，但未提及该本任何源流传绪。该本描绘、题诗与《图咏》较为一致，题咏多为清代花笺，较为精致古朴。但当笔者一一比较北京图书馆出版的郑振铎先生旧藏光绪五年初刻本的影印本时，发现题咏款识、书法上颇有出入。最明显的是《吟黛玉》一首，黛玉为改琦着重刻画的人物，历来最为人赏识。"西泠印社本"与《图咏》两本中题诗选择一致，为长歌《吟黛玉》，全诗三百余字，凄婉清愁，动人心魄，与画相配实为图咏之上佳之作。问题出在作者上，光绪五年刻本题的是丙子冬月孙坤，"西泠印社本"题的是春福。书法字迹先不论，同一首作品却出现了完全不同的作者。顾春福为改琦弟子，孙坤为改琦友人，均为同时代人。《图咏》题词者多为改琦故交、好友或门人，他们大多参加过上海李荀香的"吾园"雅聚，改琦更曾多次于"吾园"小住。《红楼梦图咏》从题识可知最晚 1814 年前已经绘制，李荀香以为"珍秘奇甚，每图倩名流题咏，当时即拟刻以行世"。但道光九年，李荀香和改琦相继去世，"图册遂传于外"。到道光十三年，被改琦弟子顾春福复得，顾在题记上感叹："今墓木将拱，图画易主，重获展对，漫吟成句，感时伤逝，凄过山阴闻笛矣。"①春福死后不知为何又流于南昌，光绪三年为淮浦居士购得，直到光绪五年方才出版发行。如果"西泠印社本"为《图咏》原本，那一定曾为顾春福收藏，淮浦居士难道是把那么重要的前收藏者顾春福的名字刻成孙坤了吗？这是我个人的浅见，以供方家品鉴纠正。

改琦是文人介入《红楼梦》绘画创作的代表人物。流传至今的红楼人物画虽仿作较多，且多为翻刻本和照相玻璃本，真伪难辨，但大致的绘画风貌和立意取材应与改琦原画接近，或可窥原作风貌一二。可能也是以上原因，今学者在研究中多选光绪五年淮浦居士的《红楼梦图咏》做分析，因该本常用作印本卷首绣像，流传较广，影响最大。但木板翻刻难免大失神采，清千顷堂重刊《玉壶山房词》序中云："先生独工仕女，水衣风带，别具婵娟，予于儿时学费晓楼画，先慈因以《红楼梦图咏》四卷见示，谓费氏所宗……

① 何延喆：《清代仕女画家——改琦评传》，天津人民出版社 1998 年版，第 110 页。

尽态绝妍，意境尤妙，以视石印本之图像，雅俗判霄壤矣。”独阿英钟情于《红楼梦临本》的绢本画像，将其中一幅选为《红楼梦版画集》的封面。《红楼梦临本》画共十二幅，未见画题名。作品画风严谨，人物情态含蓄，景物配补得当，具有改琦的风格。有学者根据《红楼梦临本》的绘画风格，推测其可能为改琦早年作品。[①] 但既名为临本，也有可能是清人临摹改琦红楼画的摹本，因而未敢下此断言。下图为民国4年(1915)有正书局珂罗版印本，或许能够比刻本图咏更好地体现改琦的笔意渲染。内容以人物为主，但也见故事情节，如第一幅中展现的是宝玉拜见元春的场景，应该为元妃省亲情节。还有一幅题“绣榻药炉春寂寂，离魂空向太虚游”，似描绘黛玉病榻，有后人把此图叫“潇湘惊梦”，总觉得有所不确，应该是描绘黛玉临死之情节。另外如“凸碧品笛”和“一帘花影”都好似以情节作画，与以人物绣像为主的《红楼梦图咏》明显为不同的体系。

图 11-1 《红楼梦临本》绿萼红梅[②]

图 11-2 《红楼梦临本》黛玉卧榻

《红楼梦图咏》由李光禄原辑、淮浦居士重编，刊于光绪五年(1879)，四卷本。《红楼梦图咏》卷首有淮浦居士序曰：“华亭改七芗先生琦，字伯韫，号玉壶外史，天资英敏，诗词书画并臻绝诣。来上海，下榻于李荀香光禄吾园。时光禄为风雅主盟，东南名宿咸来止之，文宴之盛，几同平津东阁。先生在李氏所作卷册中，惟‘红楼梦图’为生平杰作，其人物之工丽，布景之精

---

① 何延喆：《清代仕女画家——改琦评传》第101页。

② 改琦：《红楼梦临本》，图出自洪振快：《红楼梦古画录》。

雅，可与六如、章侯。光禄珍秘奇甚，每图倩名流题咏。当时即拟刻以行世，而光禄旋归道山，图册遂传于外。前年冬，予从豫章归里，购得此册，急付手民以传之。”①

图 12-1 《红楼梦图咏》晴雯

图 12-2 《红楼梦图咏》甄宝玉

此本共有图像五十幅，除了第一幅“通灵宝玉绛珠仙草”外，全本共绘有人物五十五人，自警幻仙子起，至甄宝玉止。选取的人物均为贾府的年轻女性，此外还有宝玉、柳湘莲、北静王等与宝玉有着相同气质的青年男性。图以单面方式，前幅图画，后幅为张问陶、王希廉、周绮等人的题咏。题咏者多为改琦故交友人，像徐渭仁、吴荣光、瞿应绍、姜皋、顾恒等多为一时名士。题咏最早的是张问陶（船山）所题“史湘云”“碧痕”“秦钟”三页，他为高鹗内弟，因张问陶死于 1814 年，所以认为《红楼梦图咏》大约在嘉庆甲戌以前已经开始并部分完成。有纪年的题咏最早是姜皋所题“通灵宝玉绛珠仙草”，为嘉庆丙子年（1816），时年改琦四十四岁。最晚的题词是评论家王希廉及其妾氏周绮所题“迎春”“元春”，时为道光己亥年（1839），此时改琦已经去世十二年。该本一出大大震动，线条飘逸简适，人物体态神情自

① 改琦：《红楼梦图咏 · 卷首序言》，郑振铎旧藏光绪五年（1879）原刊本影印，北京图书馆 2004 年版。

若、立意取材深合原著，一时无出其右。此后的画家画作或坊间刻本绣像，都无法摆脱改琦的影响。

费丹旭：

费丹旭(1796—1850)，清代著名仕女画家。字子苕，号晓楼，别号环溪生、环渚生、三碑乡人、长房后裔，晚号偶翁。擅画人物、花卉，尤精仕女。其山水画，清灵雅淡。所作肖像，“如镜取影，无不曲肖”(《中国画家人名大辞典》)。费丹旭继改琦之后誉满江左，秦祖永云：“尺幅仕女，人争宝之。”(《桐荫论画》下卷)费丹旭《依旧草堂遗稿》序言中说：“江浙四方从乞画者无虚日。”而汪曾唯《费丹旭传》中言“舟屐所经求书画者日踵至”(《依旧草堂遗稿》)。可见其当时已经是声名远播，为世人所喜爱。费丹旭和改琦同为文人画家，都有诗文集行世，也有较高的文学素养。其《依旧草堂遗稿》中收录的不少诗词是专为题咏仕女画所作的。他的红楼画作较之改琦更为浓艳，时人评价：“香艳中更饶妍雅之致。”虽然清代仕女画本就有雅、俗兼之的两重性，但重雅、重文学意趣仍然是文人们主要的趋尚。所以秦祖永在《桐荫论画》中评价费丹旭仕女画时就批评道：“此等画苟无书卷之气，未有不失之俗赖者也。”

费丹旭的红楼画作主要有故宫博物院藏《十二金钗图册》，另有五幅红楼画“黛玉葬花”“宝钗扑蝶”“惜春作画”“红楼丫鬟”“凹晶馆联吟图”作辑入《支那南画大成》(日本东京与文社昭和十年1935年珂罗版影印)。故宫博物院藏《十二金钗图册》款署“辛丑春日为兰汀大兄大人属，晓楼弟费丹旭”，钤“子苕”“丹旭”等印。鉴藏印钤“苍夫过眼”“笙鱼秘玩”“宝琅之华”等，后幅有清袁松等人跋两段，可知其作于清道光二十一年(1841)。在清代仕女画家中有“改费”并称之说，可见费丹旭的作品为《红楼梦》图作中的精品，其红楼画作无论风格技法还是立意取材都与改琦有一定的传承关系。

王　墀：

光绪年间，随着石印等先进技术的引进，木刻版画渐渐退后。石印本的《红楼梦》画册，以光绪八年壬午(1882)十一月上海点石斋照相石印本《增刻红楼梦图咏》最为先声夺人，该本在印刷上使用了彼时从西方传入不久的机器石印技术，既是红楼图史上的第一个石印本，也比我国最早发行的石印画报《点石斋画报》领先两年。王墀的《增刻红楼梦图咏》，此后一再被模仿翻印，成为小说《金玉缘》本系统的卷首绣像母本，传播广泛，影响面大。

图 13 《十二金钗图册》:黛玉局部①

王墀,号芸阶,江苏江阴人,善画人物,传神写像。所绘《增刻红楼梦图咏》,分上、下两册。上册卷首有丁培、悟痴生、高丙的序言,后自绛珠仙草通灵宝玉至警幻仙姑,共一百二十幅图像;每幅题咏七绝一首,多选取当时词人名家咏叹《红楼梦》中人物的诗句,诗与图对应。下册有青山山农《红楼梦纪略》《红楼梦广义》,读花人《红楼梦论赞》。画面以人物为主,简化了背景烘托,但所绘《红楼梦》人物范围大为扩大,既有青年女性,也有青年男性,更有年长的贾府宗族、奴仆,如贾代儒、焦大、周瑞家的、李嬷嬷等也进入了画家的创作视野。对王墀的《增刻红楼梦图咏》,卷首悟痴生序曰:"江阴王君,精绘人物,尝制图自林宝以下正副金钗,旁及贾氏宗支,巾帼须眉,皆能神似,凡百有二十帧,什袭有年,并裒集吴中名流题咏之什以附其后。"卷首丁培序言则提到了改琦:"澄江王芸阶先生精于六法,而仕女尤擅长,得周昉神理,爱读是书,爰将书中诸美,分绘百二十图,各系以事,视七芗几倍之,其心力可谓挚且勤矣……是书事则旖旎温柔之,则微显志晦,尤足以移情者乎?吾知是书之精神藉图而益永其传,而芸阶绘事之精能亦皆是书而其名并传,相得益彰,是可喜已。"②王墀始终与改琦比较,书名也是在《红楼梦图咏》上加了"增刻"二字,认为比改琦红楼人物画最大的长处就是数

① 图选自费丹旭:《十二金钗图册》,出自洪振快:《红楼梦古画录》。

② 见王墀:《增刻红楼梦图咏》卷首,光绪八年(1882)上海点石斋照相石印本,共两册。

量成倍增加。

虽然名为“增刻”，但实际使用的是石印技术，该技术可以真实展现画家绘画作品，印刷速度快，价格低廉，因此可以大量绘制图画而不受刻工成本等制约，自此以后红楼人物画的数量大增。但也就是因为批量生产，所以绘图不够精致，序言中“皆能神似”这样的话不过是广告宣传。一百二十幅中大半仕女人物面目相近，只动作略有变化而已，随意增添些陈设花草，也未取人物典型情节画面，如无题名根本无法区分谁是谁。比之前人，胜的恐怕也只有数量而已。比如“焦大”一幅，只要是稍微熟悉《红楼梦》的人，一提到“焦大”都会想到焦大骂宁府后继主子们的肮脏丑态后被绑马厩一节，这简直是描绘焦大最典型也是唯一的情节。但王墀画了一个神情安逸知足的老头坐在桌前倒茶喝，简直是风马牛不相及。可见随着数量的增加质量亦大大下降了，这也的确是世事不变的常理啊。

图 14 《增刻红楼梦图咏》姽婳将军、尤三姐①

从《红楼梦》画册作为独立于小说之外的图像空间这一角度来看，图像虽然与原著文本分离开来，但二者并没有截然割裂，清人有云：“画家写仕

① 王墀：《增刻红楼梦图咏》，上海书店出版社 2006 年版。

女之图，每作浣纱、拜月、出塞、醉酒等四大美人，而不加以补景，设无小说预为说明，则所画者亦不过如雕刻石像，徒见其具体之美观而已，又安足耐人寻味哉?”画册这一形式虽然已经脱离了文本，但由于有文字为依托，图像可以让人记忆起阅读时的片段，并通过图像完整地体会故事的意境，如临其境，感同身受，给人带来无尽的韵味，往往为清代文人案头清玩。由文学绣像逐渐走向专门人物画册，图像逐渐脱离了对文本的依赖，这一变动之中彰显了丰富的故事信息。

(二)绘本与写真

《红楼梦》画册还有另一种形式：绘本。绘本不同于以仕女人物画形式出现的文人图咏，而是画家针对小说故事内容，通过各种形式的手绘，力图使用系列图像来完整展现故事的情节绘制图，有点类似于古代“变相”使用图像来展示动态的情节。绘本的出现本身就是《红楼梦》小说普及通俗化的表现，正是因为小说的流行风靡，才使得作品超越文人清赏的层面，而进入更广泛意义上的群体，这也是《红楼梦》小说雅俗共赏的特性使然。绘制这些绘本的以民间画师为主，或是达官贵人聘请来绘制成册作为秘府赏玩，或是为《红楼梦》戏曲、年画、壁画的流行而制作的粉本，画家手绘本也与同时发展起来的小说回目插图互为借鉴和摹本。

绘本有多种称谓，如彩绘本、粉本和写真。彩绘本是使用中国传统国画技法彩绘的画册。写真是全绘本的意思，故事情节更为具体翔实，是连环画的雏形。“粉本”是指中国古代绘画施粉上样的稿本。唐代朱景玄所著的《唐朝名画录》中曾记载吴道子的故事：吴道子曾在大同殿中画嘉陵江三百余里山水，一日而毕，玄宗问其状，奏曰：“臣无粉本，并记在心。”元代夏文彦《图绘宝鉴》曰：“古人画稿谓之粉本。”其法有二：一是用针按画稿墨线密刺小孔，把粉扑入纸、绢或壁上，然后依粉点作画；二是在画稿反面涂以白垩、土粉之类，用簪钗按正面墨线描传于纸、绢或壁上，然后依粉痕落墨。而后人引申为对一般画稿的称谓，如戏曲扮相粉本、年画粉本、壁画粉本等等，指画稿的样本。今取有典型意义的汪圻、孙温和王钊三家绘本为叙述。

汪惕斋手绘《红楼梦粉本》：

一九八八年八月，京城著名红学文献收藏家杜春耕先生在上海古籍书店意外购到了清人汪圻绘的《红楼梦》十二册页粉本。该本为八开，封面为墨缎底上饰银白花纹，彩画十二幅，色色簇新。第一幅：“潇湘馆春困发幽情”，取材于小说第二十六回；第二幅：“薛宝钗羞笼红麝串”，取材于小说第二十八回；第三幅："撕扇子作千金一笑"，取材于小说第三十一回；第四幅："绣鸳鸯梦兆绛云轩"，取材于小说第三十六回；第五幅："秋爽斋偶结海棠社"，取材于小说第三十七回；第六幅："栊翠庵品茗"，取材于小说第四十一回；第七幅："琉璃世界白雪红梅"，取材于小说第四十九回；第八幅："勇晴雯病补雀金裘"，取材于小说第五十二回；第九幅："寿怡红群芳开夜宴"，取材于小说第六十三回；第十幅："群钗放风筝"，取材于小说第七十回；第十一幅："寒塘渡鹤影"，取材于小说第七十六回；第十二幅："双玉听琴"，取材于小说第八十七回。在第十二幅画的右下角钤有"惕斋"二字朱文印。

图 15 《红楼梦粉本》第五幅：秋爽斋偶结海棠社[①]

惕斋即汪圻之号。据《扬州画苑录》记载：汪圻生于 1776 年，晚于改琦二年；卒于 1840 年。汪圻字甸卿，号惕斋，安徽人，生于江苏扬州。他是清代著名诗人汪三屏之弟，幼师魏小眠，后趋时稍变其法。他工于仕女，以美丽工整、布置细致著称于世。清道光中叶，汪圻画大行其道，史载曾有钟司马浥云出四百金延请，却被汪圻断然拒绝。[②] 其手绘的《红楼梦粉本》设色清丽，人物纤细柔美，意境淡雅，展现故事情节含义隽永，注重人物动态姿势，是清代《红楼梦》绘本中的精品。

---

① 图选自《红楼梦粉本》，参见洪振快：《红楼梦古画录》。

② 胡文彬：《汪惕斋手绘红楼梦粉本·卷首序言》，中国书店 2004 年影印本。

孙温彩绘本《石头记》:

现藏于辽宁旅顺博物馆的清·孙温绘本《石头记》画册,近年来才由该馆馆长刘广堂先生发现,并开始着手进行整理研究工作。一经发表立刻引起红学界的关注,2004 年 9 月清代孙温绘本《石头记》画册在国家博物馆公开展出,几乎同时作家出版社出版了此套绘本,并定名为《清·孙温绘全本红楼梦》,其绘本数量之巨大、彩绘之精美、故事情节之动人,在中国、日本、韩国等汉文化圈里都引起了很大的震动。实际上孙温绘本第一册第一页上所粘题签为"石头记大观园全景",因而称其为《石头记》比较符合原意,另外孙温绘本也并不完全,有一册未绘,所以笔者也赞同刘心武先生的观点,认为称其为《清·孙温绘全本红楼梦》并不合适,因而本书此后都使用"孙温绘本《石头记》"这一提法。

孙温其人画史方志未载,具体来历还需考证。刘广堂先生根据画上题署考证出,孙温,字润斋,号漫阳居士,其斋号为白云山馆、沁香吟馆,生于嘉庆二十三年,即 1818 年,经历了嘉庆、道光、咸丰、同治、光绪等好几个朝代,卒年不详。他画这套画,大约在同治六年(1867)就开始酝酿、着手,直到光绪二十九年(1903)才大体竣工,前后有 36 年之久,而其中大多数画幅完成于 1884 年至 1891 年这七年之间。

孙温绘本《石头记》为推篷装①,共二十四册,其中一册空白,其余二十三册各有画面 10 开,总计 230 开,绢本,画心纵 43.3 厘米,横 76.5 厘米,浅蓝色花绫镶边,米黄色洒金绢包木板封面,画册无题签、无题跋。全册采用工笔重彩,以大观园全景作为开篇,画面鸟瞰构图,将大观园诸多景致悉数入画,红墙黄瓦、亭台楼阁、绿树山石,一览无遗。从第二开画面开始,依次描绘出一百二十回本《红楼梦》的故事情节,从第一回"甄士隐梦幻识通灵"至第一百二十回"贾雨村归结红楼梦"结束。每个章回所用的画幅数量不尽相同,显示了作画者对原著情节的取舍和理解。

画面在前八十回和后四十回上有明显差异,前八十回人物俊俏、线条细腻、画风柔美,画面以绿色为主基调;而后四十回人物比例偏大,表现手法相对粗犷些,整体改用一种赭黄色的调子,应非出自同一人手笔。据刘广堂先生在该本出版的序言中讲,全本主要由孙温构思和绘制,并由孙允谟参与完成。全图绘有山水人物、亭台楼阁、花卉树木、珍禽走兽、舟车轿舆、鬼怪神仙、家具陈设及博古杂项等,几乎涵盖了所有传统绘画经常表现的内容,图中绘有各种人物多达 3700 余人,人物造型纤长、服饰刻画细致,人

① 古代图册的一种装裱形式,上下翻页的为推篷装,左右翻页的为蝴蝶装。

图 16　孙温彩绘本《石头记》第一册一:石头记大观园全景[①]

物面部的眉毛、眼睑、发丝都细致入微。傅色淡雅、纤秾皆宜,线条细腻、画风柔美,是传统界画与人物画的完美结合。建筑布局已经受到西画透视法的影响。另外,绘本中还存有"画中画""画中书"现象。其故事情节与原著基本相同,但画家在画面构图、人物活动、环境选择和景物设置等方面进行了再创作,融入了自己的生活体验,其中绘画涉及山水、人物、花鸟,大多是假托赵孟頫、文徵明、唐伯虎、郑板桥等元代到清代的名人画家的手笔。书法则用行书、楷书或隶书抄录了唐代至清代著名文人的诗、词、赋、联,书写格式和顺序也因空间的大小、纵横排列的位置不同而随意变化,有的甚至是"移花接木"。画作者本人对《红楼梦》小说的理解领会似乎很深,并且愿意慢工出细活,差不多从五十岁起一直画到八十五岁,似乎是把他的生命完全投入这套画的创作,可见为其心血之结晶,堪比雪芹先生的"披阅十载,增删五次",是清代《红楼梦》图像中名副其实的瑰宝。

王钊所绘《红楼梦写真》:

清末印刷技术迅速发展后出现了"回回图",即回目图。在"回回图"的影响下,有人利用章回小说的回目做文字说明,逐章绘图,而成为一种以独立形式出版的画册,被称为连环图画,"连环"两字显示了该种绘画的动态展现故事的特性。1899 年文益书局首先出版了一种由朱芝轩绘的石印连

① 图选自旅顺博物馆:《清 · 孙温绘全本红楼梦》,作家出版社 2007 年版。

环画《三国志》，有200多幅画面，是我国最早的连环画册。1908年时，文益书局又出版了一部由郭文英绘的连环画《三国志》，也有200多幅画面。[①]而在此之前，光绪十四年（1888）王钊所绘《红楼梦写真》的画册可算是连环画的早期雏形。

王钊，字毅卿，号挥云馆主。现存《红楼梦写真》为云声雨梦楼石印本，一册，依据《红楼梦》回目作画，每回绘图两幅，共三十二回，六十四幅，其形式与今天的连环画比较相似。卷首有汪厚卿、蔡晋伯、刘豁公题字，其中多幅图画有俞樾的印章，由于在部分画作上署有"古吴毅卿王钊"，可知王钊乃苏州人，但可惜画史上并无相关记载。此本工笔精绘，情节选择合理，人物众多，背景中的亭台楼阁描画细致，线条流畅细腻，意境飘逸恬淡，有古典版画之遗风，是清末《红楼梦》石印绘本中的上乘之作。

图17-1　《红楼梦写真》第五回上：贾宝玉神游太虚境[②]

（三）画报

清末上海徐家汇天主教堂开始采用石印技术定期印制宗教宣传读物，英商美查遂于光绪十年（1884）创办了《点石斋画报》，画报采用中国画法、

① 朱国荣：《中国美术之最》，上海书店出版社2005年版，第85页。

② 图选自王钊：《红楼梦写真》，参见《古本小说四大名著版画全编·红楼梦卷》。

定期出刊发行，具有一定的新闻时效性，此后画报这一形式在中国逐渐风行。“画报之行，欧洲各国皆有之。曩年尊闻阁曾取而译之，印售于人。其卷中有纪英太子游历印度诸事，与五印度各部风尚礼制之异同，极详且备，乃印不数卷，而问者寥寥，方慨人情之迂拘，将终古而不能化。而孰意今之画报出，尽旬日之期，而购阅者不虑数千万卷也。噫，是殆风气之转移，其权固不自人操之，抑前之仿印画为西国画法，而今之画则不越乎中国古名家之遗，见所习见与见所未见，固有不同焉者欤？”①开始的时候，美查将西方的画报直接取来在中国印刷出版，但中国读者一时难以接受这样一种新形式，尤其对于西方的绘画不感兴趣，销售不好。后来他转用中国画法才吸引了大众的目光。“杂糅外国画报之内容与中国传奇小说之插图画法与内容，而成点石斋式之画报。”②《点石斋画报》出现之后，很快便风行海内。

晚清时期《点石斋画报》成为时人了解新知的一个窗口。“这画报的势力当时是很大的，流行各省，已成为希望了解‘时务’——那时就如现在之所谓‘新学’的人的耳目。”③作为一种新的传播媒介，《点石斋画报》在晚清社会上影响巨大。它的出现改变了传统报刊书籍以文字为主，图像为辅的局面。仿佛今天的照片新闻，在画报中，图像起到了主导的作用，文字只是对插图做简要的说明，辅助图像表达的不足。这一形式将图像提高到与文字同等重要的位置上，重新发现了图像的传播价值，《点石斋画报》的出现，开启了晚清社会“图像阅读”的新视野。

《点石斋画报》创办初始主要由吴友如主编，并因此而声名鹊起，他的周围有一批画家，被时人称为“吴友如画室”。清光绪十六年(1890)，吴友如推卸《点石斋画报》事务后，自制《飞影阁画报》，光绪十九年(1893)易名为《飞影阁画册》，定期出刊发行。八月朔，吴友如在《飞影阁画册》上发表了他绘制的《红楼十二金钗册》，图末署“光绪癸巳秋七月下瀚写于海上之飞影阁”。吴友如逝后周慕桥继续办《飞影阁画册》，光绪二十年易名为《飞影阁士记画册》，他的《十二金钗图》亦是在《飞影阁士记画册》上发表的。他们都可谓是职业的画报画家。而我们前面提及的王毅卿的《红楼梦写真》也在《飞影阁画册》上发表。后来《求是斋画报》又发表了何元俊的《金

① 见所见斋：《阅画报书后》，原载1884年6月19日《申报》，上海书店出版社2008影印本。

② 萨空了：《五十年来中国画报之三个时期》，参见张静庐：《中国现代出版史料·乙编》，中华书局1957年版，第412页。

③ 鲁迅：《上海文艺之一瞥》，《鲁迅全集》(第四卷)，第193页。

陵十二钗图咏》。这些画家不仅为画报绘制新闻时事图像，还为当时出版的小说戏曲绘制插图。“吴友如画室”的画家们风格接近，今取吴友如与周慕桥的十二钗图为叙述。

吴友如的《红楼十二金钗册》：

吴友如(约1840—约1893)，原名猷，又作嘉猷，字友如，生于江苏苏州。吴友如是晚清最为著名的风俗画家，但由于他并不为正统画史所认可，因而虽然在当时影响很大，但有关他的生平资料记载很少。据光绪十九年(1893)八月望日出版的《飞影阁画册》，上面附有吴友如自撰的一篇《小启》：“余幼承先人余荫，玩愒无成。弱冠后遭‘赭寇’之乱，避难来沪，始习丹青。每观名家真迹，辄为目熟心存，至废寝食，探索久之，似有会悟，于是出而问世，借以资生。”[①]有学者认为这也许是吴友如本人对于家世贫寒的讳言，实际上他的出身是很贫穷的。[②]

由于画报时效性和快速性传播的特点，吴友如形成了一派以事件为画题，以人物为中心，以线画为特色的绘画风格。这种风格对于宋元明清以来以山水花鸟为题材来表现文人士大夫山林隐逸思想的文人画来说，是一种突破。正因为以社会生活作为创作的中心题材，吴友如才被当时画坛认为是“正宗”以外的杂派和画匠。徐悲鸿先生对于吴友如评价极高：“近代画之巨匠，固当推任伯年为第一，但通俗之画家必当推苏州之吴友如。彼专工构图摹写时事而又好插图，以历史故事小说为题材，平生所写不下五六千篇，恐为世界最丰富之书籍装帧者。但因其非科举中人，复无著述，不为士大夫所重，竟无名于美术史！”[③]其《红楼十二金钗》图绘制精工，布局合理，有《点石斋画报》风格。阿英认为他“较能与原本情节相契合，优美秀丽，格局清新，但未能更深地接触人物的内心”[④]。这一点评到位得很，画报画家对于题材的把握、要点的选择和拿捏当然已经被训练得十分精准，作画也必然快速，但对于深层次的心理把握自然是不够的，这本来就是由其作品所承载的媒介决定的。报刊作为时效性的大众媒介与书籍画册的区别在于前者以时效广闻见长，而后者以深刻持久为本。

---

① 吴友如：《飞影阁画册》，全国图书馆文献缩微复制中心，2001。

② 郑逸梅：《点石斋石印书局和吴友如其人》，《书报话旧》，学林出版社1983年版，第90页。

③ 徐悲鸿：《奔腾尺幅间》，百花文艺出版社2000年版，第69页。

④ 阿英：《漫谈红楼梦的插图和画册》，《文物》1963年第6期。

周权的《十二金钗图》：

周权，字慕桥（1868—1922）。江苏苏州人，定居上海，相传为吴友如弟子。早期作品多刊于《点石斋画报》和《飞影阁画报》。一般认为其画风模仿吴友如较为明显。在画报画室的成员中，周慕桥与吴友如两人有着深入的交往，吴友如后来将《飞影阁画报》转让给周慕桥。《飞影阁画报》由周慕桥接办以后，改名《飞影阁士记画报》，每期十二幅，全由周慕桥一人作画。

"吴中处士周慕桥先生精六法而于人物山水、仕女尤擅胜场。曩与吴友如、钱吉人、沈心海等同以美术驰骋海上。飞影阁、点石斋等画报皆赖先生与吴友如二人之作品以为灵魂。故虽零缣断素，海内识者无不宝贵之。自改统以来，新法家水彩、铝油等画盛行，而先生独以旧法独立其间，巍然如鲁云光卒无能撼摇之。其艺品可知矣。"[①]清代末年，上海原有的小校场木版年画已逐渐被新崛起的"月份牌"画所取代。月份牌流行于沪上以后，周慕桥开始从事月份牌画稿，清末时期仍用中国传统工笔画法，作于绢上，有《林黛玉魁夺菊花诗》(1903)、《潇湘馆悲题五美吟》等《红楼梦》题材的月份牌作品存世。周慕桥也是清末著名的月份牌画家之一。其《十二金钗图》发表于专记古人古事的《飞影阁士记画册》上，后来学者都认为其模仿吴友如的《红楼十二金钗》较明显，我以为并非如此。周权的红楼人物画与清代传统仕女图的气息较之吴氏更为接近，与其说他仿吴友如，不如说他仿"改费"，当然他的插图风格会强一些。人物造型较之于吴氏则更为古朴娟细，画面中人物所占比例也没有吴氏那么突出；题诗行文、波纹山石，意境上更为悠远些。

图 18　吴友如《红楼十二金钗》宝钗

图 19　周慕桥《十二金钗图》宝钗

① 周慕桥：《大雅楼画宝·序》，中国书店出版社 1996 年版，第 3 页。

画报与画册、书籍最大的不同是画报具有时效性。画报是定期出版的报刊的一种，也是真正近代意义上的大众媒介。图画要能吸引人们的注意，画报才能更好地生存。因而画报上的这些红楼人物图画虽然还是延续传统的文人仕女画的形式，但插图风格明显，白描人物古意不足，糅合了时代的气质而新鲜动人，正符合当时的画报风格。对于晚清这样一个新旧交替的时代，《红楼梦》的图像承载于画报这一新的大众媒介之上而传播于千家万户，真是意义非凡。

(四)清代日常生活中的《红楼梦》图像

《红楼梦》自18世纪中期面世以后，一直深受人们喜爱，脍炙人口，传颂不绝。除了戏曲说书以外，以其为题材的民间传统艺术形式也不断涌现，众多民间艺术家创作出了形式多样、异彩纷呈的《红楼梦》图像。年画、窗画、刺绣、灯屏、香烟牌等民间传统艺术样式，由于制作过程的相对自由、随意，从而使得作品数量成倍增加，流传地域极大地扩张。《红楼梦》图像在清代人们的日常生活中广泛流传，这样既弥补了小说文本在传播和普及方面的不足，也拓展了《红楼梦》图像的传播范围和受众领域。

清代日常生活中的《红楼梦》图像主要可以分为两类。一类是以画的形式出现的用来装饰环境和观赏的图像，另一类是以物品的形式出现的在日用物什上的图像。前者有年画、壁画、月份牌、西湖景、洋片等等；后者有屏风、瓷器、玻璃窗、橱柜、金属器、绣品、服装等等。这其中又以第一类图像为清代日常生活中的《红楼梦》图像的主体。人们用这些带有故事的"画"来装饰自己的住所和环境，从而把这些原本只存在于文字里的"故事"，用图像的方式带到人们的日常生活中去。朝暮相伴，日日相对，一来体现了清代人们对《红楼梦》故事的喜爱；二来也充分肯定了图像在引导情感、调节情绪、美化心灵等方面的作用。这其中普通百姓生活中最常见的是年画；而在这一时期虽然官方屡次禁止小说的传播，但贵族乃至皇家的日常生活中也出现了《红楼梦》的图像，颐和园彩绘长廊与长春宫游廊壁画就是最好的证明。今选部分有意思的清代日常生活图像来一一叙述。

玻璃画：

上文第一节曾提到，在清代《红楼梦》图像传播的初期就已经有民间艺人将其小说图像绘制在北京"热车"的玻璃窗上。这其实是一种特殊工艺的玻璃画。下图中我们看起来黑色的部分实际上是透明的，这样玻璃虽然画了图像，但仍然能透光。车窗上从里往外的视线并没有被阻挡，而外面的

图 20-1 玻璃画之"不问累金凤"①

图 20-2 玻璃画之"误拾绣春囊"

人又无法看清楚车内的乘客，玻璃画可以说是既美观又实用的日常生活智慧所在。玻璃画除了用在车窗上，还可以用于房屋建筑的门、窗、隔断等处，也可以用在屏风、炕围、摆件等日常生活的物品上。现存的清代《红楼梦》玻璃画有两幅，作者应为民间画工，收藏者高绍霞，原品宽 15 cm，高 11.5 cm。内容均出自小说第七十三回，一为"不问累金凤"，一为"误拾绣春囊"。该回故事并非小说高潮部分之章节，可见此两幅玻璃画极有可能是整套玻璃画中的一部分，如按此每章回两幅算，那整套玻璃画就可能多达 160～240 幅，绝对是工艺画中的巨制。此两幅玻璃画色泽典雅、娟秀可爱，如此小巧或用于木器之镶嵌，确是工艺画中的精品。

《红楼梦》西湖景：

阿英先生在《红楼梦版画集》中收录了西湖景八幅，原为傅惜华先生所藏。西湖景即"西洋镜"的一种，北方称为"拉洋片"，据阿英先生考证，清朝乾隆年间应该就有，但所见实物为嘉庆、道光年间，②因"天下美景，无胜于西湖"而得名。西湖景种种不一，有大有小。通过镜箱看画片，画片能拉动，观看时有用锣鼓唱歌的，有指画中景致解说的，边拉边解说。每当有庙会集市，操此业者即行前往，以此挣钱，娱乐老少。清代西湖景图像的制作多出自南方年画制作中心的苏州桃花坞，所选此幅亦然。原品长 230 cm，高 15.6 cm，作者无考，傅惜华先生收藏，选自阿英的《红楼梦版画集》。

① 图为高绍霞收藏的红楼梦玻璃画，选自王树村：《中国民间美术全集 · 绘画卷》，吉林美术出版社 2002 年版。

② 阿英：《阿英美术论文集》，第 160 页。

图 21 红楼梦西湖景[①]:第四十九回 玻璃世界白雪红梅

西湖景的图片以特殊的透视原理绘制配合镜片以及眼睛小孔成像的能力,使看的人感到立体感和真实感,也就是用二维图像来模拟三维空间。所以《红楼梦》西湖景图片与其他图像最大的区别是绘制时非常注重透视感,而要体现这种透视感就必须大量采用中心透视并使用房屋建筑来展现景深。图 21 为清晚期的一幅着色西湖景图片,本来这一回目原著文本中描述的人物应该是在开阔的户外远景当中,但为了更好地体现景深透视,作画者选择了近景并将人物置于园林建筑之中。所以这样的图像单独观看总感到有点怪,但如果通过镜箱观看,便仿佛身临其境,让普通百姓感到好像去了大观园一般。西湖景开始时都以绘制实际风景图片或照片为主,人们通过动态的拉洋片,以观看图片的方式替代实际的游览。而《红楼梦》西湖景的出现展现了人们对《红楼梦》文本所虚拟出来的"大观园"时空的向往,通过"拉洋片"的方式,将《红楼梦》的章回情节一一展现,仿佛动画的初级形式,观者通过视觉体验图像的形式来获得另一种对《红楼梦》故事展现的满足。

颐和园长廊彩画

颐和园始建于清乾隆十五年(1750),1860 年被英法联军烧毁,光绪年间(1886)重建。颐和园长廊是一个独特的景观,从园林的全局来看,它是

---

① 图选自傅惜华先生所藏的《红楼梦》西湖景,出自阿英:《红楼梦版画集》。

山与水的一条纽带。长廊东起邀月门，西至石丈亭，全长752米，共273间。长廊共绘有大小彩画1.4万幅，而其中最受人关注的是长廊的枋梁上所绘的八千余幅彩画，这些彩画是按人物、花鸟（鱼虫、走兽）、山水、古建四类题材画间隔排序的，画面情节内容上并不连续。其中约两百幅人物故事彩画出自古代文选、民间传说、神话故事、中国古典名著、戏曲故事等，内容丰富多彩，贯穿中国五千年历史。其中选自古典名著小说的有十本，《红楼梦》题材的图像在数量上位列第三名，第一是《三国演义》六十幅，第二是《西游记》二十六幅。颐和园长廊故事题材彩绘中共有《红楼梦》故事图像二十幅，由于长廊彩画的间隔排序，二十幅《红楼梦》画分布杂乱、排列无序。

下面选择了其中的两幅，画面布局合理，出笔不俗，意态较为高雅。研究长廊故事的易明先生认为彩绘中有一批临摹清末著名画家的作品，例如有临任伯年、任薰、任预、钱慧安、潘振镛、吴友如等名家的作品，但画工不可考，或有著名画家也未可知。但笔者以为彩画应为清代擅长苏式彩画的民间画工所作，因为北京颐和园长廊彩画是清代官样苏彩的典型，而易明所提到的那些画家多为上海、江浙一带的画家，也可证明北京颐和园长廊的彩画应出自清代擅长苏式彩画的南方工匠之手。

图22-1　三区廊内：寒塘鹤影①

图22-2　六区南廊外：滴翠亭宝钗戏彩蝶

在古代，建筑上画彩画不单是美学上的要求，而且有社会礼制等级区分和保护木质构件的实际意义。早在《论语》中已经有"山节藻棁"的记载，《礼记》载："楹，天子丹，诸侯黝。"彩画原是为木结构防潮、防腐、防蛀，后来才突出其装饰性。宋代以后彩画已成为宫殿不可缺少的装饰艺术，可分为三个等级：和玺彩画、旋子彩画和苏式彩画。苏式彩画的等级低于前两种。它源于江南苏杭地区民间传统做法，故名，俗称"苏州片"。一般用于园林中的小型建筑，如亭、台、廊、榭以及四合院住宅、垂花门的额枋上。苏式彩画底色多采用土朱（铁红）、香色、土黄色或白色为基调，色调偏暖，画法灵活生动，题材广泛。明代江南丝绸织锦业发达，苏画多取材于各式锦纹。

① 笔者拍摄于北京颐和园长廊。

画面多为山水、人物故事、花鸟鱼虫等，两边用《》或()框起。“()”被建筑家们称作“包袱”，苏式彩画便是从江南的包袱彩画演变而来的。到了清代，官修工程中的苏式彩画日益增多，内容日渐丰富，博古器物、山水花鸟、人物故事无所不有，甚至西洋楼阁也杂出其间。明永乐年间营修北京宫殿，大量征用江南工匠，苏式彩画因之传入北方。历经几百年变化，苏式彩画的图案、布局、题材以及设色均已与原江南彩画有所不同，乾隆时期苏式彩画更为色彩艳丽，装饰华贵，因此被称为“官式苏画”。虽然“官式苏画”因贵族皇家所需而变得富丽堂皇起来，但在内容选择上喜欢选用人物故事入画的方式并没有改变，并且往往都有祖传的粉本可依，这些粉本中应该不会缺少当时在民间十分流行的《红楼梦》故事画。

正是这些民间画工将题材丰富、喜闻乐见的民间故事和通俗小说带到了皇家园林之中。颐和园并非紫禁城，作为皇家休闲和游幸的园林行宫，宫殿装饰不必过于拘束，选择相对活泼、反映民间生活情趣的苏式彩画更能得到久居深宫的皇族后妃们的喜爱。于是，虽然清政府以“诲盗诲淫”为理由，曾多次颁布禁书条款，反对戏曲、小说的流行，甚至查缴没收刊本，集中焚毁，但《红楼梦》题材的“官式苏画”彩绘图像就这样进入了皇家园林，它和故宫长春宫游廊壁画一样，都是《红楼梦》图像在清代进入贵族和皇家日常生活的明证。

《红楼梦》年画：

年画在我国历史悠久，源远流长，是中国特有的传统艺术形式之一。它源于中国早期的桃符和门神画。汉代王充《论衡·订鬼》篇：“《山海经》又曰：‘沧海之中有度朔之山，上有大桃木，其屈蟠三千里，其枝间东北，曰鬼门，万鬼所出入也。上有二神人，一曰神荼，一曰郁垒，主阅领万鬼，恶害之鬼，执以苇索而以食虎，于是黄帝乃作礼以时驱之，立大桃人，门户画神荼、郁垒与虎，悬苇索，以御凶魅。”①唐宋以后，随着木版印刷技术的发明，年画除了门神画一类之外，开始出现更多带有故事情节的画样。带有情节的年画一经产生就在社会上大量流行，深受中下层人们的喜爱。《红楼梦》小说中也提到过年画，第四十回上“史太君两宴大观园”中有这样一段：刘姥姥念佛说道：“我们乡下人到了年下，都上城来买画儿贴。时常闲了，大家都说，怎么得也到画儿上去逛逛。想着那个画儿也不过是假的，那里有这个真地方呢。谁知我今儿进这园里一瞧，竟比那画儿还强十倍。怎么得有人也照

① [东汉]王充：《论衡·订鬼》，文渊阁本《四库全书·子部》电子影印本。

着这个园子画一张，我带了家去，给他们见见，死了也得好处。”她所说的年下买画儿来贴，就是年画。可见年画在清代百姓日常生活中十分常见。

明清以降，随着社会经济的发展，一方面，文学创作特别是小说、戏曲创作活动异常繁荣；另一方面，明清两代的刻书业、印刷业发展迅速。小说、戏曲作品在社会上得到了广泛传播，而附在小说、戏曲文本中的绣像、插图等图像深受民间喜爱。这些促使书坊、民间画匠等萌发了以小说、戏曲作品为题材来进行年画创作的想法，于是在清代“戏出年画”“故事年画”大为流行。另外，由于清政府多次颁布禁书条款，不少书坊绘刻小说插图、版画的艺人纷纷转到木版年画作坊，进行年画创作。《红楼梦》小说问世后，天津杨柳青、苏州桃花坞、河北武强县、山东潍坊等大年画产地，都以各种形式，绘制出多种多样、品种繁多的《红楼梦》年画，远销到城镇和广大农村地区。传世的清代《红楼梦》题材的年画数量较多，其中以杨柳青最为精致。现存最早的清代《红楼梦》年画，就是天津杨柳青齐健隆书店印制的一幅《暖香坞试制春灯谜》、一幅《刘姥姥游大观园》，仅见翻印存世。

图 23 《大观园元妃省亲》104 cm×63 cm 套色版印笔绘清光绪，杨柳青戴廉增年画店①

① 图选自冯骥才：《中国木版年画集成·杨柳青卷》，中华书局 2009 年版。此幅年画正是阿英在 1963 年由天津美术出版社出版的《杨柳青红楼梦年画集》所选封面。人物众多，傅色鲜明。该图上题“大观园”三字，年画上所有人物的右侧均有题名标注，刘姥姥为右边数过去第七个人，位于中间亭子出来的台阶中间，贵妇打扮，神色自若，还有一个丫鬟陪伴。如果不是有名字注明，笔者肯定不会想到这位就是刘姥姥。

年画作品大都以节日的喜庆、吉祥为主要基调，甚少涉及那些感情基调较低沉的情节，因为只有这样才符合过年喜庆的气氛。所以清代《红楼梦》年画中以刘姥姥、省亲、宴会、游园、四美钓鱼占了最大的数量，有些几乎成为固定的题材内容。而这些在小说原本中并非主要故事情节，有的甚至不过是几笔带过，比如四美钓鱼，本身是高鹗续书的第一章回，写得颇矫揉，意义不大，常为文人诟病。张爱玲就说她小时候不知道是高鹗续书，每看到这里总觉得天地变色，味如嚼蜡。但这一情节却得到了年画匠们的追捧，因为有“鱼”啊，民间日常生活里的装饰图画当然要以美好寓意为首选。刘姥姥也一样，清代的文人画家在构思红楼画时没人会想到画她，她也不是什么主要人物，但却在年画中屡屡出现。除了“两宴大观园”“醉卧怡红院”“一进荣国府”“三宣牙牌令”“游大观园”等原著中刘姥姥出现的场景被大肆渲染，甚至还出现在完全不可能出现的“元妃省亲”的场景中。究其原因，恐怕是刘姥姥这个人物与普通百姓平等视角有关。通过她的眼睛看到大观园的富丽堂皇和梦幻般的贵族生活，也正是清代普通百姓所向往的吧；另外，她在小说中风趣诙谐、豁达淳朴、知恩图报的品性也为民间所喜爱、赞同并感到亲切，所以刘姥姥一跃成为《红楼梦》年画世界里的主角也就不足为奇了。由此可见清代《红楼梦》年画对原著的“重构”有多么厉害，在清代年画的《红楼梦》图像世界里，我们看到的是一个具有世俗情趣，富贵、祥和、喜气，处处美人、永远欢乐的大观园。

杨柳青作为中国最著名的民间木版年画，与苏州桃花坞年画并称“南桃北柳”，俗称“卫抹子”，始于明代崇祯年间，在清雍、乾至光绪初期达到全盛，有戴家、齐健隆、惠隆、美丽、宪章等老字号年画书坊。制作方法为“半印半画”，即采用木版套印和手工彩绘相结合的方法，先用木版雕出画面线纹，然后用墨印在纸上，套过两三次单色版后，再以彩笔填绘，勾、刻、刷、画、裱等纯手工制作，形成笔法细腻、人物秀丽、清新活泼、喜气吉祥的独特风格。清代杨柳青画工人才辈出，优秀画师也常被清代宫廷诏入随奉或在如意馆候命，如本地年画师高桐轩曾被诏入为慈禧画像。除了这些代代继承祖业的传统本地年画师外，杨柳青年画作坊还惯有重金聘请著名文人画家为其绘制年画稿样的传统。光绪中期杨柳青历史悠久、资金雄厚的齐健隆、爱竹斋就曾聘任当时的上海名画家钱慧安北上，计画有《红楼梦》《皆大欢喜》《谢庭咏絮》及唐人诗意稿样四十余种，广泛印发，深入北方乡村，不啻为海派绘画以年画为媒介之北上交流。

图 24 《四美钓鱼》117 cm×61 cm 高桐轩，套色版印笔绘清光绪[①]

图 25-1 钱慧安早期红楼梦年画样稿[②]

图 25-2 钱慧安《庆寿辰宁府摆家宴》[③]
杨柳青爱竹斋年画 61 cm×37 cm

钱慧安(1833—1911)：初名贵昌，字吉生，号清路渔子，室名双管楼。清代张鸣珂《寒松阁谈艺琐录》记述开埠之后的上海："桥居卖画公寿、伯年

①③ 图选自冯骥才：《中国木版年画集成·杨柳青卷》。
② 图选自洪振快：《红楼梦古画录》。

最为杰出。其次画人物则湖州钱慧安，皆名重一时，流传最盛。”①现存其完整的十二幅《红楼梦》人物仕女图就是其为杨柳青年画作坊所作的早期红楼年画样稿。据其中一幅(王熙凤)上的题词，作画时间为光绪七年(1881)，墨本。线描古朴，略加渲染，墨分五色；人物纤柔，意境恬淡；画意主要学改琦图咏，画上题诗亦多取自改琦的《红楼梦图咏》。虽为年画粉本，却保持着文人仕女画的本色。钱慧安在杨柳青年画作坊寓居一年，其后期的年画作品与之前的样稿相比出现了较大的变化，他逐渐将本地的传统年画风格融入自己的创作，民间审美倾向明显起来。沈太牟在评论钱慧安的杨柳青年画作品时说他“为出新裁，而色改淡匀”②，这种说法如果针对杨柳青年画本体的发展而言尚准确，但对于钱慧安个人来讲，倒不如说是为了画年画而不得不改变传统文人淡雅的审美，逐渐向实际普通大众的口味靠拢，因为普通百姓的需求和喜好直接决定年画的销售，也必然会影响年画画家画稿的风格。

以杨柳青、桃花坞为代表的传统木刻年画，清朝末年其势渐衰，继之而起的是上海、天津等地以近代石印、照相石印技术来印刷的年画，出现了月份牌等新的样式。但《红楼梦》的题材仍然是新版年画家们所喜欢选择的内容，如天津炒米店石印洋粉画《红楼梦》，上海月份牌《宝钗扑蝶》《醉眠芍药》等都可以体现出《红楼梦》图像在民间受欢迎的程度。

第三节　清代《红楼梦》图像传播形态之流变

清代《红楼梦》小说图像的传播与印刷技术的发展密切相关。早在隋唐时期，雕版印刷的发明就为叙事文学与图画的结合提供了比写本和绘本更好的载体。“镂象于木，印之素纸，以行远而及众，盖实始于中国。”③我国木刻插图本古已有之，据徐康《前尘梦影录》云：“绣像书籍，以宋椠《列女传》为最精。顾抱冲得而翻刻。上截图像，下截为传。仿佛武梁造像，人物车马极古拙。相传为顾虎头绘。”④徐康认为，顾恺之的画之所以可以流传悠远，直到宋代翻刻依然将其画作作为首选，雕版印刷技术功不可没。这

① [清]张鸣珂著，丁羲元校点：《寒松阁谈艺琐录》(卷六)，上海人民出版社 1988 年版，第 150 页。
② 沈太牟：《春明采风志》，阿英：《中国年画发展史略》，朝花美术出版社 1954 年版，第 5 页。
③ 鲁迅：《〈北平笺谱〉序》，《魏晋风度及其他》，上海古籍出版社 2000 年版，第 196 页。
④ 叶德辉：《书林清话》(卷八)，第 163 页。

也是目前所能见到的最早的小说插图本，有图一百二十三幅，此后雕版印刷技术在小说插图方面充分发挥了优势。到了清代，《红楼梦》图像也随着时代印刷技术和传播形态的流变而迅速变化、发展和丰富起来，形成了与文本对视的独特世界。

近代印刷技术是指以铅印、石印等技术为主的印刷技艺。相对于传统木刻雕版印刷技术来说，铅印、石印技术具有印刷效率高、质量高及利润丰厚等优点，因而在清晚期逐渐成为中国印刷业的主体。19 世纪中晚期到 20 世纪初，无论是外国殖民者，还是晚清政府、太平天国政府、洋务派、资产阶级，都非常重视采用先进的传播技术，借助书刊来宣传自己的政治主张，因而先后在各地创办了许多书局、报馆、书店，出版了大量的期刊、报纸和各类书籍，而数量巨大的通俗小说出版也是其中的一个部分。清代《红楼梦》图像以各种技术形式并存的姿态被大量地印刷与传播，也正是时代使然。

一、传播技术的流变：手绘——木刻——石印

清代《红楼梦》图像在传播技术的层面来看，可以分为三种形式，一是手绘画册、粉本、画作和抄本小说上的手绘插图；二是从程甲本开始的木刻插图、木刻年画和其他木刻图像；三是石印技术所印制的小说插图和画册，特别是照相石印技术的发明，即俗称的玻璃版，非常适合图像的印制和传播。正是印刷技术的革新促使清代晚期《红楼梦》图像的广泛传播，进入人们日常生活的方方面面，从而形成了独立的清代《红楼梦》的图像世界。

有研究者在文章中称还有铅印版的《红楼梦》图像①，这种说法有误解。在我国，使用金属制版印制图画的被称为凹版画，因所用的金属材料以铜版为主，故也称为铜版画。铜版画对我国来讲属于外来画种，明朝万历年间，意大利传教士利玛窦最早携带宗教铜版画到中国。到了清代，铜版画主要是由清内府刊刻，但由于铜版画的制作与传统中国雕版技术很不同，不但雕刻工艺要求非常高，对印刷所用纸张、油墨及印刷技术要求都非常严格，国内技术无法达到，所以乾隆皇帝曾授命当时在宫廷任职的意大利画家郎世宁，宫廷画师王致诚、安德义绘出铜版画草图，并送到法国镌刻绘制、印刷完成《乾隆平定准部回部战图》组画十六幅，历时十余年，支付款数达 20400 里拉（法国旧币值单位，一里拉相当于旧制一两白银）。② 其后清

① 李芬兰：《〈红楼梦〉图像传播研究》，上海师范大学 2006 年硕士学位论文。

② 香港艺术馆：《从北京到凡尔赛：中法美术交流》，香港市政局 1997 年编印。

内府造办处也自己刊刻过极少数铜版画，往往都是皇家重大题材，铜版画在清代是贵重和稀少的。清光绪年间，王肇宏留学日本时了解到铜版画技术并著有《铜刻小记》，这是较早在国内介绍铜版画技术的著作，此后民间始获知其术。金属画典雅、庄重，制作所费巨大，印刷难度大，是一种名贵的艺术画种，试问怎么可能用于通俗小说插图的印制呢？在清末的珂罗版技术，即照相石印术中除使用石板外，也有些使用铜锌板的，但这些图像都被称为石印画，未见有铅版画一说。所谓的铅印版插图应该是当时的铅活字技术所印的文字和雕版木刻或石印的插图的合印本小说吧，因而铅印本小说中的图像实际仍然是木刻或石印的。

木刻在小说版本中又分活字和雕版两种，但对于小说中的插图而言，就只有雕版一种。雕版印刷不仅要求画家有深厚的制图功底，而且还需要技艺高超的刻工参与，由刻工将画作摹刻在木版上，二者配合才能将原画的风格神采传达出来。由于摹刻中间极易走形，因此版画的成功，对于画家、刻工和书坊主都是一项极富挑战性的工作。明清是中国木刻版画史上的全盛时期，而学术界一般又以明万历以后至天启、崇祯年间为最佳。郑振铎先生曾用“光芒万丈”来形容明万历年间的版画，他说：“明之中叶及末年是中国插图史上的黄金时代：今所能得到的好插图，当以这时代为最多；而这时代不仅绘图的艺术极为精工，即雕刻的艺术也到了前莫与京，后莫与京之佳境。”[①]清代木刻版画的成就远远不如明代，没有新的发展，逐渐由盛而衰。《红楼梦》小说卷首绣像中最重要的三个母本系统——程甲本、藤花榭本和双清仙馆本都是由雕版木刻完成的。而改琦的《红楼梦图咏》更称佳作，为一时之选，可代表晚清时期民间木刻版画的最高成就。另外，在民间年画领域更是长期采用雕版木刻的形式。

1796年，捷克人施内费尔特（Aloys Senefelder）发明了石印术。与凸出的铅字不同，它以表面平滑的石板制版，故又称平版印刷。其法以天然多微孔的石印石作版材，利用水油相拒的原理，用脂肪性的转写墨直接把图纹描绘在石面上，或通过转写纸转印于石面，经过处理，即成印版，印刷时，先用水润湿版面，只有图文部分能附着油墨。石印术于1832年由英国传教士麦都思传入我国，石印术具有很强的优势。洪武七年刻本《宋学士文粹》，全书约十二万字，十个工匠用了五十二天才刻成。[②] 而石印术的印

① 郑振铎：《插图之话》，《郑振铎艺术考古文集》，北京文物出版社1988年版，第8页。

② 田玉仓：《近代印刷术的主要特征、形成时间及对传入的影响》，宋元放主编《中国出版史料》（近代第三卷），山东教育出版社2000年版，第368页。

刷速度要高出雕版印刷许多,同治年间传入我国,其印刷的特点与效果正如光绪九年(1883)五月二十三日《申报》登载的"上海同文书局石印书画图轴价目"广告所言:"不疾而速,化行若神,其照书如白日之过隙中,其印书如大风之发水上,原书无一毫之损,所印可万本之多,三日为期,诸务毕举,木刻迟缓,不足言矣。"①石版印刷是人类印刷史上的一次重大革新。其优点有三:一是制版快、印刷快,较之木刻不知要快多少倍;二是逼真;三是价廉。然而石印术在中国直到光绪年间才得到普及,但不管如何终于使中国的印刷技术进入了近代。

而其中点石斋的出现功不可没,点石斋石印改变了中国雕版印刷为主的局面。点石斋是英商美查所办的申报馆的一个附属书局。《申报》是晚清社会很有影响的一份报纸,采用编辑、出版、发行三位一体的形式,广设分售机构,销售网遍布全国各地。最初《申报》采用铅印,印刷效果不是特别理想,因此美查于光绪四年(1878)"从外洋购取照印字画新式机器一副",即手摇石印机,聘请原上海徐家汇土山湾印刷所的邱子昂为石印技师,创办了点石斋石印书局,为石印术的推广开辟了道路。点石斋的创办,掀起了一股石印高潮,石印书价廉物美、印刷迅速,深受读者的欢迎。"石印书籍肇自泰西。自英商美查就沪上开点石斋,见者悉惊奇赞叹。继而,宁粤各商仿效其法,争相开设,而所印各书无不钩心斗角,各炫所长。大都字迹虽细若蚕丝,无不明同犀理。其装潢之古雅,校对之精良,更不待言。诚书城之奇观,文林之盛事也。"②其后石印书局如雨后春笋般大量涌现,以上海为中心,涌现了一批由民族资本家或外商创办的书局,比如上海书局、进步书局、广益书局等几十家,书籍印刷都是以石印为主。不过自光绪以降,虽然有像点石斋、文明书局一类的新式石印所,但也有一些清代以来的书坊,比如扫叶山房、校经山房、焕文书局等,虽引进先进的铅印、石印技术,但也坚持传统的木刻技术,形成了木刻与铅印、石印并行的局面,此时不少的《红楼梦》小说印本就是木刻插图和铅活字、石印文字的合印本。石印术的普及为清代通俗小说的传播提供了技术支持,石印的《红楼梦》图像,现存最早的是光绪八年(1882)壬午十一月上海点石斋照相石印本王墀绘《增刻红楼梦图咏》。此本上下两册,为单独的《红楼梦》画册。而其后两个清代《红楼梦》图像晚期的插图母本——王、姚合评《石头记》系统和王、张、姚合评《金玉缘》系统,图像均为石印技术印制,其中附有的《大观园图》

① 《申报》,光绪九年(1883)五月二十三日,《申报》影印本,上海书店出版社2008年版。
② 《申报》,光绪十三年(1887)正月十三日,《申报》影印本,上海书店出版社2008年版。

也同样是石印画。此后的《红楼梦》画册、画报多依赖石印术得以广泛传播并流传后世。

石印术发展到后来，1859 年又出现了“照相石印”，又称珂罗版。它是照相平版印刷工艺的一种，1876 年传入我国，制版时，用重铬酸盐蛋白液涂布于平印石版表面，并在罗甸湿版照相阴图下曝光制成线条石印版。傅兰雅先生于 1892 年在《格致汇编》中详细地介绍了这一新兴的印刷技术：“凡石板所能印之画图，不能用平常所照之像落于石面印之，须有浓墨画成之样，或木板铜板印出之稿。画之工全用大小点法，或粗细线法为之。画成之稿连于平板，以常式照成玻璃片。为原稿之反形。即玻璃面之明处，为原稿之黑处；玻璃面之暗而不通光处，为原稿之白处。此片置晒框内，胶面向上，覆以药料纸，照常法晒之。晒毕，置暗处，辊以脱墨，入水洗之。未见光处洗之墨去，见光处墨粘不脱，洗净则花样清晰与原稿无异。将此纸样覆于石板或锌板面，则墨迹脱下，此谓之落石。照常法置石于印架，辊墨印之。”[①]可见，照相石印术特别适宜于图画的印制。据贺圣鼐先生所著的《三十五年来中国之印刷术》记载：“1904 年，文明书局始办彩色石印，雇用日本技师，教授学生，始有浓淡色版。其印刷图画，色彩能分明暗，深淡各如其度，终与实物仿佛。1905 年，商务印书馆更聘日本彩色石印技师来华从事彩印，主要印刷山水、花卉、人物等古画，其设色能与原底无异。”照相石印技术可以逼真复制原图的样貌与色彩，是设色图像复制历史上的里程碑。正是托赖清末至民国以后照相石印技术的发展与广泛使用，才使得如改琦、费丹旭、徐湘雯等清人红楼画的原作复印册流传于后。世手绘图像虽失散不可得，珂罗版仍可使我们一窥其原貌并为其留下珍贵的复印史料。而在清末民间成为新事物的月份牌、彩色画片、画报、广告画等等更是依赖照相石印技术为时代抹上浓墨重彩。直到今天，珂罗版技术仍是古画复制印刷的上选。

二、传播的偏倚

加拿大历史学家英尼斯在 1951 年出版了著作《传播的偏倚》，在文章中他认为媒体是人类思维的延伸，而传播就是思想的扩张。在他看来，西方近代史就是一种传播偏倚的历史，也是一部由印刷业兴起而导致的知识

① 田玉仓：《近代印刷术的主要特征、形成时间及对传入的影响》，宋元放主编：《中国出版史料》（近代第三卷），第 397 页。

控制史。这一观点后来被其学生，著名的传播学家麦克卢汉所继承并发展为传播学领域非常有名而难解的理论：冷媒介与热媒介。当我在观照清代《红楼梦》图像的传播史时，或许是个人学术背景使然，不由得就想起了英尼斯，我以为晚清图像传播的历史也同样经历着印刷业的兴起和技术的革新，传播偏倚的历史或许由于外来技术的入侵而更为明显，其对中国社会的影响也更为深远。

英尼斯认为要了解各种传播媒介传播思想、控制知识、垄断文化的实质，必先认识到任何媒介都有两种特性：时间偏倚（timebias）和空间偏倚（spacebias）。前者是质地较重、耐久性强的媒介，如黏土、石头和羊皮纸等，较适于克服时间的障碍，能长久保存；后者是质地较轻、容易运送的媒介，如纸草纸、白报纸等，较适于克服空间的障碍。因此，任何传播媒介若不具有长久保持的特性来控制时间，便会具有便于运送的特性来控制空间，二者必居其一或偏倚其一。人类传播媒介演进史，就是由质地较重向质地较轻、由偏倚时间向偏倚空间发展的历史。

承载清代《红楼梦》图像的传播媒介也随着时代的变迁而从偏倚时间的媒介转向了偏倚空间的媒介。手绘本——木刻印本——石印本——画报，《红楼梦》图像经历了以下两种意义上的变化：

手绘——印刷

书籍——报刊

那些数量极少、深藏于府、案头清玩的手抄本、绘本、绢本作为偏倚时间的媒介代代珍藏；而雕版、石印技术发展之后大批量生产的印本、画册作为偏倚空间的媒介被广泛印刷流传。在另一层面，报纸、画报具有定期发行、传播时效信息、不被保存的特点，与书籍、画册相比，前者完全是空间媒体，而后者相对偏倚时间些。偏倚时间的媒介是某种意义上个人的、特权的媒介，强调传播者对媒介的垄断和在传播上的权威性，但是它不利于权力中心对边陲的控制，文人画与通俗年画对《红楼梦》原著接受之间的巨大差距其实也可以用媒介偏倚的观点来理解。偏倚空间的媒介是一种大众的、文化的普通媒介，强调传播的世俗化和公平化。因此，它有利于知识的扩张、增强权力中心对边陲的控制力，也有利于清代《红楼梦》集体性视觉形象集群的形成以及《红楼梦》“普通知识”的成型，从而使得清代《红楼梦》图像走出书斋、走出深宅大院，走进了更广泛意义上的大众生活。

第二章　从文本到图像

——清代《红楼梦》文本的图像再现

葛洪撰的《神仙传》里有个很有意思的故事：费长房，汝南人，曾为市掾。有老翁卖药于市，悬一壶于肆头，及市罢，辄跳入壶中。市人莫之见，唯长房于楼上睹之，异焉。因往再拜，公问其所欲，曰："欲观尽世界。"翁乃与俱入壶中。但见玉堂广丽，旨酒甘肴，盈衍其中。清代《红楼梦》的图像世界纷繁迤逦，蔚为大观，但所有的一切皆由雪芹先生八十回文字作一壶演绎而来。图像由文本演化，册页图谱、情天幻海不过红楼一梦。

米切尔曾说过，如果艺术史的中心任务是研究视觉图像，那么"文字与图像"的问题主要关注的就是视觉再现与语言之间的关系。甚至更概括地说，"文字与图像"是一种关乎人类再现、呈现和象征之经验的基本分类的简单命名。我们把这种区分称作可见与可言、陈列与叙述、展示与解释之间的关系。[①] 他认为"从文字到图像"的转换的可能性依然存在，甚至最简约、朴素的文字语言形式也是如此。清代《红楼梦》小说印刻流传之始，插图就与文字相伴同行，小说中的插图是最早再现文字的清代《红楼梦》图像：卷首绣像、回目图、大观园图等都对文字进行了"图解"，其后发展成洋洋大观的整个清代《红楼梦》的图像世界都是以此为蓝本的。

早在宋代，一些学者就已经充分认识到插画与文字在功能上的互补。南宋郑樵的《通志》卷七十二《图谱略・索像》中写道："图，经也，书，纬也，一经一纬，相错而成文；图，植物也，书，动物也，一动一植，相须而成变化。见书不见图，闻其声不见其形；见图不见书，见其人不闻其语。图，至约也；书，至博也。即图而求易，即书而求难。古之学者，为学有要。置图于左，置书于右，索像于图，索理于书。故人亦易为学，学亦易为功……后之学者，离图即书，尚辞务说，故人亦难为学，学亦难为功。虽平日胸中有千

① ［美］米切尔：《文字与图像》，朱平译，《新美术》2007年第4期。

章万卷，及置之行事之间，则茫茫然不知所向。”[①]插图作为印本小说的一部分，主要是为文本服务的，作为小说插图具有直观性、实用性的特点，有助于加深对小说作品文字与情节的理解，也可以更为直观地展示小说所描写的社会背景，甚至可以补充文字之不足。刊于康熙九年（1670）的小说《绣屏缘》，卷前有苏庵主人《凡例》曰：“小说前每装绣像数叶，以取悦时目。盖因内中情事，未必尽佳，故先以此动人耳。”清代《红楼梦》的刊印本常常使用“绣像”“补像”“补图”“全图”来作为小说的标题，实是一种广告宣传手段，以区别于其他书坊所出的同类小说。插图和“增评”一样成为卖书者用以吸引买书者的重要手段。从这个意义上来看：其一，小说插图具备“导读”的功用；其二，从阅读者观看角度而言，小说插图体现了装饰性的特点，配上插图，可以美化图书，提高阅读的兴趣。另外，与之前古本小说的“全相”“出相”等概念相比，此时的“绣像”更加注重对人物举止、神情的描摹、重视性格的刻画。

本章以小说中的图像即插图为主要研究对象，考察图像是如何再现文字以及插图与文本如何共处、转换和相互作用的。从《红楼梦》小说文本中两处对画的直接描述起始，讨论文本与插图的关系，以及图像对文本的再现。然后考察插图中贾宝玉和十二钗的造型，即主角绣像对原典内容的取舍问题；重构文本与图像之再生性问题；小说绣像插图排序的问题。探讨小说受众对图像的接受和选择，以及这种接受和选择对插图绘制者的影响。插图依赖文本，其功能主要是为文本服务，然而小说文本中的图像也正是《红楼梦》图像世界独立于文本之萌芽。

第一节　文本内部的图像

——“薄命司”金陵十二钗正册、副册、又副册和大观园行乐图

文人中有以《红楼梦》为题材来进行图像创作的想法，最早可追溯到《红楼梦》面世之初和尚未完全成型之时。在其早期手抄本中，评论家在评语中流露出绘制《红楼梦》图像的意图。《石头记》庚辰本第二十三回上有脂砚斋于己卯年（1759）在有关黛玉葬花的情节段落上的一则眉批，云：“此

---

① 郑樵：《通志》，《文渊阁四库全书》第374册，上海古籍出版社1987年版，第494页。

图欲画之心久矣，誓不遇仙笔不写，恐亵我颦卿故也。”[①]又畸笏叟在丁亥年(1767)于同一处写下一则朱笔眉批曰：“丁亥年，偶识一浙省(新)发，其白描美人，真神品物，甚合余意。奈彼因宦缘所缠无暇，且不能久留都下，未几南行矣。余至今耿耿，怅然之至，恨与阿颦结一笔墨缘之难若此，叹叹。”[②]可见与曹公关系最为密切的脂砚斋和畸笏叟二人都曾有过由文思图，苦思妙笔而不可得之想法。究其原因无非小说故事、人物逼真动人，阅读文本者难免希望能亲眼一睹其风采，图像的独特渠道就在于其直接作用于感官，《阴符经》曰：“心生于物，死于物，机在于目。”视觉感官直接感应内心起伏，图像在展现故事方面的本领不容小觑。

实际上在前八十回的小说中雪芹先生也曾用文字详细描述过两次图画，一次是在第五回上的“开生面梦演红楼梦”中，一次是在第四十二回下的“潇湘子雅谑补余香”中。这是文本内部作者用文字来展现的图画，为后人以图画来展现文字留下伏笔，我以为非常重要。

一、“薄命司”金陵十二钗正册、副册、又副册

第五回上的“开生面梦演红楼梦”中写宝玉梦中由警幻仙姑引导游“太虚幻境”，到其中一处匾题“薄命司”的配殿，看到柜中所藏的《金陵十二钗正册》十一页、《金陵十二钗副册》一页、《金陵十二钗又副册》两页，皆是画册图画。曹雪芹删改至第五次的稿本，将小说题名为《金陵十二钗》，脂砚斋甲戌侧批文：“正文题。”这些都显示了该回在全文中的突出地位，作者用十四页图画为全书总纲，草蛇灰线，伏脉千里。

原文如下[③](题诗已删去)：

> 宝玉便伸手先将“又副册”橱开了，拿出一本册来，揭开一看，只见这首页上画着一幅画，又非人物，也无山水，不过是水墨滃的

①② 《脂砚斋重评石头记(庚辰本)》，人民文学出版社1974年影印本，第527—528页。

③ 由于红楼梦版本众多，本书在引用小说原文时主要采用《脂砚斋重评石头记(庚辰本)》，人民文学出版社1974年影印本。庚辰本今藏北京大学图书馆，亦称脂京本。在早期钞本中，这是一个最为完整的本子，也是《红楼梦》最为重要的版本之一，当然也是我个人最喜欢的一个版本。但由于只有前八十回，而且内缺两回，1974年人民文学出版社重印时，以蒙古王府本影印配入。

本书在引用原文时，前八十回主要采用庚辰本，缺回与后四十回原文采用郑庆山校《脂本汇校石头记》，作家出版社2003年版。该本用甲戌、己卯、庚辰做底本，六十四、六十七回以列藏本做底本，校以其他十个钞本，综合校勘，虽非我心目中校得最好的本子，却是汇校最完整的一个本子。后文亦相同，不赘言。

满纸乌云浊雾而已。

宝玉看了，又见后面画着一簇鲜花，一床破席。

宝玉看了不解。遂掷下这个，又去开了"副册"，拿起一本册来，揭开看时，只见画着一株桂花，下面有一池沼，其中水涸泥干，莲枯藕败。

宝玉看了仍不解。他又掷了，再去取"正册"看时，只见头一页上便画着两株枯木，木上悬着一围玉带，又有一堆雪，雪下一股金簪。

宝玉看了仍不解。待要问时，情知他必不肯泄漏，待要丢下，又不舍。遂又往后看时，只见画着一张弓，弓上挂着香橼。

后面又画着两人放风筝，一片大海，一只大船，船中有一女子掩面泣涕之状。

后面又画几缕飞云，一湾逝水。

后面又画着一块美玉，落在泥垢之中。

后面忽见画着个恶狼，追扑一美女，欲啖之意。

后面便是一所古庙，里面有一美人在内看经独坐。

后面便是一片冰山，上面有一只雌凤。

后面又是一座荒村野店，有一美人在那里纺绩。

后面又画着一盆茂兰，旁有一位凤冠霞帔的美人。

后面又画着高楼大厦，有一美人悬梁自缢。

这三本正册、副册和又副册描述的是以册页形式装裱的画册，前后翻页，每册十二幅左右的图画并在图上有题词，题词讲述隐喻对象的生平故事，画意隐喻人物结局，好似谜语又似判语，这十四幅图画整体上揭示了小说中人物的命运和故事的大结局。由于后四十回未传，这十四幅图画便成了续书提纲，一直为红学研究之重中之重。除了通过图册推论人物结局，也有不少对画册本身感兴趣的，如有人认为"薄命司"金陵十二钗正册、副册、又副册是借鉴了巫觋之书《推背图》，也有的学者认为曹公是受到了"铁冠图"传说的灵感启发，等等，但从来没有人想过这样一个问题：红楼画中最常见的就是金陵十二钗，为什么清人在绘制时几乎没有人直接采用雪芹先生描述的画意呢？这本来不是最简单又最符合作者本意的方法吗？在我所查阅的清代材料中基本没有，清代以后也极少（只有 1989 年北京电影制片厂拍摄的《红楼梦》电影忠于原著地表现了这些画册）。雪芹先生对画面的描绘简洁清楚，布局合理，又有题词，简直就是一册完美的“红楼图咏”，为什么从程伟元开始就没有人去绘制这些来作为插图或画册的内容呢？

究其原因不外乎三点：

其一，清代小说插图的传统。小说插图的形制发展到清代中晚期已经基本约定俗成，《红楼梦》作为一本清乾隆时期开始出版发行的通俗小说，其小说插图的内容也和其他通俗小说一样，像卷首绣像、回目画等并未有特别创新之处。

其二，受众的口味。《红楼梦》雅俗共赏，曹公早已料到，在叙述写作由来时就说：“满纸荒唐言，一把辛酸泪！都云作者痴，谁解其中味？”读者大众喜爱倚红偎翠，羡慕富贵奢靡，爱看金玉满堂、公子佳人之写照，而不喜悲凉幻灭之图画，本是人之常情；更何况曹公书未成而逝，此十四幅画意就变得晦涩难懂，红学界至今尚争论不休，画出来也只会让读者疑惑不解。清代印书业发达，书坊竞争激烈，读者所好则为利益所在，插图本身就是吸引目光的工具，书坊主自然要选择美人婵娟以娱观者。

其三，画家的喜好。清后期正是我国封建制度濒临总崩溃的时代，社会腐败，士风沉滞，儒林光景一片昏暗。没落文人悲观失望，浇愁抑闷，“寄情醇酒妇人，以泄其块垒不平之怀，萧索无聊之况”。就连龚自珍那样有政治抱负的才子，当志不得展之时，也以“选色谈空”来忘却忧愁，所谓“设想英雄垂暮日，温柔不住住何乡”①。以美女为表现对象的仕女画无疑会引起士大夫和其他阶层的欣赏兴趣。社会的需求、文人的提倡，大大促进了清代仕女画的繁盛，使之达到前所未有的风靡。专业仕女画家明显增多，以至于“仕女本为人物画中风俗故事之附庸，明以前专工者少，及至清朝专工者渐多，巍然为画中独立之一科”②。试想出现了《红楼梦》这么好的一个仕女题材怎么能放过呢，谁还会愿意去画那些个凄凉难懂的判词谜语？这些美女图大肆流行，乃至后来晚清、民国时期的秦楼楚馆、艳姬名妓多有用什么“怡红”“潇湘”，什么“黛玉”“元春”的，《红楼梦》虽名满天下，或非雪芹先生之初衷矣。

然而《红楼梦》小说绣像和文人图绘还是采用了《金陵十二钗册》中所选定的女性作为绘画的主要对象，也常常使用“十二钗”作为题目，可见文本中的图画仍然界定着实际中的图像，并成为图像转化的原始依据。

---

① 龚自珍：《龚自珍已亥杂诗注》，中华书局 1980 年版，第 336 页。

② 俞剑华：《中国绘画史》（下册），东南大学出版社 2009 年版，第 215 页。

二、大观园行乐图

小说第四十二回下“潇湘子雅谑补余香”中讲的是刘姥姥去后，贾母要惜春画“大观园图”，众姐妹议论该如何绘制图画的内容。

原文相关段落如下：

> 黛玉忙拉他笑道：“我且问你，还是单画这园子呢，还是连我们众人都画在上头呢？”惜春道：“原说只画这园子的，昨儿老太太又说，单画了园子成个房样子了，叫连人都画上，就像‘行乐’似的才好。我又不会这工细楼台，又不会画人物，又不好驳回，正为这个为难呢。”

这一段讲到惜春所要画的是大观园行乐图，虽然出发点是要把大观园画下来，但也要加上仕女人物。在古代这类行乐图常常用以记录名苑盛景并家族成员的面貌，在清代贵族中也是比较流行的。改琦就曾经在“吾园”中为他所寄食的主家李荀香的公子画过行乐图。

> 宝钗道：“我有一句公道话，你们听听。藕丫头虽会画，不过是几笔写意。如今画这园子，非离了肚子里头有几幅丘壑的才能成画。这园子却是像画儿一般，山石树木，楼阁房屋，远近疏密，也不多，也不少，恰恰的是这样。你就照样儿往纸上一画，是必不能讨好的。这要看纸的地步远近，该多该少，分主分宾，该添的要添，该减的要减，该藏的要藏，该露的要露。这一起了稿子，再端详斟酌，方成一幅图样。第二件，这些楼台房舍，是必要用界划的。一点不留神，栏杆也歪了，柱子也塌了，门窗也倒竖过来，阶矶也离了缝，甚至于桌子挤到墙里去，花盆放在帘子上来，岂不倒成了一张笑‘话’儿了。第三，要插人物，也要有疏密，有高低。衣褶裙带，手指足步，最是要紧；一笔不细，不是肿了手就是跏了腿，染脸撕发倒是小事。”……宝玉听了，先喜的说：“这话极是。詹子亮的工细楼台就极好，程日兴的美人是绝技，如今就问他们去。”

这一段是讲画“大观园图”的方法，实际上就是将界画和人物画结合。这是游园行乐图的基本画法，故宫长春宫游廊壁画和现存的巨幅清人绘大观园图都是这样操作的。因而这类的行乐图也常会由两名以上的画家合作完成，因为要将楼台建筑与仕女人物结合，而这两者在清代是不同的画种。宝玉所提到的詹子亮和程日兴都是贾政门下的清客相公，即有一定文采或技艺傍身，寄食于达官富贵之家的落魄文人，这两位看来就是清代寄食的文人画家一类。

> 宝钗道："如今且拿什么画？"宝玉道："家里有雪浪纸，又大又托墨。"宝钗冷笑道："我说你不中用！那雪浪纸写字画写意画儿，或是会山水的画南宗山水，托墨，禁得皴搜。拿了画这个，又不托色，又难滃，画也不好，纸也可惜。我教你一个法子。原先盖这园子，就有一张细致图样，虽是匠人描的，那地步方向是不错的。你和太太要了出来，也比着那纸的大小，和凤丫头要一块重绢，叫相公矾了，叫他照着这图样删补着立了稿子，添了人物就是了。就是配这些青绿颜色并泥金泥银，也得他们配去。你们也得另爖上风炉子，预备化胶、出胶、洗笔。还得一张粉油大案，铺上毡子。你们那些碟子也不全，笔也不全，都得从新再置一分儿才好。"……宝钗说道："头号排笔四支，二号排笔四支，三号排笔四支，大染四支，中染四支，小染四支，大南蟹爪十支，小蟹爪十支，须眉十支，大着色二十支，小着色二十支，开面十支，柳条二十支，箭头朱四两，南赭四两，石黄四两，石青四两，石绿四两，管黄四两，广花八两，蛤粉四匣，胭脂十片，大赤飞金二百帖，青金二百帖，广匀胶四两，净矾四两。矾绢的胶矾在外，别管他们，你只把绢交出去叫他们矾去。这些颜色，咱们淘澄飞跌着，又顽了，又使了，包你一辈子都够使了。再要顶细绢箩四个，粗绢箩四个，担笔四支，大小乳钵四个，大粗碗二十个，五寸粗碟十个，三寸粗白碟二十个，风炉两个，沙锅大小四个，新磁罐二口，新水桶四只，一尺长白布口袋四条，浮炭二十斤，柳木炭一斤，三屉木箱一个，实地纱一丈，生姜二两，酱半斤。"……宝钗笑道："你那里知道。那粗色碟子保不住不上火烤，不拿姜汁子和酱预先抹在底子上烤过了，一经了火是要炸的。"众人听说，都道："原来如此。"

这两段讲的是绘制《大观园图》所需要的材料，包括纸绢、颜料、笔和其余工具，之前宝钗已经讲了画图需要半年时间，再看她所列的材料清单，看来画这幅画在清代算是绘画中的巨大工程。这段详细描述对我们了解清代传统国画的材料工具方面的细节问题很有价值，同时也说明雪芹先生对绘画很精通，之前所描写的“十二金钗图册”布局意境都能完全入画，或许琴棋书画本来就是那个时代的文人们所通学的，而当时贵族家庭的女子精通书画者亦不在少数。这个话题又会让人感触颇深，诗与画也罢，左图右史也罢，当一个人同时能自如地运用文字和绘画两种手段时，他对于文字与图像的转化一定是流畅的、自如的，或许只有这样才能真正“一体无分”地展现故事。而今天在西方分科教育思路的影响下，如我辈学生比起古人或许无形中已经被剥夺了某种“通感”，因而身心理解也必然会受到束缚。

在这一章回中小说第二次出现了对画的描述，不过这次并不是对图画画面的描述，而是用文字描述了该如何去画。宝钗的方法是按照大观园的建筑图样来界画完成“大观园行乐图”的基本框架，然后穿插点缀人物仕女。这段文本中的图像描写是后人以图像来展现文本的本源，清晚期《红楼梦》小说插图中的“大观园图”这一特殊的形式即来源于此。而独立于小说以外的很多大观园图也是用宝钗的方法来绘制的，略有区别的是惜春以大观园建筑图样为摹本，而清代画家们则以小说第十七回描述大观园的文字为摹本。清代《红楼梦》印本序部分常常出现一篇作者无考的《大观园图说》放在插图《大观园图》之后。《图说》结束处云：“谨就十七回中所载录出，间有增益，俱参全书而贯串之。”可见一斑。

曹公的这幅大观园行乐图在第四十八回下“慕雅女雅集苦吟诗”中又出现了一次：惜春正乏倦，在床上歪着睡午觉，画缯立在壁间，用纱罩着。众人唤醒了惜春，揭纱看时，十停方有了三停。香菱见画上有几个美人，因指着笑道：“这一个是我们姑娘，那一个是林姑娘。”第五十回下“暖香坞雅制春灯谜”中再出现一次，贾母因说：“你四妹妹那里暖和，我们到那里瞧瞧他的画儿，赶年可有了。”众人笑道：“那里能年下就有了？只怕明年端阳有了。”贾母道：“这还了得！他竟比盖这园子还费工夫了。”……大家进入房中，贾母并不归坐，只问画在那里。惜春因笑回：“天气寒冷了，胶性皆凝涩不润，画了恐不好看，故此收起来。”贾母笑道：“我年下就要的。你别托懒儿，快拿出来给我快画。”

这幅画在前八十回里没有完成，贾母究竟赶着要这图干什么用也不得而知，但是雪芹先生一再提及并详细叙述，看得出这幅画很重要，说不定还是后几十回情节发展的关键（这是本人索隐的）。这幅大观园图在小说文本中未能完成，因而无法得知其全貌，但却被清代的画家不厌其烦地一再描绘出来并通过小说插图这一媒介被广泛传播；也常常作为重要红楼题材一再地以独立画作、年画、壁画等等不同的形式出现，与《金陵十二钗图册》

的命运相比实在是好了很多。那为什么大观园图就会如此受人青睐，甚至打破传统小说插图的形制，单独在序的部分为其设立位置，并附有专门的《大观园图说》为其说明呢？我们从杨柳青年画中数量巨大的“大观园”类年画就可略知一二了，究其原因，无非还是受众口味的使然。大观园是小说中诗意的栖居，以我看来不要将它具象化更好，但读者总希望看看这个宝玉和黛玉住的园子，想知道大观园究竟是什么样的，到底有多美多繁华，毕竟所有的故事和情怀都是在大观园里的。关于大观园原型的考证也一直是红学研究中的热门，如持“恭王府说”的周汝昌先生的红学成名旧作就是关于大观园考证的《芳园筑向帝城西》，其考据之细和论证之全给我的印象非常深刻，多年后每每还会想到它，老辈文人学术上的严谨态度常令我惭愧。可以说从来没有一本小说带动过这样的造园热情，只要看看相继而建的北京大观园和上海大观园，你就不难明白清代民间画家热衷于大观园题材的原因了。

第二节 插图对原典语言内容的取舍

文字是书写下来的语言，是语言约定俗成的书写符号。语言与人类抽象思维紧密联系在一起，文学作品正是用理性和思维来建构的，是运用语言来创造的“故事世界”。从语言的角度来观照《红楼梦》小说，主要的语言范式有三种：一、人物语言；二、描述语言；三、叙述语言。正是这三种语言错落有致、纵横交织成一壶情天幻海的红楼世界。周先慎先生在《明清小说》中将《红楼梦》的语言风格归纳为“朴素自然、明快流畅、含蓄深厚”，认为作者很少用夸张的语言、华丽的辞藻，却能在普通中寓深刻，于平淡中见神奇。那令人如闻其声的人物对话、如见其人其景的工笔细描以及如临其境的时空叙述，都是雪芹先生之所以能颠倒世人的高明之处。《红楼梦》图像是对文本的再现，这种再现首先需要的就是对原典语言内容进行取舍，然后才是运用形象手段来添加和删减意象，并最终完成画作。

“人物语言”指的是小说人物的对话、自言自语和心理独白。比如前面我们提到“大观园行乐图”所引用的原文，就是宝钗等人的对话。人物语言的内容也是由描述语言和叙述语言来构成的。“描述语言”是指描形绘物的语言，对人物形象的刻画，对环境场景的描写等等，比如上文中提到的“十二金钗图册”的原文就是描述语言。“叙述语言”指的是动态时空变化的叙述，用以连缀篇幅、承上启下，如介绍情况或人物的身世、关系；对人物心理、动作、神态的动态描述等等，这样的语言中蕴含着时间的推移、空间的转换，给读者带来立体的动感。由于人物语言的内容也是由描述语言和动态语言来构成的，所以实际上文本只包含了两种语言：描述语言和叙述语言。这两类语言对于图像再现来讲，由于前者偏向于静态，很容易发展成以人物为主的独立画面；而后者则偏向于动态，较易发展成连续的故事画（当然在人物画中也会有动态的表现，而回目图也常要交代人物外形和环境）。古代早期小说插图如“变相”“出相”主要是为了展现故事情节变化的，而到了清代，插图中的“绣像”多了起来，即以展现人物造型为主，而又发展了“回目画”来展现故事情节。实际上正是对应两类不同的语言发展而来，“绣像”和“回目画”一起则可以更为立体地展现小说故事的全貌。如果说文字通过描述语言和叙述语言两种语言来构建“故事”，那么图像也有“相”和“像”两种手段，它们通过对原典语言内容的取舍，形象地视觉化地“展现故事”。

一、最早的《红楼梦》版画：程甲本绣像

乾隆五十六年辛亥（1791），程伟元、高鹗在萃文书屋以木活字首次排印了一百二十回本的《红楼梦》，后世以“程甲本”“程高本”称之。其封面题作：绣像红楼梦；扉页题：新镌全部绣像红楼梦萃文书屋。首程伟元、高鹗序，次绣像，次目录，后正文。程甲本在《红楼梦》研究史上有多个第一，第一个一百廿回本、第一个出现的印本、第一个有图像的印本等，作为最初出现并最早通过印刷技术而在民间广为流传的《红楼梦》图像系统，其在对原典语言内容的取舍上可算是前无古人，因而就显得十分关键，并对后来者影响巨大。

绣像共二十四页，分别为：石头、宝玉、贾氏宗祠、史太君、贾政王夫人、元春、迎春、探春、惜春、李纨贾兰、王熙凤、巧姐、秦氏、薛宝钗、林黛玉、史湘云、妙玉、薛宝琴、李纹李绮邢岫烟、尤三姐、香菱袭人、晴雯、女乐、僧道。此本绣像前图后赞，书口镌人物名。图像作者无考，有传为程伟元所刻。程本插图风格受到当时清代宫廷版画内府木刻的影响。该本插图的情况如下：

（一）以石头开篇，以僧道结尾，并使用前图后赞的形式

这一形式被其后几乎绝大部分的《红楼梦》版本插图所继承。石头页图像内容取自原典第一回，是叙述语言：原来女娲氏炼石补天之时，于大荒

山无稽崖炼成高经十二丈、方经二十四丈顽石三万六千五百零一块。娲皇氏只用了三万六千五百块，只单单剩了一块未用，便弃在此山青埂峰下。谁知此石自经煅炼之后，灵性已通，因见众石俱得补天，独自己无材不堪入选，遂自怨自叹，日夜悲号惭愧。

图 26-1　程甲本[1]

图 26-2　光绪悼红轩石印本

图 26-3　改琦《红楼梦图咏》

石头页画面远处为山峰和云，近景一棵松树，树下一块大石，石头边上有株灵芝。由于原文本来就是叙述语言，所以作画者在取原文“大荒山无稽崖”和“弃在此山青埂峰下”之后，就要自己考虑删减和添加形象物来再现原文的意思。于是增添了松树和灵芝，松树显示石头所处环境的荒芜和孤单，灵芝则是取自“木石前盟”含义里的绛珠仙草，或许是因为“仙草”，或许是因为黛玉姓林，所以作画者就想到灵芝了，这实在是误解，但却一直被后来的刻插图者所继承（见图 26-2），只有文人画家改琦画的是结着小圆果的兰草。不过改琦的图咏广泛流传要到光绪五年淮浦居士刊印之后，所以此后石头仙草采用程本模式的居多。

僧道页图像（见前文第一章图 1）内容大约也取自原典第一回：俄见一僧一道远远而来，生得骨骼不凡，丰神迥异。……只见从那边来了一僧一道，那僧则癞头跣脚，那道则跛足蓬头，疯疯癫癫，挥霍谈笑而至。及至到了他门前，看见士隐抱着英莲，那僧便大哭起来。原文是描述语言，图像比较好处理。画面还是远山近松，只是加上了一僧一道，左边的癞头和尚拿

① 此节中所引用图像主要用于造像内容的比较，关注的是各母本插图对原典的取舍，因而每幅图像之复制拷贝之来源出处就不再一一详细说明，而只在各图标志中简要说明其原始出处，具体版本图像来源皆同于第一章概论中版本的图像引用出处。

着拂尘，右边的道士跛了一只脚。由于小说从此二人携石头入红尘起头，雪芹先生本意也应该是以此二人带回宝玉恢复本来面目作结，所以将此幅画安排在整体结尾处也比较合适。后来者多沿袭这一思路，将二人并为一幅图收尾。

作为《红楼梦》版画最早的一种，程甲本开了绣像《红楼梦》的先河，其图赞亦可视为最早的《红楼梦》题咏。从内容可知，部分图赞涉及程甲本后四十回情节。如第十二首《巧姐》："维七夕生，是以巧名。金闺旧梦，空村纺声。谁假十万，嫁织女星。"遥指第一一九回至一二零回，巧姐为刘姥姥搭救，并嫁与庄户周家，过着村居生活。第十九首《李纹 李绮 邢岫烟》："翠鬟碧沼曲栏杆，一段闲情寄钓竿。鱼自忘机人自戏，鸳鸯相睡不相看。"则取自第八十一回"占旺相四美钓游鱼"。由此可见，图赞作者必然在程甲本付印前得观百二十回书稿，而且极为熟稔程甲本后四十回内容。太平闲人张新之在《石头记读法》中认为，续书作者即图赞作者："原刻绣像二十四幅，具合书意。其题辞则惟第一幅之《石头》及结末之《僧道》暗合书旨：《石头》演一心，《僧道》演易理也。余则悉从书面着笔，隐隐在若即若离、有意无意之间，皆出作者原手。"值得注意的是，每首图赞各钤印鉴一枚，或方形或圆形，甚至葫芦形、扇形，但落款多为"怡红公子""冰雪净聪明""竹篱茅舍自甘心""春梦如云"等闲章，印文与所咏人物一一对应，篆刻也极尽变化之能事，采用了篆书、行书、楷书等多种字体，但这些都是作者使的"障眼法"，旨在提升版画的赏鉴性，以供读者阅读时玩味，而非为昭示作者身份，我亦赞同图赞的作者即是高鹗的观点。

（二）5＋12＋7 的绣像布局

绣像形成是一个 5＋12＋7 的结构，即以《金陵十二钗正册》中提到的十二位贵族女子为中心，前后各加图五页和七页。前五页除了石头和宝玉外，另外增加了贾氏宗祠、史太君、贾政王夫人三页；后七页除了最后一页僧道外，还有《金陵十二钗副册》中提到的侍妾身份的香菱、《金陵十二钗又副册》提到的丫鬟身份的袭人、晴雯，这三人共两页，再添了薛宝琴、李纹李绮邢岫烟、尤三姐、女乐四页，共七页。贾氏宗祠、史太君、贾政王夫人三页此后极少出现，尤其是贾氏宗祠此为绝本。以此可见程本刻画者有意遵循当时传统的儒家教义将宗氏祠堂、长辈、父母都放在最前面，但此后的插图本无一使用这一思路。薛宝琴、李纹、李绮、邢岫烟都是因具有贵族小姐的身份而得以入选。脂砚斋在妙玉出场一回中，庚辰双行夹批："雪芹题曰'金陵十二钗'是本宗《红楼梦》十二曲之意。后宝琴、岫烟、李纹、李绮皆陪客也。”所以李纹、李绮、邢岫烟三人合一幅，薛宝琴单独一幅，这基本符合原著在角色分量上的安排。尤三姐笔墨不算多，但情节突出，估计提倡礼教的作者从女子节烈的角度而入选，她的姐姐尤二姐其实原著篇幅比尤三姐多，却未入选。后来者多遵循这一传统，使得尤三姐在红楼画中的地位几乎超过三春而与宝钗湘云并重，而尤二姐往往刻画者甚少。女乐页不知为何入选，或为凑二十四页也未可知。

(三)主要人物插图的原典出处

由于该本可以算得上前无古人，所以在对原典语言内容的取舍上可以说没有什么前人的框架局限，显示了绘画出版者对小说的领会。一般来讲要用一幅画来展现一个人物或几个人物，那么一定要在整本小说中选择最典型最能表现人物性格的情节入画；如果有一个之前未看过任何图像而又熟读《红楼梦》的人，那么这件事也并不难，只要让他回忆各个人物让他印象最深的情节，然后考虑是否可能入画就结了。我想程本画像时的情况应该是差不多的。

图 27 程甲本插图：薛宝钗、林黛玉、香菱袭人

宝玉页选择“随警幻仙子游太虚幻境”，出自小说第五回：宝玉听说，便忘了秦氏在何处，竟随了仙姑，至一所在，有石牌横建，上书“太虚幻境”四个大字。图中宝玉与警幻两人一前一后，右上方警幻所指方向云雾中显出牌坊一角，有“虚幻境”字样。

元春页选择了“省亲”，出自第十八回“皇恩重元妃省父母 天伦乐宝玉呈才藻”情节，画面中元春为宫女太监簇拥，环境雕梁画栋，地上铺龙凤地毯。

迎春页选择了“司棋被逐”，出自第七十七回。画面为迎春拿《太上感应篇》在看，地下跪着要告别的司棋并包袱之类，表现迎春懦弱而不理事。

探春页选择主要着眼于她的理家才干，画面内容大约出自第五十六回“敏探春兴利除宿弊”，大约是代管家务，翻看账本名册的情节。图赞曰：“有女有女，婉淑且始。家政代理，钜细允宜。先除厥弊，出入量为。曰勤曰俭，弗偏弗私。卓卓仪范，为女者师。”题咏颇为道学气。

惜春页选择“画大观园图”，图是贴在墙上的。惜春一手持笔，似乎在思考该怎么画，桌上有画笔、砚台等工具，地下有小丫头在扇风炉子沏茶。

李纨贾兰页大约描绘了李纨所居住的稻香村，画面右上有李纨贾兰并婢女，下方为两个妇人在插秧种田。

王熙凤页选择的情节是非常独特的，其图赞是：“才调风流迥出尘，宫花分得一枝新。侬家乍醒阳台梦，斜掠烟鬟半未匀。”实际是采取了春秋笔法，用“阳台梦”“斜掠烟鬟”等字眼，暗讽王熙凤白日宣淫。画面为阿凤理妆，门口站着平儿和端盆的小丫头，门外庭院里是拿宫花盒子的家仆。情节取自第七回上“送宫花贾琏戏熙凤”，讲周瑞家的给众人送宫花，隔窗看见李纨在炕上歪着睡觉，而王熙凤处则房门紧掩。“只听那边一阵笑声，却有贾琏的声音。接着房门响处，平儿拿着大铜盆出来，叫丰儿舀水进去。”此处甲戌脂批道：“阿凤之为人，岂有不着意于风月二字之理哉？”画面实际对于展现这一情节比较难，或许这是后来的王熙凤画中几乎未见有选择这一情节入画的原因。

巧姐页画面为草屋村舍，一老妇带着一个背包袱的小女孩。大约取自第一一九回，巧姐被刘姥姥搭救，并嫁与庄户周家过着村居生活。

秦氏页画面展示第五回中可卿房间的描述语言，如出现对联的一侧“嫩寒锁梦因春冷”和“海棠春睡图”字样。可卿坐在床上，一丫头端茶过来。原典文字描述为：入房向壁上看时，有唐伯虎画的《海棠春睡图》，两边有宋学士秦太虚写的一副对联，其联云：嫩寒锁梦因春冷，芳气袭人是酒香。案上设着武则天当日镜室中设的宝镜，一边摆着飞燕立着舞过的金盘，盘内盛着安禄山掷过伤了太真乳的木瓜。上面设着寿昌公主于含章殿下卧的榻，悬的是同昌公主制的联珠帐。倒是这画中的对联和题词让人一眼就能辨认出是可卿，比后来的很多毫无特色的秦可卿强多了。

薛宝钗页，选自第三十六回上“绣鸳鸯梦兆绛芸轩”，画面上贾宝玉面朝里在床上睡觉，薛宝钗则替袭人为宝玉绣鸳鸯肚兜。原文：二人来至院中，见静悄悄的，湘云便转身先到厢房里去找袭人。林黛玉却来至窗外，隔着纱窗往里一看，只见宝玉穿着银红纱衫子，随便睡着在床上，宝钗坐在身旁做针线，旁边放着蝇帚子。这个情节选得非常妙，实是展现了宝钗对宝玉所怀有的爱慕，展现了端庄的宝钗少女情怀的一面，同时也暗示了两人将来的关系。我以为这一选择非常高明，但在后来的宝钗画中几乎未见有选择这一情节入画的。

林黛玉页选择“调鹦鹉”：画面为黛玉隔着窗子教鹦鹉，廊子上背对站着一个丫鬟。回廊有一丛竹子掩映。原典大约出自第三十五回：那鹦哥便长叹一声，竟大似林黛玉素日吁嗟音韵……黛玉紫鹃听了都笑起来。紫鹃笑道：“这都是素日姑娘念的，难为他怎么记得了。”黛玉便令将架子摘下来，另挂在月洞窗户外的钩子上，于是进了屋子，在月洞窗户内坐了。吃毕药，只见窗外竹影映入纱窗来，满屋内阴阴翠润，几簟生凉。黛玉无可释闷，便隔着纱窗调逗鹦哥作戏，又将素日所喜的诗词也教与他念。这也成为此后黛玉画的一个经典意象。

史湘云页，情节取自第三十一回下“因麒麟伏白首双星”，史湘云和丫鬟翠缕谈论世间万物都有阴阳之分。画面中湘云执扇，地上有一物，丫鬟指着它似乎在讲着什么。原文：湘云道：“你瞧那是谁掉的首饰，金晃晃在那里。”翠缕听了，忙赶上拾在手里攥着，笑道：“可分出阴阳来了。”说着，先拿史湘云的麒麟瞧。湘云要他捡的瞧，翠缕只管不放手……湘云举目一验，却是文彩辉煌的一个金麒麟，比自己佩的又大又有文彩。这个情节的选择同样能看出刻画者非常注重这些人物和宝玉的关系。原文中这章的标题让人费解，历来红学家较多揣测。有一种说法就是湘云为宝玉落难后的最后共同生活的妻子，所以用“白首双星”，所以麒麟是重要定情物件，这一章也是关于湘云的重要章节，可见刻画者的红学修养绝非一般。

妙玉页图咏为“清寒孤另，云景(影)月华心性，抚前轩。得意忘言处，无情有恨间。”所咏为妙玉妄动凡心，画面据此推断应该表现高鹗续书的第八十七回下“坐禅寂走火入邪魔”：坐到三更过后，听得屋上嗗碌碌一片瓦响，妙玉恐有贼来，下了禅床，出到前轩，但见云影横空，月华如水。那时天气尚不很凉，独自一个凭栏站了一回。画面上妙玉凭栏独站眺望，里面是佛龛。

薛宝琴页取“雪下折梅”，出自第五十回：众人从惜春的暖香坞出来，随凤姐去用晚饭，“忽见宝琴披着凫靥裘站在山坡背后遥等，身后一个丫鬟抱着一瓶红梅”。贾母对此赞不绝口，认为比仇十洲的《双艳图》还要好。这段为描述语言，画面就还原了这一场景：宝琴和抱梅丫鬟在右上角，有山坡；左下角有两人，用手指点，一人被画框半遮，显示还有其他人。图赞《天仙子》，云：“鹤氅翩翩红靺鞨，泥金裘洒珍珠屑。生来自合是梅妆，清一色，娇难别，天花影里胭脂雪。”

尤三姐页，画面为尤三姐自刎死后化仙，仗剑在空中诀别场景。应该是柳湘莲所恍惚见到的。原文典出第六十六回上“情小妹耻情归地府”：忽听环珮叮当，尤三姐从外而入，一手捧着鸳鸯剑，一手捧着一卷册子，向柳湘莲泣道：“妾痴情待君五年矣，不期君果冷心冷面，妾以死报此痴情。妾今奉警幻之命，前往太虚幻境修注案中所有一干情鬼。妾不忍一别，故来一会，从此再不能相见矣。”说着便走。湘莲不舍，忙欲上来拉住问时，那尤三姐便说：“来自情天，去由情地。前生误被情惑，今既耻情而觉，与君两无干涉。”说毕，一阵香风，无踪无影去了。

晴雯页选择“补裘”，这几乎是其后所有红楼画中晴雯的选题。画面在雕梁画栋的怡红院里，晴雯坐在床上缝一件裘衣，另有两个丫头在旁边忙碌。原文出自第五十二回下“勇晴雯病补雀金裘”：一面说，一面坐起来，挽了一挽头发，披了衣裳，只觉头重身轻，满眼金星乱迸，实实撑不住。若不做，又怕宝玉着急，少不得恨命咬牙捱着。便命麝月只帮着拈线。……补两针，又看看，织补两针，又端详端详。无奈头晕眼黑，气喘神虚，补不上三五针，伏在枕上歇一会。

女乐一页出现了六个女子似乎在练习的场景。原典可能出自第十八回：此时王夫人那边热闹非常。原来贾蔷已从姑苏采买了十二个女孩子，并聘了教习，以及行头等事来了。那时薛姨妈另迁于东北上一所幽静房舍居住，将梨香院早已腾挪出来，另行修理了，就令教习在此教演女戏。

（四）该本有将多个主要人物并于一页的习惯，哪怕在单独表现人物的单页中，也常常出现其他人物，正是处于情节画与人物画还未明确界限、模棱两可的阶段

如警幻和宝玉、李纹李绮邢岫烟、李纨和贾兰、香菱袭人、女乐等。或许是出自减少图像页数的考虑，毕竟刻本时代，费工较多。然而从故事情节的展现出发，这些人物并于一页也属合理。与后来的无背景或简化背景来突出单个人物的绣像不同，此本中的绣像能够较好地叙事，即画面是依据小说中的故事情节来绘制，基本忠实于原著语言叙述。再如香菱袭人页，取小说第六十二回下“呆香菱情解石榴裙”内容。该回讲到香菱与其他丫鬟斗草，以夫妻蕙取胜遭同伴嘲笑，打闹时弄脏了石榴裙。被宝玉看到了，让袭人带自己的新裙子来给香菱换。画面取了两人换裙子的故事场景。图赞：“南园草色绿盈盈，朱栏外，有人声。秾桃艳李让渠赢。怎解道，夫妻蕙，占佳名。小娃恶谑太憨生，裙带染，绣苔青。郎君阿姊两多情，悄解换，偷眼看，怕卿卿。”既能体现香菱的“憨”，又能体现袭人的“贤”，倒是很好地在一幅画面上表现了两人的性格。由此看出刻印者在原典内容取舍上是很见功力的。

（五）画面刻画较为简单粗糙，画面人物表情一样，女子常出现单盘腿动作的造型。但在叙事上却简单明了，情节表达很到位

与后期木刻插图相比，画面较粗糙，人物几乎很难区分，面部表情一样，不分悲喜；衣着饰品颇简略写意，有点戏曲服装的味道；建筑庭院倒有一些简单的透视，与明代版画迥然不同，应该受当时清代院府版画的影响。人物动作较僵硬，其中坐在炕上的人物，像迎春、秦氏、宝钗、女乐都是单盘腿坐姿。看似不算文雅，原典也未有描述，这也是此后的红楼画中绝无仅有的动作姿态。应该是当时北方女子习惯的坐姿，刻画者可能根据自己的日常生活经验借鉴而来，也说明高鹗是认同故事发生在北京的，须知“南北问题”可算是红学中的大问题。图像叙事性强，有图解文字的作用。

（六）在原典情节选择上，与宝玉有微妙关系的几位少女人物页，其情节选择都以与宝玉的关系为出发点。并且后四十回的情节入画的占了多幅，颇有为后四十回续书宣传的意味

黛玉与宝玉是恋人关系，这就无须插图特别表明，所以画面选择“调鹦鹉”情节来表现黛玉常幽怨清愁、自叹自怜。因为连鹦鹉都学会了她的词调，真是非常精彩的选择。而宝钗、湘云、妙玉、秦氏、晴雯、香菱等都选择与宝玉有微妙关系展现的章回内容。刻画者选择原典内容时含义很深，显示了刻画者对雪芹先生的原文布局和后四十回内容的理解都十分深入，特别是宝钗、王熙凤、湘云三页所选情节我个人觉得十分出色，情节中都隐含深意。但后来的红楼画中宝钗、熙凤都再未有选择相关情节的，究其原因可能是该两处情节故事性太强，要交代的内容太多，不适合人物写像的表达。可见程甲本插图对原典情节取舍的功力要强于画面形象表达，正是我开始讲的以各个人物让画家印象最深的情节入画。至于选择后四十回的几幅看来纯粹是为宣传推广服务了，或许也想混淆视听，让人认同程甲本提出的一百廿回为曹雪芹原著的观点。

程本虽然题名为“绣像红楼梦”，但从插图的内容上来讲，既有人物，又有情节，我们在第一章概论部分中曾提到，“绣像”一词开始也并非专指“肖像”，只是指描绘精细的图而已，民间书坊随意使用不过为了宣传。程甲本这个最初的《红楼梦》图像系统就是如此，程本没有回目图，卷首图像虽然以人物作为题名，但内容以情节表现为主，常常多个人物以情节为线合并于一幅当中，因而我们可以把它看作对文本的“图解”。画面较为简单，刻

工较为粗糙，程甲本插图作为小说印本的一部分，从人物造型上来看几乎没有特点或区分，更多的依赖画面情节和题名图赞来对应辨认，该本插图对情节的依赖性较大。可以说程甲本插图名为“绣像”，实为“图解”，在“图像”与“文字”之间更为倚重文字，在原典情节选择上相当出色，但在画面表现与审美上还略逊一筹。

二、宝玉和十二钗造像比较

宝玉和十二钗的造像是红楼梦图像中最重要的问题，无论是绣像、回目画、画册、粉本等等都必然要涉及，因为哪怕是故事画也是以红楼人物为中心来展开的。由于清代仕女画的传统，十二钗的造像很容易滑入《百美图》一类的情形而失去作为小说人物的独特个性；但是随着《红楼梦》小说的风靡和痴迷者日众，也自然会随着观者的喜好而不断地促使绘图者改进，使得宝玉和十二钗的造像接近于读者心目中的总体形象。出演过《红楼梦》戏曲的梅兰芳先生在《舞台生活四十年》中曾陈述过一件有关民间观众对《红楼梦》接受态度的趣事：“据王大爷昆仲对我说：‘前清光绪年间，北京只有票友们排过红楼戏。那时票房的组织还没有后来那么普遍发展。著名的有两个票房，一个在西城，叫‘翠峰庵’，名角如刘鸿声……他们排过‘葬花’和‘摔玉’。陈子芳扮黛玉，他的扮相是梳大头穿帔，如同花园赠金一类的小姐的打扮……每逢黛玉出场，台下往往起哄，甚至于满堂来个敞笑。观众认为这不是理想的林黛玉……可是内行看了这种情形，对于排红楼戏便有了戒心。恐怕台下起哄，在公开营业的戏馆里面，不敢轻易尝试。”[①]可见观看者的接受对于扮演者的影响。

图像的情况也是一样的，今人对红楼人物形象的认同已经基本一致，这种一致本身就是建立在清代红楼人物形象逐渐统一的基础上。印本插图作为流传最广、对后世独立的红楼画影响最大的红楼图像，其主要的母本系统有以下几个：程甲本、藤花榭本和双清仙馆本、姚评本(开始出现回目插图)、临王墀图咏本和临改琦图咏本。回目图中也有宝玉的形象，但是按照之前的绣像造像为标准的，所以本节就以这七个母本系统的绣像为主，附带其他一些零星的插图系统如《增评补图石头记》悼红轩本等来探讨宝玉和十二钗的造像问题。

---

① 梅兰芳：《舞台生活四十年》(第二集)，许姬传记录，人民文学出版社 1957 年版，第 82 页。

(一)宝玉

宝玉是小说的主人公,程甲本插图中是将其摆在人物第一页的位置上的,其后版本的插图中对宝玉的造像都是着重塑造的。对于宝玉的外貌小说中有明确的描述语言,衣着和发式等此后也多次提到。从绣像来看宝玉造像主要分两类,一类是宝玉肖像,原典应该取自初次见面时林妹妹眼中的宝玉;一类是依据所选原典章回情节中描绘的宝玉。

第三回宝黛初会时,林妹妹第一次见到的宝玉原典文字是:头上戴着束发嵌宝紫金冠,齐眉勒着二龙抢珠金抹额,穿一件二色金百蝶穿花大红箭袖,束着五彩丝攒花结长穗宫绦,外罩石青起花八团倭缎排穗褂,登着青缎粉底小朝靴。面若中秋之月,色如春晓之花。鬓若刀裁,眉如墨画,面如桃瓣,目若秋波。虽怒时而若笑,即嗔视而有情。项上金螭璎珞,又有一根五色丝绦,系着一块美玉。插图画家是根据这段文字来刻画宝玉肖像的,由于这几种绣像没有任何背景,因而主要是通过人物表情、姿态和穿着来展现人物。于是绣像主要承担起了写像的任务,有助于详细地刻画人物外貌身材衣着打扮。相比而言姚评本的刻画最为神采风流:较好地再现了小说中的"束发嵌宝紫金冠""百蝶穿花图案""长穗宫绦""金螭璎珞""丝绦美玉"等服饰,这些几乎都不是清代男性的衣着打扮,带有明代服饰特征,又有些戏曲服装的味道。通过人物姿势来表现其风流体态,通过面部刻画来表现其顾盼神情,算是非常传神。孙温绘本中的宝玉,因为是彩绘,较为忠实地表现了原典中的宝玉服饰,如"大红箭袖""石青排穗褂""青缎粉底小朝

图 28-1　姚评本

图 28-2　悼红轩本

图 28-3　孙温绘本

图 28-4　双清仙馆本

图 28-5　姚评本回目图中的宝玉

靴”都表现出来了。值得一提的是，由于姚评本和悼红轩本都有回目图，回目图中的宝玉也是遵循绣像中宝玉的造型来表现的。比如姚评本回目图中的宝玉与绣像中的宝玉衣着头饰一致，方便读者辨认。

依据所选原典情节来描绘的宝玉主要依靠情节的表达和环境的衬托来体现。这样的情况弄得不好就会被情节所牵制，忽视了人物本身。王墀画中的宝玉就有这个问题，表现的大约是祭奠晴雯的场景，我们却并未因此而认识宝玉。

图 29-1　临改琦图咏本

图 29-2　临王墀图咏本

图 29-3　程甲本(藤花榭本完全模仿该本)

依据所选原典情节描绘的插图中表达较成功的是改琦。选择第二十三回读《西厢记》的情节，画面描绘的大约是这一段：那一日正当三月中浣，早饭后，宝玉携了一套《会真记》，走到沁芳闸桥边桃花底下一块石上坐着，展开《会真记》，从头细玩。正看到"落红成阵"，只见一阵风过，把树头上桃花吹下一大半来。读完文字再回过头来看改琦的图，是不是很有意境？改琦特别善于通过环境来展现人物。不少人不喜欢这幅图，觉得服饰上不够接近原著。实际上，改琦所描绘的红楼人物未必合乎小说语言所描述的相貌衣着，他更着重于精神气质，重视对人物性格内涵的刻画，文人画家对原著的领会较一般民间画工总要偏精神气质一点。我个人是比较喜欢这一幅宝玉的：悠闲自在地在桃花树下看禁书而全不管身外之事。宝钗曾评论过宝玉："天下难得的是富贵，又难得的是闲散，这两样再不能兼有，不想你兼有了。"改琦的宝玉活脱脱一个"富贵闲人"，很体现人物气质。不过从大众接受上来看，姚评本是最为得到认可的、最接近人们想象的宝玉像，此后的图像、戏剧一直到今天的电影电视都取宝玉的这一形象。可以说光绪年间出现的姚评本基本确立了宝玉的造像：束发戴冠，项圈带玉和束腰团花锦袍，面容饱满，目光温柔有点女性化。

（二）黛玉

黛玉的造像主要有两种：一种是葬花；一种是在潇湘馆。葬花通过背花锄，拿花帚、花囊来体现；在潇湘馆通过竹子和鹦鹉来体现。这两种都是在《红楼梦》图像的早期就已经出现的造像，两者都能较好地反映人物的性格，尤其是"葬花"，非常具有戏剧性，因被清代《红楼梦》戏曲广泛采用而最为人深知。大众眼中的黛玉的形象与花锄花囊简直都成为一体了。最早的黛玉葬花是红豆村樵《红楼梦传奇》曲本里的造像。我以为这完全是戏曲角色扮装的参考图：因为出现了披孔雀翎披肩、戴着垂珠珞的斗笠，还挂了项圈、大锁片、大飘带等，打扮实在是不像书中的黛玉，应该是舞台上的黛玉、给戏曲观众看的黛玉。繁复夸张的服饰是表演的需要；斗笠披肩可以表现演员在户外，这是中国戏剧的虚拟特色。但这一人物姿态却被后来的红楼画所沿用，传为改琦的《红楼梦临本》中所画的黛玉图完全模仿曲本图画的姿态、斗笠。其原典出处为第二十七回下"埋香冢飞燕泣残红"：宝玉便把那花兜了起来，登山渡水，过树穿花，一直奔了那日同林黛玉葬桃花的去处来。将已到了花冢，犹未转过山坡，只听山坡那边有呜咽之声，一行数落着，哭的好不伤感。后面作者就写了葬花词。所以实际对于黛玉葬花时的衣着姿态道具的描绘在第二十三回上"西厢记妙词通戏语"：宝玉一回头，却是林黛玉来了，肩上担着花锄，锄上挂着花囊，手内拿着花帚。庚辰本脂砚斋眉批："此图欲画之心久矣，誓不过仙笔不写，恐亵我颦卿故也。己卯冬。"正在此处。宝玉笑道："好，好，来把这个花扫起来，撂在那水里。我才撂了好些在那里呢。”林黛玉道：“撂在水里不好。你看这里的水干净，只一流出去，有人家的地方脏的臭的混倒，仍旧把花遭蹋了。那畸角上我有一个花冢，如今把他扫了，装在这绢袋里，拿土埋上，日久不过随土化了，岂不干净。”因此葬花一幅描绘的是宝玉眼中的黛玉，而“葬花词”又是最体现黛玉性格的独白。难怪脂砚斋看到此处也不由得想绘图了，的确是最传神的黛玉造像。按原典语言来看，双清仙馆本黛玉造像虽然画得简单，却最为接近原著描述。

图 30-1 《红楼梦传奇》

图 30-2 《红楼梦临本》

图 30-3 荆石山民《红楼梦散套》

图 30-4 双清仙馆本

潇湘馆黛玉造像主要通过竹子和鹦鹉来体现,潇湘馆是大观园中黛玉的闺房,其意境对于展现林黛玉的气质是十分切合的,历来为画家刻工所喜爱。最早的程甲本黛玉造像就是潇湘馆调鹦鹉,见图 27。到后来绣像中鹦鹉和竹子成为识别黛玉的标志。潇湘馆造像比起葬花更难展现人物,生动贴切并不容易,很多并不成功,如下图 31-2 和图 31-3。

图 31-1 改琦《红楼梦图咏》本

图 31-2 临王墀图咏本

图 31-3 悼红轩本

关于潇湘馆的描述原典中常有,游大观园时又有详细描述,画家可依据落笔之处很多,但让我印象最深的是大观园分配住所时,黛玉对潇湘馆的描述:林黛玉正心里盘算这事,忽见宝玉问他,便笑道:"我心里想着潇湘馆好,爱那几竿竹子隐着一道曲栏,比别处更觉幽静。"所以潇湘馆之幽静是最为关键的特点。纵观插图表现最为传神的潇湘馆造像为改琦的黛玉:潇湘馆内竹枝摇曳,千竿生凉,青苔斑石,鹦鹉垂鸣,更显清幽。黛玉身直立而微侧,头略低垂,目光俯视,右手半举,左手垂拂,似累似病、似羞似怨、似哭似笑,似思绪万千。让我想起原著"闲静时如姣花照水,行动处似弱柳扶风"的外形写照。虽无情节却很好地刻画了黛玉丰富的情感和复杂的内心世界。半工半写,造型纤弱,背景细秀,衣纹简逸。正与晚清文人画家在仕女画创作上所追求的"清淑静逸"之趣相符。

也有表现其"弱柳扶风"的动态的,如费丹旭的黛玉就好似微风轻抚或是冉冉而行,很有动感。相比而言王墀的黛玉就呆呆的,但好歹还有点"弱弱的"气息,而悼红轩本中的黛玉简直是毫无感觉了,只能依赖鹦鹉来区别,否则谁认得出这就是黛玉啊?另外值得一提的是姚评本回目图中的人物是遵循绣像中人物的造型来表现的。至此绣像与回目图功能区分明显,绣像只管造像，回目图展现动态情节。黛玉在回目图中出现时，其衣着头饰完全与绣像中的一致，仔细看时连发型、披肩、系裙的丝绦都一模一样。主要目的应该是方便读者辨认人物。

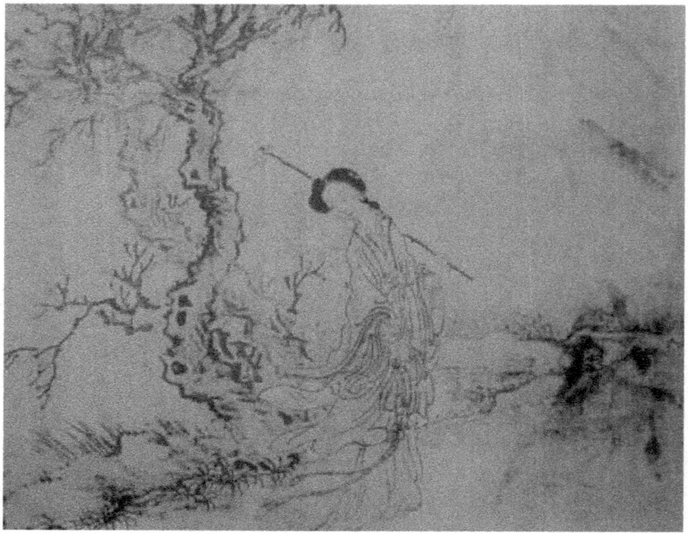

图 32-1　费丹旭之黛玉

图 32-2　姚评本卷首绣像

图 32-3　姚评本回目图中的黛玉

(三)宝钗、湘云、妙玉

宝钗、湘云、妙玉都是十二钗中的重要角色,人物外貌、性格在原典中都是着重刻画的。宝钗在曹公的《金陵十二钗正册》中与黛玉同画于第一页,俞平伯先生就持"钗黛合一"论,此论在"文革"时受到极严厉批判。实际上脂砚斋强调《红楼梦》引子中的"悲金悼玉""兼美"说或是作者本意。不管怎样宝钗在小说中的地位即便逊于黛玉,也是绝对的女主角。湘云、妙玉排在元春、探春之后,在作者心中地位高于迎春、惜春和王熙凤等人,也是着墨极多的人物。

宝钗造像几乎完全集中于"扑蝶"。其实我们前面讲程甲本时,就提到当时用的是"绣鸳鸯梦兆绛芸轩",这个情节选得很好啊,既展现了宝钗对宝玉所怀有的爱慕,又暗示了两人将来的关系。但后来的宝钗画中几乎未见这一情节入画。究其原因,其一:程甲本面世时大众对宝钗的理解(倾向于贬义)还未像后期那样成型;其二:"绣鸳鸯梦兆绛芸轩"需要陪衬人物和环境描写,对后期单人绣像的描绘不利。最早在印本插图中使用"扑蝶"造像的是刊刻于嘉庆二十三年(1818)左右的藤花榭木刻本,该本是程本后的第二个图像母本系统,属于早期红楼梦图像。虽然有不少插图模仿程甲本,而且刻画极为粗陋,但也有不少创新之处,"宝钗扑蝶"正是其中之一,几乎后来所有的宝钗图都集中在这一情节上。其原典出于"滴翠亭杨妃戏彩蝶",既能表现宝钗工于心计、圆滑世故的性格,又易于绘制,造型优美动人,又是独立人物成像的,所以就一直沿用。原典上使用叙述语言对场景进行展现:忽见前面一双玉色蝴蝶,大如团扇,一上一下迎风翩跹,十分有趣。宝钗意欲扑了来顽耍,遂向袖中取出扇子来,向草地下来扑。只见那一双蝴蝶忽起忽落,来来往往,穿花度柳,将欲过河去了。倒引的宝钗蹑手蹑脚的,一直跟到池中滴翠亭上,香汗淋漓,娇喘细细。当然也有不用"扑蝶"的,以临王墀图咏本为例,小说绣像中宝钗就是毫无特色地呆立,你说她是别的人也并无不妥。这些红楼画就流于"百美图"一类,无视人物个性了。通俗小说插图常有这样的现象。

"宝钗扑蝶"造像基本固定后,扇子就成了宝钗的出场标志。一般都用团扇,唯改琦的《红楼梦图咏》用了折扇。因为原典用了"向袖中取出扇子来"似乎折扇的可能性大点。据传改琦的《红楼梦临本》中宝钗用了团扇,据这一点上来讲似乎与改琦对原典理解有出入,所以对于《红楼梦临本》更多的是从其临摹上大略体会改琦的画风笔意而已,未可将其一定认为是真迹。但从仕女造像的道具优美角度,团扇又略胜一筹。

图 33-1　藤花榭本宝钗

图 33-2　《红楼梦临本》扑蝶

图 33-3　《红楼梦图咏》中的宝钗

湘云造像的情况与宝钗差不多，虽然也有程甲本出现的拾麒麟论阴阳的意象，但其后关于湘云的画都统一为"眠芍"，其原典出处为六十二回上"憨湘云醉眠芍药裀"，原文为描述语言：果见湘云卧于山石僻处一个石凳子上，业经香梦沉酣，四面芍药花飞了一身，满头脸衣襟上皆是红香散乱，手中的扇子在地下，也半被落花埋了，一群蜂蝶闹嚷嚷的围着他，又用鲛帕包了一包芍药花瓣枕着。较早采用这一典故的还是早期木刻藤花榭本，虽粗糙却为后人提供了这一经典意象，"湘云眠芍"之画意一直为后人沿用，画家改琦、顾洛等都画过。其中唯有王墀图咏本中湘云眠芍的空间似乎在室内，有床有枕，却又画些山石草木，十分不通。

图 34-1 藤花榭本湘云

图 34-2 临王墀图咏本

图 34-3 吴友如之湘云

图 34-5 《红楼梦图咏》湘云

图 34-6　顾洛《香梦沉酣》

妙玉造像以她自身与其他女性人物不同的服饰特征为主，总是表现她在栊翠庵中的情形，这些都比较容易表现，因而妙玉的造像还是很有特色的。我个人比较喜欢姚评本中的造像，其中的水田衣和头巾几乎成为妙玉的标志而在民间画作中广泛流传。改琦“深夜打坐”的妙玉也很美，体现了她的孤独和被压抑。

图 35-1　姚评本妙玉

图 35-2　《红楼梦图咏》妙玉

(四)"原应叹息"四春

"原应叹息"指的是贾元春、贾迎春、贾探春和贾惜春四姐妹,此四人虽命运不同,但都是贾府的贵族女子,承受家族凋败之巨变。由于迎春和惜春在前八十回笔墨较少,所以在红楼图中地位不突出,甚至都比不上尤三姐(未出现在正册)和晴雯(又副册中),相对而言元春和探春受画家重视一些。元春画意以"省亲"居多,毕竟前八十回中直接描绘元春的只有这一处,但改琦的元春背面坐像十分精彩,为后人模仿最多的画意。常有人评论此幅图像说改琦用背影是为了留给我们无限的想象空间。[①] 实际上或许还有另一层的原因,就是作为文人画家对帝王的后妃面容的避讳。这在当时或许是要注意的问题,我们看到在姚评本插图中甚至连后来和亲为王妃的探春的面容也避讳了。当时小说处于禁书之列,清代又屡次大兴文字狱,文人画家都相当小心,万一绘出的后妃面容略有相似或别的问题,难保不惹祸。事实上改琦本人就曾经遇到过这样一件事,他为一位朋友所绘制的相熟妓女的小像流传在外,被人误以为某官员的小妾而惹来麻烦。[②]

图 36-1 《红楼梦图咏》元春

图 36-2 程甲本元春省亲

图 36-3 姚评本探春

探春、迎春在红楼画中常常呆坐,未有特别突出的标志道具,一般选取探春看名册治理大观园、迎春读经不理身边事的情节,但表现出来都一样:

① 如周伟平提到元春时的观点为普遍认同的观点。周伟平:《论改琦〈红楼梦图咏〉》,《浙江海洋学院学报》2008 年第 6 期。

② 故事详见谢堃:《妓形相肖》,《春草堂集》卷二十三《雨窗记所记》。

拿本书坐着，或旁边加一个丫鬟。惜春是“画画”，从程甲本开始就没变过。这三人的性格特征在清代红楼画中未有很好的展现，表现平淡无奇几乎让人遗忘。实际上探春精明能干、迎春懦弱无能、惜春倨傲冷漠，此三人画意如果选用曹公在后四十回中的关键结局情节（远嫁、虐死、出家）来表现一定会很突出。可惜书未成人已逝，续书者所描绘的内容或许都未能给画家什么感触以致无法下笔吧。

图 37-1 程甲本探春

图 37-2 程甲本迎春

图 37-3 悼红轩本惜春

（五）王熙凤、李纨、秦可卿

在清代红楼画中，此三人里相对有特色的是李纨，因为李纨从程甲本第一次出现就附带了幼儿时期的贾兰，此后情况一直没变。所以李纨的造像以“育儿”为主，间或有些反映她所居住的稻香村的，总是围绕她在原著中的描述来展开：李纨寡居贾府，只知奉亲养子，陪侍小姑针黹诵读，余者一概不闻不问。由于角色本身的设置，李纨造像一定是朴素贞守，常以母亲角色出现。王熙凤和秦可卿在原著中可是绝对出彩的人物，秦可卿曹公原有“淫丧天香楼”一段，后隐晦，但无论是《金陵十二钗正册》判词还是脂评，都能发现蛛丝马迹。王熙凤就更不用说了，前八十回中的素材太多了。秦可卿美艳突出其“淫”；王熙凤是脂粉队里的英雄突出其“威”，是特征很明显的人物。可是在清代红楼画中，如果三春算是平淡无奇，那么可卿和熙凤则实在是太差了。倒是程甲本还勉强展现了原典中的情节，此后的绣像几乎没有什么可用的道具来表现二位，熙凤或加些皮毛衣服，可卿就干坐着罢了，更别说什么气质精神了。常常是根本就无法从红楼人物画中认出两位来，实在有违原著精神。究其原因我以为主要是清代仕女画的传统使然，清代文人画家继承明代以来仕女画中阴柔、羸弱、忧郁为主要特征的画风，在“阴柔为美弱为用”的审美思想指引下，“脱去脂粉华靡之气”而不失“静女悠闲之态”，创作上追求人物气质的“清淑静逸”。柔弱的“削肩仕女”成为清代仕女画塑造的标准形象，这种画风用来描绘黛玉或妙玉是最合适不过了，但要表现可卿之“淫”和王熙凤之“威”就难上加难了。在程甲本插图可卿页中甚至都不屑于提她的名字，只用了秦氏，这是整个二十四页中仅见的情况。王熙凤的情况也差不多，怎么来表现“泼辣”的美女可难倒了清代文人画家，就连像改琦这样的优秀画家也无法避免，因而只能是随意画一个美女混在美女图中了事。倒是年画的泼辣和鲜明色彩十分适合表现王熙凤。如图 38-3 为潍坊杨家埠和兴永画店的木版年画，所表现的王熙凤一手叉腰、一手指点，面容姣好，精明能干，不怒自威，十分契合我心中的形象。

图 38-1　《红楼梦图咏》可卿

图 38-2　悼红轩本熙凤

图 38-3　和兴永年画：熙凤

（六）尤三姐

曹公的《金陵十二钗正册》中还有一位是巧姐，巧姐由于在前八十回中年龄尚在幼稚，所以笔墨较少，历来在红楼仕女画中表现得十分勉强，如随意画个美女呆立，然后题上巧姐的名字了事。在卷首绣像上则常常是画一老儿带一女孩，意指续书第一一九回巧姐被刘姥姥搭救。在以仕女造像为主的清代红楼画中较被忽视，所以我在此改选了一个人物——尤三姐。上文说过尤三姐并非“正册”中人，但程甲本还是选了她，她的故事戏剧性强，容易入画，加之其自刎行为的节烈，历来为红楼画家所热衷表现的人物。尤三姐画像总是要围绕她和柳湘莲的定情剑展开，程甲本选的是死后成仙与柳湘莲诀别的原典情节，改琦选的是尤三姐在门后偷听柳湘莲退亲要剑的谈话，在门后低头拔剑沉吟，一腔欢喜化为悲恨，正要夺门而出的一瞬间，都表现得非常好。改琦画原典出处为第六十六回：那尤三姐在房明明听见。好容易等了他来，今忽见反悔，便知他在贾府中得了消息，自然是嫌自己淫奔无耻之流，不屑为妻。今若容他出去和贾琏说退亲，料那贾琏必无法可处，自己岂不无趣。一听贾琏要同他出去，连忙摘下剑来，将一股雌锋隐在肘内，出来便说："你们不必出去再议，还你的定礼。"一面泪如雨下，左手将剑并鞘送与湘莲，右手回肘只往项上一横。可怜"揉碎桃花红满地，玉山倾倒再难扶"。原典文字何其精彩，而改琦选择了尤三姐自刎前内心激烈斗争的那一刻入画，多么符合莱辛在《拉奥孔》中提出的观点："选择物体在其运动中最富于暗示性的一刻，使观者想象这物体在过去和未来的状态。可化静为动，赋予物体的某一部分或属性以生动如画的感性形象。"画中尤三姐的神态、动作和环境都完美地契合于原作，我个人以为是改琦《红楼梦图咏》中最优秀的一幅。

图39-1 《红楼梦图咏》尤三姐

图 39-2 程甲本尤三姐

图 39-3 临王墀图咏本

实际上我们可以看到插图绘制者们在选取人物原典内容时总是倾向于选择前八十回的情节。我们知道，从第一个《红楼梦》印本开始读者看到的就是一百二十回的了，实际上在很长时间内一般人并不知道后四十回为续书，在这样的情况下画家还是选择前八十回的情节入画，主要是因为前八十回的语言和情节更为动人。这或许也是为什么雪芹先生的《金陵十二钗》画册未能被画家如实反映的部分原因：《金陵十二钗》画册大都是以结局判人物，而人物结局都在后四十回。比如按照曹公的图册，"探春远嫁"

“惜春出家”应该是描绘人物最高潮的画面，可是高鹗续书并不生动，所以大家不知道画什么，结果还是选了前八十回的“探春理事”和“惜春绘图”。这七个插图母本系统中：藤花榭本模仿程甲本较明显；王墀图咏本绣像数量虽多，但人物造像大同小异毫无特色，对原著极不熟悉，似乎随意参照“百美图谱”一类绘制；双清仙馆本在意的似乎不是人物造像，而是其题句花语系统（下一节专述）；姚评本和悼红轩本开始出现回目插图，绣像和回目画描绘都很细致，同时绣像与回目图功能区分明显；表现人物最出色、最符合原典意境的当然是临改琦图咏本，这也是为什么改琦的《红楼梦图咏》出版后，很快成为小说印本所青睐的插图的原因，甚至到1999年北京图书馆出版社《稀世绣像珍藏本红楼梦》时选的还是改琦的图，可见其插图在历史评价上的地位。

三、“图解”——“绣像”和“回目图”

上文我们曾提及“相”这个词，周一良在《读〈唐代俗讲考〉》中云：“‘变’‘变相’，跟‘像’不同。大抵‘像’的主体是人，而‘变’的主体是事。”杨公骥也说：“佛寺中的变相或变大多是具有故事性的图画，‘变文’是解说‘变’（图画）中故事的说明文，是‘图画’的‘传’‘赞’，是因‘变’（图画）而得名；‘变文’意为‘图文’。”①因为“像”的主体是人，故诸如佛祖像、菩萨像、明王像、罗汉像、天尊像等大多用“像”字。有学者认为《全相平话五种》其实应该用“全变平话五种”或“全变相平话五种”称之才对。因为“变”或“变相”才是指图画，“变相”常常简称为“变”，没有简称为“相”的，正因为《全相平话五种》这一误解之变动，其后“相”也有了图画的意思。② 这种说法有点意思，其实“相”字本身也有视觉的含义在里面，《说文解字》上讲：“相，省视也。从目从木。《易》曰：‘地可观者，莫可观于木。’”所以“相”字的原典里有居高临下、全局察看的意味。实际上“相”这个字更多的有从观看者的角度去领会、理解故事的味道。

宋元时期小说插图喜欢用“全相”“出相”，而到了明清，特别是清代小说插图中多喜欢用“绣像”“全像”，这本身就体现了插图的变化：从简单的情节“图解”转向了对人物举止、神情的描摹，重视对人物性格的刻画。《红楼梦》插图从最初程甲本的情节、人物画不分的“图解”到后来明确划分了“绣像”和“回目图”：“绣像”只管人物形貌的细致描绘，同时帮助观者辨认

---

① 杨公骥：《杨公骥文集》，第415页。

② 汪燕岗：《古代小说插图方式之演变及意义》，《学术研究》2007年第10期。

出回目图中的各个人物，以方便观者识别；而"回目图"则用来叙述回目主要情节，展现文本意境。这种分工是为了更好地共同"展现故事"，是图像在进一步挖掘自身"展现故事"的能力。某种意义上讲，《红楼梦》图像对文字的独立性至此也开始出现了。

第三节　重构文本与图像之再生性
——双清仙馆本《红楼梦》绣像考

重构(Refactoring)这个词本身是技术用语，百度百科解释说是在不改变软件现有功能的基础上，通过调整程序代码改善软件的质量、性能，从而改变程序的设计模式和架构。这个词现在常常出现在社会类学科的术语中，估计与"结构主义"和德里达的"解构"有一定联系。我以为用这个词来解释图像对文本的再现十分合适。这是因为图像是以完全不同的另一种系统去展现文字系统的内容，正如传播学家麦克卢汉所说："一种媒介是另一种媒介所承载的内容。"当我们以二维视觉呈现的方式展现文本故事时，重构文本往往是无法避免的：图像对文本的重构总是随着其对文本的再现相伴而来。而这里面值得关注的问题是制图者、文本作者和观众三者之间对于故事的理解是否接近一致。对于《红楼梦》这样一个雅俗共赏、广泛流传而又未完成的故事，情况就变得异常复杂：因为其文本本身就存在前八十回的曹雪芹系统和后四十回的高鹗系统，制图者出于自身的考虑也难免会在两个系统之间游移；而读者的层次差距巨大又导致在故事接受上的巨大差异。因而清代《红楼梦》图像对文本的"解构"和"重构"比起其他小说来或许更为明显。比如最常见也最容易被发现的就是年画对《红楼梦》文本的重构：年画本就是民间百姓装饰居所的世俗图像，如本书在第一章相关段落所言，刘姥姥出现在省亲场面中，林妹妹宝姐姐穿上晚清服饰，次要场景成为重要场面，等等等等，既遵循故事的本体，又完全改变了故事的结构和角色的功能。这些都是很明显的例子，而大部分为人所关注的"重构"图像都是像年画这样独立于小说之外的图像。独立图像不再依赖于文本，由从属地位一跃成为主角，以自己的方式展现故事，这是独立的《红楼梦》图像世界能够成型的关键所在，重构文本并不稀奇。

实际上即使是处于从属地位的小说内部图像，我们也能发现这种"重构"的力量，甚至于插图本身能够在小说内部形成再生系统，仿佛是书中书或是画中画一般，引领读者偏离了文本的轨道。这样的力量不容小觑：这是图像的力量，是图像“展现故事”的特殊手段。从道光年间的双清仙馆本插图中我们看到了小说内部插图对文本的重构和图像的再生性。

一、双清仙馆本插图的独特之处

在《红楼梦》图像发展的早期，卷首绣像除了“程甲本”系统之外，另还有一个重要系统——王希廉评双清仙馆本，刊于清道光十二年(1832)，一百二十回。在当时此本就有好几种本子面世，不断被翻版翻刻发行，是流传非常广泛的一个本子。双清仙馆本流传广泛的一个重要原因是王希廉的评点。《红楼梦》“程高本”问世后，可能是为了争速度抢时间，早期竞相翻刻的本子一般都是不带任何评语的白文本，诸如“本衙藏板本”“东观阁本”“藤花榭本”等。除脂评本为手抄本之外，现存最早的评点本是嘉庆十六年的“东观阁重刊本”，但该书是否就是《红楼梦》刊印本问世后最早的一部评点本，因资料乏如，未敢妄下断语。清道光十二年，王希廉以“双清仙馆”的名义刊行了他所评点的《新评绣像红楼梦全传》，此后各种《红楼梦》评点本也随之纷纷涌出，才真正使红学评点派进入了一个前所未有的全盛时代。“双清仙馆本”问世后的百余年间，该版本还一直被翻刻重印，王希廉的评语影响巨大，甚至后来的一些书坊在刊印其他评点家校点的《红楼梦》时，也不得不将他们的评语与王希廉评语附在一起刊印。可以毫不夸张地说，自道光十二年双清仙馆刊印《新评绣像红楼梦全传》之后，翻刻、合刻王希廉评语的版本便成为《红楼梦》评点本的主流，仅现存的本子就有二十余种之多。如果说程甲本的问世是《红楼梦》的第一次大普及，那么双清仙馆本则带动了普及、评论、阅读《红楼梦》的新高潮。历史证明“双清仙馆本”无论是在当时还是后世流传中都确实是很受读者欢迎的一个本子。

该本系统卷首绣像除去细微的出入，基本一致：都是六十四页、六十四页全部是人物，单面形式。每页前为绣像人物，画面各配一句词句以映衬人物性格；背面为一种花的图案并名称，前人后花。绣像人物以简单线条勾勒，无环境渲染，以小像形态出现，只是通过动作、随身道具和服饰来表现和区分人物，如“黛玉”就是肩扛花锄，花锄上挂着绢袋，手拿花帚；“宝钗”就是拿把团扇；“妙玉”是手拿拂尘；“龄官”正蹲在地上画字。程本绣像主要集中在宝玉和十二钗上，而双清仙馆本数量大为增加，进入绣像的人物范围扩大。但是能进入六十四页绣像的男性红楼人物仅有贾宝玉一人，其余六十三页全为女性。按曹公第五回的设想，《金陵十二钗图册》有正册、副册、又副册三种，应该包括贾府中地位较高的贵族年轻女性、中等地位的年轻侍妾和相对重要的大丫鬟，就有三十六人。而该本再扩大到夫人、媳妇、小丫鬟、梨园戏子、尼姑等等，遍及《红楼梦》之诸多女性人物，其思路与雪芹先生的“清净女儿世界”是一致的。双清仙馆本卷首绣像人物的选择之所以如此，与王希廉本人对《红楼梦》这部小说的认识是分不开的。

双清仙馆本卷首人物绣像几乎全为女性，以立像造型为绝大多数，虽线条勾勒简单，但人物姿势较有动感，几乎未有重样的姿态，仅这一点就比专门出了图咏本的王墀插图要强得多。绣像虽然简单，却也能抓住人物重点，颇有可观之处。

双清仙馆本插图的独特之处不仅仅在于人物造像，更为重要的是：绣像页里为人物题的词句以及人物页背面的花卉页插图。这种形式在之前和之后的《红楼梦》小说插图中都几乎未出现过。插图为每一个人物配上一句词句，词句意思往往映衬人物个性或是内容与人物有关联。有意思的是所有六十四页绣像的题词句都出于王实甫的《西厢记》元曲，也就是从《西厢记》曲词的行文中，截取这些词句并嵌入红楼人物的题句中。而背面的花卉也是与人物或词句一一对应相配，并利用花语系统来比德人物，展现人物个性和在故事中的面目。

图 40 双清仙馆本卷首绣像一：警幻

小说内部的图像通常都体现图像对文本的依赖性。由于插图只是小说的附属部分，有固然可以吸引读者视线，图文并茂、赏心悦目，但没有也无不可。这样的思路落实在红学研究中，就出现了研究插图却完全忽视插图本身价值的现状。比如关于双清仙馆本卷首绣像的研究，据我所查阅的资料，对每一个藏本如“蓝本”“黄本”“北师大本”“上师大本”的考究都已经十分完整。但绣像的价值只在于旁证文本——证明各版本之间的翻刻关系，所以研究集中在各个版本绣像画面线条的细微差别、题词上的错误和疏漏等诸如此类的误差上，完全忽视图像本身的价值。这样有意思的一个插图体系不过一语带过，对于图像的忽视让人感叹！实际上正是这些依附文本而生、随文本而来的插图在不断地解构着文本、改变着读者的思路，甚至于引导读者走向完全不同的世界。双清仙馆本图像对于原著文本的重构和随之而来产生于文本内部的“北西厢曲词”和“花语”两个再生系统着实不容忽视。

二、西厢妙词通绣像

双清仙馆本卷首绣像选取王实甫的《西厢记》曲词为画面题句，有两种可能，其一：当时社会上已经有这样的套词游戏的思路，双清仙馆本借来一用。如清咸丰戊午(1858)夏天倪鸿在其所撰笔记小说《桐荫清话》中述其亲历之事：“尝于珠江画舫中，见一女郎，手持湘妃竹淡金面折叠扇一柄，蝇头细书《红楼梦》人名，下合《西厢记》曲一句，词义酷肖，真雅致也！”据倪鸿所录，女郎扇上有评语一百四十一则，所涉共有女性七十三人，男性四十六人，另有关于大观园内各处建筑评语二十二则。倪鸿在这则记录之后感慨地说，这些评语“虽属游戏，颇见匠心”。然而究竟谁是第一个具有如此“匠心”之人今日已难断定。其二：该本插图的设计者受到原文第二十三回上“西厢记妙词通戏语”的影响，灵感忽至将北西厢截句截词来题红楼人物，成了西厢记妙词通绣像。现有材料不足以证明是哪一种，但无论是哪种情况以下几点是一致的：首先套词绝妙；其次发明者文学修养深厚且贯通两个文本体系；最后是受到曹雪芹对《西厢记》推崇的影响而产生了这一思路。

表一　双清仙馆本绣像列表①

页码	人物	人物动作、道具	花卉名	绣像画面题句	《西厢记》曲本出处
卷 1	警幻	广袖裙	凌霄	我是散相思的五瘟使	第三本第一折前候

① 绣像画面题句和花卉页，以上海师范大学藏双清仙馆本为依据，参订多个本子以修订误差，如有的本子卷五十为喜鸾，题句也是“不识忧不识愁”，花语部分也多有错乱，现列表已修正。

王实甫《西厢记》当然也如《红楼梦》一般研究纷呈，亦有多种版本，而且本折提法也有很大出入，如通常称为五本二十一折，本书取五本二十折的分法来注明题句各折出处，为防止谬误，并列出各折名称以明确出处，本书对照查勘的本子为元王实甫《西厢记》，隋树森：《元曲选外编》，中华书局1980年版。

续 表

页码	人物	人物动作、道具	花卉名	绣像画面题句	《西厢记》曲本出处
卷 2	宝玉	书	紫薇	俏东君与莺花作主	第五本第四折团圆
卷 3	黛玉	花锄、花囊	灵芝	多愁多病身	第一本第四折闹斋
卷 4	宝钗	团扇	玉兰	全不见半点轻狂	第一本第二折借厢
卷 5	可卿	背倚山石	海棠	梦儿相逢	第二本第四折听琴
卷 6	元春	凤冠霞帔	牡丹	一个仕女班头	第四本第二折拷红
卷 7	迎春	经书	女儿花	体态是温柔性格是沉	第三本第四折后候
卷 8	探春	背面	荷花	忒聪明忒煞思	第三本第一折前候
卷 9	惜春	合手礼拜	曼陀罗	礼三宝	第一本第四折闹斋
卷 10	史湘云	倚石坐	芍药	梦不离柳影花阴	第三本第四折后候
卷 11	薛宝琴	昭君套、梅花	梅花	娇滴滴越显红白	第四本第一折酬简
卷 12	邢岫烟		野薇	可怜我为人在客	第四本第一折酬简
卷 13	妙玉	拂尘	水仙	真假	第三本第三折赖简
卷 14	李纨		梨花	穿一套缟素衣裳	第一本第二折借厢
卷 15	李纹		李花	好人家风范	第三本第二折闹简
卷 16	李绮		兰花	德言工貌	第一本第二折借厢
卷 17	熙凤	手撩发际	妒妇花	酸醋当归浸	第三本第四折后候
卷 18	尤氏	手做按墙状	含笑花	悄声儿窥视	第三本第一折前候
卷 19	尤二姐	俯首状	桃花	游丝牵惹桃花片	第一本第一折惊艳
卷 20	尤三姐	宝剑	虞美人	斩钉截铁	第二本第一折寺警
卷 21	夏金桂	以手托腮	水木樨	似这般单相思好教撒吞	第三本第四折后候
卷 22	傅秋芳	以手托颚	琼花	只许心儿空想	第二本第四折听琴
卷 23	巧姐	覆发总角	牵牛	织女星	第二本第二折请宴
卷 24	娇杏		杏花	做夫人便做得过	第二本第三折赖婚
卷 25	佩凤		凤仙	凤友	第四本第二折拷红
卷 26	偕鸾		青鸾花	鸾交	第四本第二折拷红
卷 27	香菱	手攒花朵	菱花	早掩过翠裙三四摺	第四本第四折惊梦
卷 28	平儿	掩面哭泣状	夹竹桃	好教我左右做人难	第三本第二折闹简

续 表

页码	人物	人物动作、道具	花卉名	绣像画面题句	《西厢记》曲本出处
卷 29	鸳鸯	一手持衣带	女贞	凤只鸾孤	第四本第四折惊梦
卷 30	袭人	坐绣墩结线	刺蘼	只待觅别人破绽	第三本第二折闹简
卷 31	晴雯	窗、帐、缝裘衣	昙花	虚名儿误赚我	第二本第三折赖婚
卷 32	紫鹃		杜鹃	早医可九分不快	第四本第一折酬简
卷 33	莺儿		樱桃	小名儿真不枉唤做莺莺	第一本第三折联吟
卷 34	翠缕	侧身说话状	翠梅	和小姐闲穷究	第四本第二折拷红
卷 35	金钏		金丝桃	将我侍妾来逼凌	第三本第四折后候
卷 36	玉钏		玉竹	禁不起甜话儿热趱	第三本第二折闹简
卷 37	彩云		金丝荷叶	非奸做盗拿	第三本第三折赖简
卷 38	彩霞		向日葵	他不瞅人待怎生	第一本第三折联吟
卷 39	司棋		夜合花	人约黄昏后	第四本第二折拷红
卷 40	侍书		玫瑰	冷句儿将人厮侵	第三本第四折后候
卷 41	入画		淡竹叶	湿透凌波袜	第三本第三折赖简
卷 42	雪雁		雁头花	北雁南飞	第四本第三折哭宴
卷 43	麝月	月亮、席地坐	茉莉	风清月朗夜深时	第三本第一折前候
卷 44	秋纹		蓼花	盈盈秋水	第三本第二折闹简
卷 45	碧痕	团扇遮面状	碧桃	溢起蓝桥水	第二本第三折赖婚
卷 46	柳五儿		夜来香	遮遮掩掩穿芳径	第一本第三折联吟
卷 47	小红		月季	檀口点樱桃	第一本第四折闹斋
卷 48	春燕		燕尾草	管什么拘束亲娘	第一本第二折借厢
卷 49	四儿		结香	有心待举案齐眉	第四本第三折哭宴
卷 50	秋桐		桐花	如何妾脱空	第二本第四折听琴
卷 51	宝蟾	芭蕉扇	杨花	用心儿拨雨撩云	第三本第二折闹简
卷 52	傻大姐		荠菜	不识忧不识愁	第四本第二折拷红
卷 53	万儿		万寿菊	闹中取静	第三本第二折闹简
卷 54	文官		丁香	启朱唇语言得当	第一本第二折借厢

续 表

页码	人物	人物动作、道具	花卉名	绣像画面题句	《西厢记》曲本出处
卷55	芳官		素馨	芳心自警	第一本第三折联吟
卷56	龄官	蹲身画地状	孩儿莲	隔花人远天涯近	第二本第一折寺警
卷57	藕官		蝴蝶花	小生薄命	第一本第三折联吟
卷58	蕊官		玉蕊	小孩儿口没遮拦	第三本第二折闹简
卷59	药官		白药	娇鸾雏凤失雌雄	第二本第四折听琴
卷60	葵官	背面跳跃状	蜀葵	女孩儿忒响喉咙	第二本第四折听琴
卷61	艾官	纱帽、折扇	艾花	是玉人帽侧乌纱	第三本第三折赖简
卷62	豆官	交谈状	红豆	将言词说上	第一本第二折借厢
卷63	智能	尼帽、拂尘	西番莲	佛啰成就了幽期密约	第一本第四折闹斋
卷64	刘姥姥	拐杖	醉仙桃	真是积世老婆婆	第二本第三折赖婚

(一)插图题句与人物造像

小说第二十三回是“西厢记妙词通戏语 牡丹亭艳曲警芳心”,“西厢记”直接出现在回目名称当中,隆重地推出了这个中国古典文学史上的著名故事:《西厢记》。不得不提的是《西厢记》是清代康熙朝的重要禁书。该回内容为宝黛共读传奇《会真记》,并且出现宝玉和黛玉用曲词来相互戏语,所以叫“妙词通戏语”。应该正是这个“妙词通戏语”给了最初发明者以灵感。

其原文如下:早饭后,宝玉携了一套《会真记》,走到沁芳闸桥边桃花底下一块石上坐着,展开《会真记》,从头细玩。……林黛玉把花具且都放下,接书来瞧,从头看去,越看越爱看,不到一顿饭工夫,将十六出俱已看完,宝玉笑道:“妹妹,你说好不好?”林黛玉笑道:“果然有趣。”宝玉笑道:“我就是个‘多愁多病身’,你就是那‘倾国倾城貌’。”……林黛玉嗤的一声笑了,揉着眼睛,一面笑道:“一般也唬的这个调儿,还只管胡说。呸,原来是‘苗而不秀,是个银样镴枪头’。”宝玉说黛玉的话出自《西厢记》第一本第四折;黛玉骂宝玉的话出自《西厢记》第四本第二折红娘骂张生的一段:“你原来是苗而不秀,呸!你是个银样镴枪头。”

书中交代宝玉和黛玉看的是传奇《会真记》,但实际宝玉和黛玉引用的却是王实甫《西厢记》(也就是俗称的北西厢)的曲词。笔者仔细比较了脂本《石头记》和王实甫《西厢记》曲词,发现《红楼梦》原典中多次提到的是王实甫《西厢记》里的人物,出现的也是《西厢记》曲本里的唱词和道白,而并非唐人传奇《会真记》：

第二十三回……又兼方才所见《西厢记》中"花落水流红，闲愁万种"之句。

第二十六回：宝玉便将脸贴在纱窗上，往里看时，耳内忽听得细细的长叹了一声道："每日家情思睡昏昏"……紫鹃笑道："他是客，自然先倒了茶来再舀水去。"说着倒茶去了。宝玉笑道："好丫头，'若共你多情小姐同鸳帐，怎舍得叠被铺床？'"林黛玉登时撂下脸来，……黛玉便哭道："如今新兴的，外头听了村话来，也说给我听；看了混帐书，也来拿我取笑儿。我成了爷们解闷的。"

第三十五回中，（黛玉）一进院门，只见满地下竹影参差，苔痕浓淡，不觉又想起《西厢记》中所云"幽僻处可有人行，点苍苔白露泠泠"二句来，因暗暗的叹道："双文，双文，诚为命薄人矣。然你虽命薄，尚有孀母弱弟；今日林黛玉之命薄，一并连孀母弱弟俱无。古人云'佳人命薄'，然我又非佳人，何命薄胜于双文哉！"

第四十回"三宣牙牌令"，黛玉也曾引用"纱窗也没有红娘报"。

第四十九回宝玉探问林黛玉，笑道："我虽看了《西厢记》，也曾有明白的几句，说了取笑，你曾恼过。如今想来，竟有一句不解，我念出来你讲讲我听。"黛玉听了，便知有文章，因笑道："你念出来我听听。"宝玉笑道："那《闹简》上有一句说得最好，'是几时孟光接了梁鸿案？'"……宝玉方知缘故，因笑道："我说呢，正纳闷'是几时孟光接了梁鸿案'，原来是从'小孩儿口没遮拦'就接了案了。"

又如《红楼梦》第六十二回：邢岫烟对贾宝玉说："这可是俗语说的，僧不僧、俗不俗、女不女、男不男。"脱自《西厢记》第二本中惠明的一段唱词。

引文或许还有遗漏，可见王实甫《西厢记》无论是在艺术构思上还是在曲词上对《红楼梦》作者的影响显然是巨大的。那么插图使用《西厢记》曲词来题句绣像人物也不算过于异想天开。

图 41-1　双清仙馆本卷首绣像三：黛玉

图 41-2　双清仙馆本卷首绣像四：宝钗

图 41-3 双清仙馆本卷首绣像二:宝玉

图 41-4 双清仙馆本卷首绣像三十三:紫鹃

值得注意的是小说中宝玉只是用西厢主角张生、莺莺和红娘来戏指自己、黛玉和紫鹃,是寓真心于戏语之言。黛玉也曾以莺莺自比,是有所指有所叹,都是将人物比人物,两个文本处于对等地位。而双清仙馆本索性从整本《西厢记》曲词中断章取义地截取只言片语来给人物做标注,《西厢记》曲本就此成了双清仙馆本《红楼梦》人物插图的注脚。而且这样的标注与《红楼梦》原典中人物被指称的北西厢曲词并不相同。如原典中宝玉自称为“多愁多病身”,称黛玉为“倾国倾城貌”,这一句出自《西厢记》第一本第四折,宝玉的目的是用张生莺莺的关系自比。而双清仙馆本中选词句的目的是刻画人物,用“多愁多病身”题黛玉的确比宝玉合适,与黛玉在小说中的形象吻合;“全不见半点轻狂”题宝钗恰如其分;所有六十四幅取义几乎人人到位,而像藕官题“小生薄命”(藕官演小生,早亡)、龄官题“隔花人远天涯近”、万儿题“闹中取静”等等简直是神来之笔。可以确定的是北西厢套词红楼人物的初创者一定是精通两部文学作品之人,能将《西厢记》曲词烂熟于心并对《红楼梦》小说感悟至深,是文理通透又逸致闲趣的雅士。

图 42-1 双清仙馆本卷首绣像九:惜春

图 42-2 双清仙馆本卷首绣像二十八:平儿

图 42-3　双清仙馆本卷首绣像十八：尤氏

图 42-4　双清仙馆本卷首绣像二十二：傅秋芳

画面人物的动作、姿态似乎是按照题句的内容来绘制的。如惜春页题句为“礼三宝”，画面就画了合掌礼拜的造型，与一般“惜春画图”不同，在惜春的造像中非常少见；平儿页题句“好教我左右做人难”，画面为一女子皱眉遮面，作委屈哭泣状，与一般的“平儿理妆”造像亦不同，完全是按题句来摹写的；尤氏页题句“悄声儿窥视”，画面上尤氏一手似按窗，眼睛侧向看去；傅秋芳页题句“只许心儿空想”，画面为一女子一手撑肘，一手托颚，若有所思状。可知是按照题句来绘制的。前文叙述过《西厢记》曲文评点《红楼梦》人物并非仅见于王希廉评本，只是如今逸散不可得罢了，就双清仙馆本插图的情况来看似乎是先有套红楼的西厢题句，然后按照题句意思再绘制人物造像。而人物造像只是略具动作姿态，很多都无法更好地展现人物特点，造像与题句比起来要逊色很多。

插图使用《西厢记》曲词，一方面，可以借用民间对《西厢记》的熟悉来帮助推广后出的《红楼梦》小说。另一方面，由于读者开卷前先阅绣像，曲词题句也可以帮助读者迅速辨认、区分、了解大观园中各脂粉女儿的特性。另外，由于卷首绣像是单独成一册的，读者在阅读小说行文时，时有感触往往会再次翻阅绣像本，左图右文、红楼西厢，也是案头清玩的风雅游戏，从而增加了小说阅读的趣味。

(二)插图中的故事——独立的再生系统

双清仙馆本插图题句的最大结果就是引起读者对《西厢记》故事的寻找、记忆和思考，在阅读《红楼梦》故事时通过图像链接了《西厢记》的故事。在这个问题上，即使不是题句，本身也是图像所擅长的，因为图像总是来自某些具象的形式，某些细节总能引发观者的某些偏差于主题的理解。比如我们前面讲过的宝钗的扇子，团扇逐渐地因为图绘的美观而成为大众公认的理解，虽与原著理解或不符，但亦无损于故事的情境。图像正是以诸如此类的方式不断地重构着文本，并在文本之中派生出新的再生系统。西厢插图题句由于文句的优美，必然引起观图者的注意，哪怕一个不熟悉《西厢记》曲词的观者也不由得会感到这些题句应该出自一个系统。引起注意则必然会引发进一步的寻找，如果通过其中一两句能领会到是北西厢，那么首先在头脑中出现的是对西厢记故事的回忆，特别是当小说文本中出现"西厢记"的字眼则马上会引发注意和联想，远比未看插图者关注得多。故事之后就是对北西厢曲本原文的寻找，于是在《红楼梦》文本中就生生地插入了一个《西厢记》本书和故事系统，容易让读者的思绪偏离，甚至可能影响对小说人物的理解。

西厢记故事最早起源于唐代元稹的传奇小说《莺莺传》。《莺莺传》也叫《会真记》，叙述书生张珙与同时寓居在普救寺的已故相国之女崔莺莺相爱，在婢女红娘的帮助下，两人在西厢约会，莺莺终于以身相许。后来张珙赴京应试，得了高官，却抛弃了莺莺，酿成爱情悲剧。《西厢记》全名《崔莺莺待月西厢记》，是元代杂剧作家王实甫根据《会真记》创作的戏曲。元人北西厢共五本二十折（也有说二十一折，加上楔子）：分别是第一本"张君瑞闹道场"四折：惊艳、借厢、联吟、闹斋；第二本"崔莺莺夜听琴"四折：寺警、请宴、赖婚、听琴；第三本"张君瑞害相思"四折：前候、闹简、赖简、后候；第四本"草桥店梦莺莺"四折：酬简、拷红、哭宴、惊梦；第五本"张君瑞庆团圆"四折：捷报、猜寄、争艳、团圆。[①]

前面提到曹公在小说中明确提及"十六折俱已看完"说明宝黛所看的曲本为十六折，这与一贯以来《西厢记》的二十折本子不符，但实际引用的词句的确又是王实甫的《西厢记》曲本。这里面或许有曹公自己的认识在其中，明代徐复祚《曲论》云："马东篱、张小山自应首冠，而王实甫之《西厢》，直欲超而上之。盖诸公所作，止于四折，而《西厢》则十六折（按此以前四本为王实甫作，第五本为关汉卿作），多寡不同，骨力更陡，此其所以胜也。"又《录鬼簿》目标王实甫名则云"张君瑞闹道场，崔莺莺夜听琴，张君瑞害相思，草桥店梦莺莺"，标关汉卿名则云"张君瑞庆团圆"。也就是说第五本可能为关汉卿所补，而王实甫《西厢记》止于"惊梦"。这或许是曹公对西厢记的一个态度：因为如果止于第四本，那么故事遵循唐代元稹《会真记》的原意，惊梦一场总成空，以悲剧收尾；如果有第五本，那么就是团圆戏皆大欢喜。所以红学家陈华中先生认为这就是雪芹先生故布疑阵，在文中忽而《西厢记》、忽而《会真记》的真正原因。而有意思的是当我仔细考查双

① [元]王实甫：《西厢记》，隋树森：《元曲选外编》（第一册），第260页。

清仙馆本绣像题句的出处时，发现所有的六十三位红楼女性的题句全部出自王实甫《西厢记》前四本，也就是小说中提到的“十六折”。第五本只选了一句“俏东君与莺花作主”，题的是宝玉，出自第五本第四折团圆。[①] 套词题咏者寓意之深、选词之妙堪比雪芹先生，而对于《红楼梦》小说的领会又何其通透。

《西厢记》曲本的产生远早于小说《红楼梦》，明清两代流传甚广，通过戏曲、话本小说、民间说书等方式在广大受众中已经耳熟能详，这一点作为清代民俗研究重点的《红楼梦》小说本身就是记录民风的证据。

小说第五十一回上“薛小妹新编怀古诗”中薛宝琴的第九首诗《蒲东寺怀古》：小红骨贱最身轻，私掖偷携强撮成。虽被夫人时吊起，已经勾引彼同行。引出宝钗与黛玉等人关于《西厢记》故事成为闺中题诗是否合适的一场争论，这场争论很有意思，帮助证明了本书上述的观点。这场争论最后由李纨定论：“如今这两首虽无考，凡说书唱戏，甚至于求的签上皆有注批，老小男女，俗语口头，人人皆知皆说的。况且又并不是看了《西厢》《牡丹》的词曲，怕看了邪书。这竟无妨，只管留着。”可知《西厢》故事当时业已渗入民间语言习惯和文化心理，纵有礼教势力的压制也无济于事。第二回下“冷子兴演说荣国府”中革职官员贾雨村就把崔莺莺与卓文君、红拂、薛涛并论为与宝玉一样秉正邪二气相交而生，是情痴情种、逸士高人、奇优名倡一类。连丫头麝月在第五十八回里也笑说芳官道：“把一个莺莺小姐，反弄成拷打红娘了！这会子又不装扮了，还是这么松怠怠的。”这种遍及生活领域的举例，实际上正说明《西厢记》在当时的普及。而曲本词句通过戏曲舞台获得更为广泛的传唱，贩夫走卒随口亦能说出。清代当时贵族巨商家府都备有戏班，供节庆排场和平日娱乐应酬，所习演的戏目中自然也少不了《西厢》的折子戏。黛玉为宝琴诗辩护时有这样一段：“这宝姐姐也忒‘胶柱鼓瑟’，矫揉造作了。这两首虽于史鉴上无考，咱们虽不曾看这些外传，不知底里，难道咱们连两本戏也没有见过不成？那三岁孩子也知道，何况咱们？”五十四回在大观园元宵夜宴中，贾母亲自点了《惠明下书》后，乘兴追述起往事：“我像他（湘云）这么大的时候儿，他爷爷有一班小戏，偏有一个弹琴的凑了《西厢记》的《听琴》《玉簪记》的《琴挑》《续琵琶》的《胡笳十八拍》，竟成了真的了。”此话虽在夸赞琴师的联奏技巧，无意间也披露了《西厢记》戏目不但在普通大众之间传播，而且在清代也早已成为贵族娱乐的时尚，连史老太君的少女时代也受过《西厢记》熏陶。当然清代戏班所演的可能多

---

① 见前表一。

为南西厢曲本，略有不同于王实甫的北西厢，但对于《西厢记》的故事传播都是一样的。

小说中虽有提及《西厢记》，但并未出现独立的故事体系，插图却通过题句的形式，将曲本内容一一呈现，引导读者进入不同于小说文本的另一个故事体系，仿佛是从“红楼梦”这一壶情天幻海中又生一壶“会真梦”，真是让读者思绪游离，不知何处了。双清仙馆本绣像体现了图像为文本带来的重构和再生。

三、花解语

自古以来鲜花美人便在文人墨客的笔下互为比附，花如佳人，佳人亦如花。曹公爱用花卉来比拟人物，小说中很多地方花是人的影子，人是花的替身；花与人，常常是浑然一体的。黛玉有“葬花”之美；薛宝钗自幼服用的“冷香丸”由白牡丹、白荷、白芙蓉、白梅等四种名花之蕊合成；湘云有醉卧芍药之韵；妙玉有私赠梅花之情；探春被仆人戏称为“玫瑰花”；宝玉的号是“绛洞花主”；等等。小说中大观园诗社做的诗文也大多与花相关：除了《葬花吟》《芙蓉女儿诔》《桃花行》，还有海棠诗、菊花诗、红梅诗等；连女儿们过的节日也是“送花神”等等，不一而足。可叹《石头记》里的大观园，既是女儿国，又是百花园！开宗明义的第五回“开生面梦演红楼梦”中出现了指示人物的“红楼梦曲”，其中就有“榴花开处照宫闱”，以石榴花喻元春；“气质美如兰”，用兰花指妙玉，妙玉本是寄食贾府的带发女尼，但作者不但将她排入《十二金钗正册》，而且她在正册中排位第六，远在迎春、惜春和王熙凤之前，并用兰花指妙玉，从而让读者感到了妙玉这个人物的重要，因为兰花是传统花语意象体系中最高雅的花。有学者认为，《红楼梦》的中心意象不是“石头”而是“花(落花)”。[①] 双清仙馆本在人物绣像页的背面不使用惯用的题咏方式，而采用了花的意象，算是既新鲜又非常贴切的做法，比起道学气的程甲本插图题咏不知要符合大众口味多少倍，对书籍的销售当然是十分有利的。

(一)原典的花语比德

原典中有明确花语意象来指示人物的内容，出自第六十三回上“寿怡红群芳开夜宴”，宝玉过生日当夜在怡红院开席，众人占花名儿取乐，曹公

---

① 苏涵、虞卓娅：《〈红楼梦〉落花意象论》，《山西师大学报》(社科版)1998年第1期。

又是草蛇灰线之法，虽是酒面游戏，但玩笑间一语成谶；另外一方面，用花语评价诸钗，作者既不声不响地表达了自己对各人的评价，又一一点明了各人地位结局，所以这一章历来为红学研究所重视。相关原文摘录如下：

宝钗：牡丹，题着“艳冠群芳”四字，唐诗：任是无情也动人。又注着：“在席共贺一杯，此为群芳之冠。”

探春：杏花，那红字写着“瑶池仙品”四字，诗云：日边红杏倚云栽。注云：“得此签者，必得贵婿。”

李纨：老梅，写着“霜晓寒姿”四字，那一面旧诗是：竹篱茅舍自甘心。

湘云：海棠，题着“香梦沉酣”四字，那面诗道是：只恐夜深花睡去。

麝月：荼蘼花，题着“韶华胜极”四字，道是：开到荼蘼花事了。注云：“在席各饮三杯送春。”

香菱：并蒂花，题着“联春绕瑞”，道是：连理枝头花正开。

黛玉：芙蓉，题着“风露清愁”四字，那面一句旧诗，道是：莫怨东风当自嗟。注云：“自饮一杯，牡丹陪饮一杯。”

袭人：桃花，题着“武陵别景”四字，那一面旧诗写着：桃红又是一年春。

传统比德观中，花意象既具有塑造人物的作用，又具有评价人物的作用。小说中最重要的人物林黛玉比的是木芙蓉。木芙蓉开在深秋，《长物志》上云：“芙蓉宜植池岸，临水为佳。若他处植之，绝无丰致。”芙蓉临水，芦枫为伴，它的别名很多，比如拒霜花。王维《辛夷坞》一首云：“木末芙蓉花，山中发红萼。涧户寂无人，纷纷开且落。”我猜想是曹公的意境。因为“葬花词”中就有“风刀霜剑严相逼”和“质本洁来还洁去”的说法。木芙蓉姿容绝伦，叶色尤美，所以古诗有“芙蓉为面”之句。深秋之花常有肃杀之气，比如菊花，而独木芙蓉柔贞清芳，嫩碧浅粉，花语中有清芳、贞洁之意。雪芹先生将两个最心爱的角色（黛玉和晴雯）托付此花，除了作者对木芙蓉的偏爱外，我想大概是取其秋意，秋则寒、则藏、则归，其玉黛色、雯云在晴，都是萧瑟之意。行文至此估计有人不服，因为在我所看到的许多红学材料上都将比拟黛玉的芙蓉认定为水芙蓉，即芙蕖——“荷花”，认为荷花出淤泥而不染，是“花中君子”，暗含对黛玉的赞赏。笔者以为不然，证据如下：“寿怡红群芳开夜宴”中黛玉擎的芙蓉花签题为“风露清愁”，签文是“莫怨东风当自嗟”，俱是秋意。宋代范成大咏木芙蓉的《菩萨蛮》后两句“不肯嫁东风，殷勤霜露中”，可见东风旧典古已有之。悼晴雯的《芙蓉女儿诔》中有“祭于白帝宫中抚司秋艳芙蓉女儿之前”一句，芙蕖夏生秋谢，如何秋艳？所以知是木芙蓉。

薛宝钗比的是牡丹花，在传统比德意象中牡丹为花中之王，是世俗富贵的象征。比德牡丹既点出宝钗雍容华贵、仪态万方的美貌，又从普罗大众的现实需要出发，肯定宝钗温仁贤淑的大家闺秀气度。最有意思的是可以比较五代蜀汉张翊所著的《花经》，以九品九命来为花卉定品第高下。所谓九品是古时评定人才的方法，分上上、上中、上下、中上、中中、中下、下上、下中、下下九品，品数越少地位越高；九命则是周代级别，上公九命为伯，王之三公八命，侯伯七命，王之卿六命，子男五命，王之大夫、公之孤四命，公、侯伯之卿三命，公、伯之大夫及子男之卿再（即二）命，公、侯伯之士及子男之大夫一命，子男之士不命。可见九命与九品相反，数字越大地位越高。按《花经》所列，牡丹为“一品九命”，芙蓉为“九品一命”，恰好处在高低两极。既以世俗的“品”“命”作为标准，牡丹是花中之王，地位尊贵，芙蓉则身份极为卑微。如前文所叙曹公却以芙蓉为极好之花，如写黛玉紧张不知自己能抽到什么花签，直到抽着芙蓉花签就“自笑了”；也曾在文中借众人之口评价芙蓉说：“这个极好，这花原是属他，别人不配。”以及酒令中有“自饮一杯，牡丹陪饮一杯”，点出芙蓉身份特殊，与牡丹对列。仿佛在大观园中大家都将芙蓉看作极上品之花？此中寓意很深，雪芹先生行文隽永，十年辛苦、五回删改，下笔字字珠玉，芙蓉之比德自有先生之深意所在。

说到比德，简单地说是指以自然物象之美来比附人物的道德之美，这是先秦重要的美学观念之一。现存史料中最早关于“比德”的论述见于《管子》，《管子· 水地》以水、玉比德；《管子·小问》以禾比德。以水及其他自然物比德的说法也见于晏婴、老子、庄子等人的论述中，可见比德的观念在先秦诸子中非常普遍，对后世影响最为深远的比德观则来自儒家，《论语·雍也》以山水比德：“子曰：‘智者乐水，仁者乐山；智者动，仁者静；智者乐，仁者寿。’”《诗》曰：“‘言念君子，温其如玉’，此之谓也。”《孔子家语·问玉》也有类似的记载，不过“玉德”发展到了十一种，即仁、义、礼、智、信、乐、忠、天、地、德、道，囊括了儒家所有的伦理纲常。先秦尤其是原始儒家的比德观对后世影响深远，从儒家的修身说，到建筑、绘画、诗歌等艺术形式，乃至民间吉祥文化，都有一定程度的体现。元代以降，竹梅为“双清”、松竹梅为“岁寒三友”、梅兰竹菊为“花中四君子”的说法可谓无远弗届。如果说“双清”“岁寒三友”“花中四君子” 诸说法代表了传统文人的精神追求，标举的是理想境界；那么《花经》中的九品九命之说则代表了世俗社会的功名富贵，注重的是现实利益。

或许曹公行文本身就隐含着两种评价钗黛的标准：一种是以文人标举的理想境界出发，赞赏黛玉超尘脱俗的高洁与任性；一种是以《花经》“九品九命”之说为依据，从世俗的现实角度出发，肯定宝钗理性宽容的世故与豁达。这又似乎旁证了俞平伯先生的“钗黛合一”论。

（二）双清仙馆本的花语系统对文本的重构

《红楼梦》原典中除了宝钗黛玉外，以花姿潇洒、有“花中神仙”之称的海棠比德英豪阔大的湘云，湘云又有“海棠春睡”之故事情节；以剪雪裁冰、耐寒傲冷的梅花比德寡居守节的李纨；以绚丽灿烂的“日边红杏”比德远嫁和亲的探春；以生于幽谷、无人自芳的兰花比德孤芳自赏的妙玉。又以随风飘扬的桃花比“事二夫”的丫鬟袭人；以开到春尽时的荼蘼花比麝月，因为麝月是贾府败落后最后跟随宝玉身边的丫鬟（脂砚斋评语中提到后四十回里袭人嫁时有“好歹留着麝月”的话，暗合花语，想来是曹公本意）。所以说以花比女儿，并不算插图作者的新创造，完全是有依据可循的，比起前面的“西厢题词”，花语系统相对在创意上弱一些。但是花语系统形成了独立的体系，由绣像背面的花卉图谱和题名来指称正面的人物，也算别有意趣。

可问题出在双清仙馆本插图中的花语比德完全没有按照曹公的思路来，如果细看表一中所示我们便能发现：黛玉比的是灵芝！宝钗比的是玉兰！其后几乎没有一个与原典文字相统一，实在让人大吃一惊。仔细研究后有几点情况如下：

其一，双清仙馆本插图中的人物花语完全不符合第六十三回所提到的《红楼梦》原著比德的花语。黛玉是灵芝，宝钗是玉兰，元春是牡丹，探春是荷花，史湘云是芍药，妙玉是水仙，李纨是梨花，袭人是刺蘼，麝月是茉莉，香菱是菱花。我几乎可以确定：定花语页插图名称的人或是刻花语页的人一定没有看过小说第六十三回。因为灵芝的问题我们在之前已经讲到过，正是程本插图对“绛珠仙草”的误解绘图，这几乎可以算是区别文人绘图与民间绘图的试金石。双清仙馆本继承了程本的灵芝，宝钗、元春、妙玉、李纨、袭人和麝月的花语链接的是绣像页的西厢题句含义；湘云的花语来自“湘云眠芍”的世俗通用意义，香菱的花语来自其名字。可见定花语插图的人对《红楼梦》文本并不精通。

其二，花的选择似乎与绣像题词有较大的关联。我的推测或是在做插图时先完成了绣像页（特别是西厢曲词题句），再根据绣像页来做花语页。

比如惜春页的题句是“礼三宝”，这里的三宝应该指的就是“佛、法、僧”，为佛教用语，此题句指惜春最后入了空门。惜春页的背面画的是一枝茶花，花语题“曼陀罗”，为什么不直接写“茶花”呢？因为“曼陀罗”是梵文音译，有佛教意蕴。比如李纨页的题句是“穿一套缟素衣裳”，于是就画了一枝梨花，因为梨花是纯白的；巧姐页题“织女星”，于是画了牵牛花。诸如此类，并不考虑花卉含义与人物之间更深层次的关系以及人物在小说中比德花语的意境。

其三，从人物的名字去简单联想花卉名称。如紫鹃就是杜鹃花，翠缕就是翠梅，金钏就是金丝桃，玉钏就是玉竹，万儿就是万寿菊，佩凤就是凤仙花，等等。这种情况尤其出现在靠后的丫鬟绣像页上。因为这些丫鬟出场情节不多，并不为大多数世人熟知，估计作者对她们在文中的面目和事迹也并不算太了解，只能如此充数。

其四，虽然制作双清仙馆本花语插图者并不精通《红楼梦》原典，但他对《红楼梦》的人物故事大致还是知道的。如史湘云页题“梦不离柳影花阴”，并未出现芍药，但花语还是用了芍药，说明作者知道“湘云眠芍”的典故；薛宝琴页题“娇滴滴越显红白”，花语用了梅花，十分切合“宝琴立梅”的典故；尤三姐用了虞美人，说明作者知道尤三姐自刎的故事；可卿页题的是“梦儿相逢”，并未明确指示，但花语用了海棠，说明作者对秦可卿卧室的“海棠春睡图”很熟悉。这难免让人有点疑惑，为什么不知道黛玉是芙蓉比德的画作者却能详细地知道秦可卿卧室的轴画题词呢？我的解释是“湘云眠芍”和“宝琴立梅”都是年画常取的题材；尤三姐和秦可卿的故事应该是说书人喜欢渲染的情节，而习惯以前人插图做参考本的插图绘制者必然看过程甲本中秦可卿页的插图上展现其寝室布置的“海棠春睡图”字样。

至此我们看到六十四页花语实际上是民间故事理解中的红楼人物，如果是熟悉原典文本的文人应该不会这样去选择，所以基本可以认定花语插图的作者并不熟悉文本，他用自己的理解创造了一套“红楼”人物花语系统。另一个我所推断的观点是：前面我们提到双清仙馆本插图中所使用的西厢曲词题句系统可能出自两种情况，我以为第一种情况居多，即当时社会上已经有这样的套词游戏的思路，双清仙馆本只是借来一用罢了。立论依据就是图像人物的姿态和花语几乎都是以绣像页的西厢题句为基本出发点来绘制的。而西厢曲词套用之“雅”和“恰当原典”与花语系统的“俗”和“不通原文”形成了鲜明的对比，难以想象两者是出自同一人的创意，应该是书商惯用的奇巧宣传手段加诸插图的典型，而这样的“加诸”却为《红楼梦》文本插入了两个独立的再生系统，使读者在阅读过程中难免受到图像的影响，甚至于将思路引向完全不同于文本的方向。

德国文学理论家本雅明早在1931年即提出了“双线”文学史说，认为文学史应由两条线构成：一是作家对作品的创作史，一是读者对作品的接受史。他在《文学史与文学学》一文中说：“对作品的整个生命及影响范围，应与作品，尤其是与创作史平等相待，也就是说，要注意作品的命运、当代人对作品的接受、作品翻译情况及作品的荣誉。这样，作品便能够在心灵深处构成一个微观宇宙，乃至微观永恒。”[①]用《西厢记》套词和花解语来配对《红楼梦》小说人物增加了阅读的娱乐性和趣味性，也显示了《红楼梦》“普通知识”之萌芽。图像重构了文本的原始含义，并将这套再生系统与红楼人物相联结，从而加速了《红楼梦》的世俗化。这也是红楼梦“普通知识”成型过程中必然经过的阶段，即其故事内容逐渐脱离文本而独立为一类普遍的知识，借用黛玉口中说西厢的话，“那三岁孩子也知道”。这种知识的获知途径多样，如年画、戏曲、说书、说书人在说书时的展卷、小说绣像等等，特点就是都在民间传播，故事虽脱胎于文本，但又不同于文本，往往是对文本的重构，在约定俗成中完成“知识的普及”，而其中图像起到了关键的作用。当这些如“双清仙馆本花语”之类的“误差”被大众所接受并形成社会记忆时，图像对文本的重构已经完成。被社会所认可和理解的《红楼梦》已经不再是曹雪芹的《红楼梦》了，图像用自己的方式叙述了《红楼梦》的故事。罗兰·巴特曾在他的《一个解构主义的文本》中说过：“作者已经死去，留下的是读者的狂欢。”历史的淘汰、受众的选择，是衡量一切的标尺。

第四节　宝玉和黛玉的位置：小说绣像的排序问题

明清通俗小说创作的逐步成熟，是由注重故事转向注重人物的，即由叙述故事为主过渡到重视塑造人物，由刻意于情节性的描绘到注重意蕴和境界，从而讲求诗画结合。这一点上来讲与小说绣像的发展是一致的，绣像也经历了从以情节刻画为主到以人物刻画为主的发展。《红楼梦》这样一部优秀的小说在流传过程中，卷首绣像人物排列的次序也在悄悄地发生着变化，而这些变化或许可以反映出十分有意思的问题：他们可以展现受众对图像的好恶（实则是观众对小说故事的理解）以及受众喜好对插图制

---

① 本雅明：《经验与贫乏》，百花文艺出版社1999年版，第250页。

作方的重要影响。德国康斯坦茨大学的尧斯是接受美学理论家，他倡导建立一种把美学因素和历史因素联系起来的新型的文学史。他在 1976 年出版的《审美经验与文学解释学》一书中，曾这样申明文学接受史研究的意义："一方面，它必须说明文本的效果和意义所赖以具体呈现在当代读者面前的实际过程；另一方面，它要重新构造读者在不同时代以不同方式接受和解释同一文本的历史过程。这就要求在衡量一部艺术作品的现时效果时，必须参照早先人们对该作品的经验史，并且在效果和接受的基础上形成审美判断。"①

在原典第五回贾宝玉神游太虚境时所看到的《金陵十二钗正册》中，其人物排列次序依次为：黛钗、元、探、湘、妙、迎、惜、凤、巧、纨、秦，这是曹公综合考虑了她们与宝玉关系、角色地位、身份以及作者自己喜好等因素综合后的结果。我们也可以通过十二钗的排序了解各人物角色在小说中的分量。薛宝钗代表金玉良缘，林黛玉代表木石前盟，她们与宝玉是等距离的婚恋关系，故合于一图一诗中，并列第一。元春贵为皇妃，与宝玉一母同胞，又在四姐妹中居长，因此位居第二。探春"才自精明志自高"，是宝玉的亲妹妹，又是贾家姐妹中的出色人物，也是雪芹先生较偏爱的人物，排第三。史湘云与妙玉都与宝玉有少男少女的微妙关系，史湘云与宝玉为表兄妹，自小耳鬓厮磨，在关系上又比妙玉近了一层，排第四。妙玉身在栊翠庵，心系红尘，与宝玉亦有隐晦的情缘纠葛，排第五。迎春懦、惜春小，排第六、第七。小姐们排完后才是府内已婚的女子，王熙凤是已婚女子中最重要的角色，其女巧姐随其后，排第八、第九。李纨寡居贾府，只知奉亲养子，排第十。秦可卿出场时间极短，辈分又低宝玉一级，但与宝玉有一段梦里情缘，故充列于末。

一、程本系统的绣像排序问题

乾隆五十六年辛亥(1791)第一个印本《红楼梦》程甲本绣像共二十四页，并未按照曹公《金陵十二钗正册》的次序排列，其绣像前后次序分别为：石头、宝玉、贾氏宗祠、史太君、贾政王夫人、元春、迎春、探春、惜春、李纨贾兰、王熙凤、巧姐、秦氏、薛宝钗、林黛玉、史湘云、妙玉、薛宝琴、李纹李绮邢岫烟、尤三姐、香菱袭人、晴雯、女乐、僧道。

宝玉排在第二位，林黛玉排在第十五位。第一页是石头，第二页就是

① ［德］尧斯：《审美经验与文学解释学》，顾建光译，上海译文出版社 1997 年版，第 4 页。

主人公宝玉，玉乃从石变来，所以排前两位，接着程甲本绣像排列依据家族本位的亲疏关系，以贾府为中心向外辐散，先直系而后姻亲。受儒家倡导的长幼有序、尊卑有别的伦理道德观影响，我国封建社会遵循的是绝对服从和等级分明的家长制。程甲本贾氏宗祠排宝玉之后第三，宗祠，又称家庙、祠堂、祖厝，是供奉神主牌位，举行祭祖活动的场所，也是姓氏文化最具象的表现。史太君作为一家之主，辈分也是最高的，贾政和王夫人紧随其后，此三人自然不能僭越。而元、迎、探、惜作为贾氏四姐妹，是贾宝玉的直系血亲，故依次占据之后四位。紧接着是贾府的两位孙媳，因李纨是宝玉亲嫂，王熙凤是其堂嫂，且李纨年纪居长，故排在凤前。巧姐与秦可卿同辈，但巧姐乃贾府直系后代，秦氏为宁国府儿媳，又远了一层，因此巧姐在前，秦氏在后。然后才是宝玉的三个表姐妹。其中，宝玉与薛宝钗为姨表，与林黛玉为姑表，而与史湘云则是两表关系，按照父系社会的宗族观，姑表比姨表更近，宝玉就曾对黛玉说过“咱们是姑舅姊妹，宝姐姐是两姨姊妹，论亲戚，他比你疏”。但在后四十回中薛宝钗与宝玉成婚，所以宝钗在黛玉之前，而湘云在黛玉之后。妙玉与贾家无任何血缘关系，估计如果没有《金陵十二钗正册》程甲本或许都不会把她列入，因此置之最末。可以看出程本绣像非常注重封建礼教传统，体现了出版者浓重的家族本位意识，应该是贯彻高鹗的思路，黛玉在出版者心目中的地位远逊于宝玉。

此后的本衙藏板本其卷首绣像与“程甲本”基本相同，但第十三页中缝名称改“程甲本”之“秦氏”为“秦可卿”。

金陵藤花榭本卷首绣像数量减少为十五页，分别为：石头、宝玉、元春、迎春、探春、惜春、李纨、王熙凤、巧姐、秦可卿、宝钗、林黛玉、史湘云、妙玉、僧道。宝玉排第二位，黛玉排第十二位。贾氏宗祠、史太君、贾政王夫人三页已经取消，只留下石头、僧道、宝玉和十二钗正册中人。

此后的三让堂本延续藤花榭本的卷首绣像数量和顺序。

妙复选评本(1881)有卷首绣像二十页，次太平闲人“红楼梦读法”，次目录，后正文。此本绣像分别为：石头、宝玉、太君、元春、迎春、探春、惜春、李纨、王熙凤、巧姐、秦可卿、宝钗、林黛玉、史湘云、妙玉、薛宝琴、尤三姐、香菱袭人、晴雯、僧道。取消贾氏宗祠、贾政王夫人和李纹李绮邢岫烟、女乐前后各两页。

纵览整个程本绣像系统，在大约九十年的时间里，除部分刊本原样翻刻外，大多数本子都削减了绣像数量，虽有十五页和二十页之分，但都不约而同地剔除了贾氏宗祠和长辈一类的人物，重新回到“金陵十二钗”的轨道上来。这就说明受众对《红楼梦》小说的理解与高鹗、程伟元浓重的家族本位意识是完全不同的。程本贾氏宗祠图选取“宁国府除夕祭宗祠”这一章回情节，图赞云：江左皇皇族，祠堂气象新。衣冠三代列，俎豆四时陈。鹤立金萱靄，鹓行玉树春。莫言神叹息，终看叶振振。“莫言神叹息”典出小说第七十五回上“开夜宴异兆发悲音”：那天将有三更时分，贾珍酒已八分。大家正添衣喝茶，换盏更酌之际，忽听那边墙下有人长叹之声。……恍惚闻得祠堂内扇开阖之声，只觉得风气森森，比先更觉凄惨起来。但还有“终看叶振振”，指的是高鹗续书中贾府最后还有家道复兴的机会，如此贾氏宗祠成了克绍箕裘的象征。可以看出程甲本对卷首绣像非常用心，贾氏宗祠页的出现以及顺序都揭示出高鹗对后四十回结局的处理，贾氏宗祠页就是高鹗重振家声构思的有力证据。但印本小说随着不断的重版发行，根据读者的喜好，绣像页渐渐剔除了贾氏宗祠一类的图像，实际上是回到雪芹先生的本意上去。作者在开章凡例中自云：“今风尘碌碌，一事无成，忽念及当日所有之女子，一一细考较去，觉其行止见识，皆出于我之上。何我堂堂须眉，诚不若彼裙钗哉？实愧则有余，悔又无益之大无可如何之日也！……我之罪固不免，然闺阁中本自历历有人，万不可因我之不肖，自护己短，一并使其泯灭也。……又何妨用假语村言，敷演出一段故事来，亦可使闺阁昭传，复可悦世之目，破人愁闷，不亦宜乎?”非常明确地点出了小说“使闺阁昭传”的目的，或许曹公还有“使闺阁昭传”之外的哲学深意于文，但也绝不是高鹗之流重振家声类的世俗思考。

受高鹗家族观念的影响，程本系统的绣像以家族本位的亲疏关系排序，黛玉的位置远远落后于宝玉，也落后于宝钗。但随着时间的推移，受众的喜好终于将绣像重新拉回到“使闺阁昭传”上来。这也从侧面说明后四十回高鹗重振家声的构思并没有得到世人认同，而“金陵十二钗”在红楼图像中的绝对地位也已完全确立。还是那句话：历史的淘汰、受众的选择，是衡量一切的重要标尺。

二、黛玉位置的提升和宝玉位置的下降

程本系统之后，最有影响也流传最广的王希廉评双清仙馆本（1832）在绣像人物排序上，排除开头“警幻”“宝玉”及末尾的“刘老老”，其余六十一个人物排序，大致遵循以下规律：首金陵十二钗，次贾、宁二府姻亲中的小姐，次贾、宁二府妻妾，次贾府地位较高的丫鬟，次贾府普通丫鬟，末大观园女乐。即基本上是按照人物社会地位的高低和是否已婚来安排先后次序的。在金陵十二钗的排序上，此本出现了与“程甲本”本质的区别：将黛玉、

宝钗的位置提前，紧随宝玉之后，而黛玉的位置又在宝钗之前；将贾家四姐妹的位置往后顺延。最终呈现如下的排列顺序：警幻、宝玉、黛玉、宝钗、可卿、元春、迎春、探春、惜春、史湘云、薛宝琴、邢岫烟、妙玉、李纨、李纹、李绮、熙凤、尤氏、尤二姐、尤三姐、夏金桂、傅秋芳、巧姐、娇杏、佩凤、偕鸾、香菱、平儿、鸳鸯、袭人、晴雯、紫鹃、莺儿、金钏、翠缕……之所以出现这样的排序，应该与王希廉本人对《红楼梦》小说的认识有极大关系。

王希廉(1805—1877)，"原名希棣，字旭升，号雪芗(香)，晚号雪髯老人。清吴县东山人。仲浣子，朝忠从弟。监生，浙江候补府经历。工书善诗文，才华艳发。因评赞《红楼梦》，自号'洞庭护花主人'。曾侨寓虞山，聘才女周绮为副室，唱和风雅，共研红学，人艳称之。人品重艺林，卒藏太湖葑山"①。王希廉与张新之、姚燮等同为清代著名的《红楼梦》评点家，在改琦的《红楼梦图咏》的题咏里都留有王希廉和周绮的诗词墨迹，可见其风雅。王希廉对《红楼梦》的总观点见于《红楼梦总评》中："《红楼梦》虽是说贾府盛衰情事，其实专为宝玉、黛玉、宝钗三人而作。若就贾、薛两家而论，贾府为主，薛家为宾。若就宁、荣两府而论，荣府为主，宁府为宾。若就荣府一府而论，宝玉、黛玉、宝钗三人为主，余者皆宾。若就宝玉、黛玉、宝钗三人而论，宝玉为主，钗、黛为宾。若就钗、黛两人而论，则黛玉却是主中主，宝钗却是主中宾。至副册之香菱是宾中宾，又副册之袭人不能入席矣。读者须分别清楚。"②这就不难理解为什么将黛玉位置上升至第三位，而将黛玉放置在宝钗之前了。双清仙馆本卷首人物绣像的顺序排列是与评点家的观点相契合的。而这一观点随双清仙馆本广泛流传并为大众所接受和认可，此后的木刻印本插图基本接受这一排序法。至此林黛玉在《红楼梦》小说中第一女主角的地位也随着小说绣像的排序而得以确立。

在石印技术出现后，《红楼梦》小说绣像数量大增。但黛玉页绣像的位置基本保持了与双清仙馆本排序的一致，始终处于红楼女儿中的第一位。如被广泛运用于各种版本卷首绣像的王墀《增刻红楼梦图咏》本有绣像一百二十页，几乎囊括了贾府中全部有名有姓的人物。

其绣像排序为：石头宝玉绛珠仙草、跛道士疯僧、宝玉、黛玉、贾母、贾赦贾琏、贾政、贾敬、贾珍、贾蓉、贾兰、邢夫人、王夫人、熙凤、李纨、宝钗、尤氏、可卿、元春、迎春、探春、惜春、湘云、岫烟、宝琴、李纹、李绮、巧姐、薛姨妈、夏金桂、尤三姐、傅秋芳、姽婳将军、胡氏、贾蔷、贾芸、贾芹、贾环赵国

① 胡文彬：《王希廉生平家世考述补说》，《红楼梦学刊》1997年第2辑。

② 王希廉：《红楼梦总评》，一粟：《红楼梦卷》(第一册)，中华书局1963年版，第147—148页。

基、贾代儒贾瑞、薛蟠、薛蝌、秦钟、甄宝玉、邢大舅王仁、北静王、柳湘莲、詹光程日兴单聘仁、张友士、晴雯、紫鹃、鸳鸯、平儿、香菱、妙玉、智能、秋纹、麝月、雪雁、柳五儿、金钏、玉钏、绣橘、侍书、蕙香……

王墀图咏是我个人很不喜欢的一个本子：我以为其本绘图不精、对《红楼梦》理解不深。因为他在排序问题上不过是继承了高鹗的“俗”路，即以家族本位长幼尊卑男女来排序，因此出现了从贾母开始将贾府贵族直系男性按长幼如贾赦、贾珍等放在女性之前；将邢夫人、王夫人等老夫人按长幼放在小姐们之前；将其余贾府和相关男性放在丫鬟之前的排序法。而且贾府的媳妇通通排在女儿之前，包括元春；金陵十二钗之一的妙玉被放在几个丫鬟之后，而什么贾代儒贾瑞、詹光程日兴单聘仁之流都在香菱妙玉之前；北静王、柳湘莲位列薛蟠之后；等等。你说他不通吧，他还把人物的姻亲正庶亲疏关系搞得挺清楚！但完全漠视曹公借宝玉之口道出的“女儿是水作的骨肉，男人是泥作的骨肉。我见了女儿，我便清爽；见了男子，便觉浊臭逼人”和“女孩儿未出嫁，是颗无价之宝珠；出了嫁，不知怎么就变出许多的不好的毛病来，虽是颗珠子，却没有光彩宝色，是颗死珠了；再老了，更变的不是珠子，竟是鱼眼睛了”的本意，简直该打。但是我们也看到，即便是这样忽视曹公本意的王墀也不得不把黛玉的位置放在紧随宝玉之后的第四位，并置于贾府长辈们之前。为什么呢？恐怕是他绝不敢忽视当时读者的意见吧，可见其时在清代《红楼梦》接受史上林黛玉红楼第一女主角的地位已然确立，纵然刻板墨守如王墀之流也不敢冒天下之大不韪。

1879 年淮浦居士重编并刻印了改琦的《红楼梦图咏》之后，因其人物刻画精美、形神兼备而得到时人广泛好评，初版刊行后颇受欢迎，重印、翻刻相继出现，继而流传并用作许多《红楼梦》印本的卷首绣像。此种情况一直延续到后世，如《增评补图石头记》民国 19 年(1930)商务印书馆铅印本，上、下册。此本绣像完全采用清改琦《红楼梦图咏》的五十页图像，只是缺少了第四十页“柳湘莲”像，当是翻印时疏漏所致。改琦的《红楼梦图咏》基本奠定了此后红楼人物画的所有基础，如人物造像、原典选择、环境、意境等问题，对后来者影响深远。改琦的《红楼梦图咏》可谓是清代《红楼梦》图像世界中最为重要的一笔，它也是清代集大成，最为人知的绣像系统。由于改琦在绘制时是以单幅图画的形式完成的，所以在原画阶段并不存在排序的问题，而此后的印本小说使用《红楼梦图咏》作为卷首绣像主要采用了光绪五年淮浦居士当时刻印本的最初顺序。光绪五年初刻本分四册，大开本，共五十幅人物画，前图后咏。卷前有淮浦居士序一篇，各册未标序号。据顾音海先生所见，其后又有重印小开本，全书也无图序编号；翻刻本中以文元堂版本流传较广，文元堂版本分元、亨、利、贞四册，每册依元一、元二……亨一、亨二等序编排，标识于每版右下角栏线外。[①] 虽然初刻本并未标序，但在每册开始有一页目录，标明册页和顺序，因此得以知道淮浦居士重编时的图像顺序。

其图像顺序：卷一为石头绛珠、警幻、黛玉、宝钗、元春、探春、惜春、史湘云、妙玉、王熙凤、迎春、巧姐。卷二为李纨、鸳鸯、可卿、宝琴、李纹李绮、岫烟、香菱、晴雯、芳官、尤三姐、莺儿、平儿、紫鹃。卷三为袭人、龄官、麝月、翠缕、碧痕、司棋、佩凤、小红、智能、春燕五儿、翠墨小螺入画、秋纹蕙香、彩鸾绣鸾。其卷四为宝玉、柳湘莲、秦钟、蒋玉函、贾蓉、贾蔷、贾芸、贾兰、薛蝌、焙茗、北静王、甄宝玉。

黛玉页位置再次提升到第三位，仅次于无法超越的石头页和警幻页，位于小说中出现的现实人物之首。至此黛玉在红楼绣像中的地位已经达到顶点，亦可见绘图者、编印书籍者和读者对于这一排序的认可。同时宝玉的位置下降到第四册之首，也就是将所有红楼女性角色排完之后再排男性角色。我们看到除警幻仙子外，前三册共有女性四十二人（其中有五页为二人或三人共有一幅），以金陵十二钗为首，包括其余重要侍妾和大丫鬟。第四册专绘男性，有十二人，以贾宝玉起首，甄宝玉结尾，所选男性均为小说中清秀俊朗为宝玉认可之辈。

《红楼梦图咏》的人物排序显示了一个新的现象：红楼绣像和此后大量的红楼画中以黛玉起首的十二金钗成了绝对主角，作为小说主角的宝玉则在红楼绣像中的地位下降了。这种黛玉地位的上升和宝玉地位的下降显示着大众对图像审美体验的视角变化，我们前面讲花语时曾提到曹公以百花比德红楼女儿，而给宝玉一个“绛洞花主”的旧号，其用意很明显，即宝玉是能欣赏、爱护、领略百花之美的人，而不是花本身。如果从雪芹先生“使闺阁昭传”的角度出发，宝玉更像是为读者提供的一个视角，通过宝玉的眼和心让读者领略作者当日所见的众闺阁好女子之才情容貌悲喜命运，从而演绎大道变幻。宝玉虽是主人公，也更像那一块被携带入红尘的石头，领略旁观而已，如此绣像回归“金陵十二钗”，以红楼女儿为根本，我以为是清代《红楼梦》图像逐渐回归曹公本意，再现原典文本意图的表现。

另一方面，这也是清代读者对图像审美的要求，正如我们前面提及的

---

① 顾音海：《〈红楼梦图咏〉版本比较》，《上海博物馆集刊》2002 年第 9 期。

清代仕女画社会生成的话题，认为《红楼梦》这个题材必然会走向仕女画的意境中去。作为主角的宝玉在小说之内的绣像插图排序上已经远落后于黛玉了，那么可以想象在那些独立于小说之外的红楼图像中宝玉就更没有立足之地了。我们所能收集到的清代红楼文人画咏中几乎没有再出现过宝玉，金陵十二钗则是绝对的主角，其中又以黛玉为画家最为费心思虑描绘之角色。《红楼梦》图像的接受即为欣赏、娱乐性接受，接受者观看《红楼梦》图像更多的是为了取得一种审美愉悦。于是我们看到在小说插图中黛玉的地位不断地上升；宝玉的位置在下降，而在独立的清代《红楼梦》图像世界中林黛玉的实际地位是远远高于贾宝玉的。这些排序的变化正显示了《红楼梦》图像逐渐脱离文本而成为独立表意的主体，人们希望能亲眼看看红楼女儿们的欲望，于是红楼人物画逐渐演变成了仕女图，红楼女性也成为受众视觉欣赏的主要对象。

第三章　清代《红楼梦》图像“展现故事”的能力

伯格认为叙事即故事：故事讲述的是人、动物或其他宇宙空间生命身上曾经发生或正在发生的事情，即故事中包括了一系列按时间顺序发生的事件，也就是叙述在一般时间之内或者更确切地说在一段时期内发生的事件。① 伯格的说法明确指出了“展现故事”就是展现“时间”进程下的事件。那么什么是时间呢？这个问题不好回答，原是个众说纷纭的哲学命题。奥古斯丁就曾感叹：“时间不论如何悠久，也不过是流光的相续，不能同时伸展延留，永恒却没有过去，整个只有现在，而时间不能整个是现在，他们可以看到一切过去都将被将来所驱逐，一切将来又随过去而过去，而一切过去和将来却出自永远的现在。”②时间如此让人无奈，古往今来人类总不甘心就此成为时间的奴隶，想尽一切办法试图征服时间、控制时间。因而有学者说：“叙事的冲动就是寻找失去的时间的冲动，叙事的本质是对神秘的、易逝的时间的凝固与保存。”③从叙事展现时间的问题上看，当然文字要有优势得多。那么在展现故事的能力上，静止的图像能否表达出“流光的相续”呢？早在绪论之初本书已经引用过莱辛的观点：莱辛认为绘画只表达空间里的平列（nebeneinander），并不表达时间上的后继（nacheinander）。当代的图像研究者持这种观点的也不在少数，如“严格说来，讲故事是时间里的事，图画是空间里的”④。然而贡布里希爵士并不完全赞同莱辛在《拉奥孔》里的论述，在《艺术与错觉》一书中他论述了关于图画再现的理论，认为时间仍然在绘画中起到了隐含的作用：比如从手势、动作、表情获得对叙

---

① [美]阿瑟阿萨·伯格：《通俗文化媒介和日常生活中的叙事》，姚媛译，南京大学出版社2000年版，第5页。

② [古罗马]奥古斯丁：《忏悔录》，周士良译，商务印书馆1963年版，第240页。

③ 龙迪勇：《寻找失去的时间——试论叙事的本质》，《江西社会科学》2000年第9期。

④ [加拿大]阿尔维托·曼古埃尔：《意像地图——阅读图像中的爱与憎》，薛绚译，云南人民出版社2004年版，第13页。

事的认知。贡布里希爵士关注观看者获取信息的方式本身，他认为组合空间和光影是绘画模拟现实的方式，其实也是还原对空间和体积的观看习惯而已，而绘画表现的瞬间是由画家精心安排的虚拟瞬间，实则是把一段时间内发生的情况打乱重新排序而已。他肯定了图像在叙述故事方面的能力，并明确指出“图像叙事”长久地为艺术史家所忽略：“空间及空间在艺术中的再现问题以几乎颇为夸大的程度占据了艺术史家的注意力；同时，时间及运动在艺术中的再现问题却莫名其妙地被一再忽略。”

本章主要从图像如何打破“凝固瞬间”束缚的角度，叙述清代《红楼梦》图像“展现故事”的能力。其中借用了一个来自莱辛的概念表述“顷间”。从图像叙事的顷间开始，讨论观看者的视角和决定性顷间的内在要素，进而探讨单幅图像如何突破时间束缚。第二节考察连续图像独立完成叙事，完整“展现故事”的能力。第三节考察图像场景是如何来展现故事意境的，这是图像媒介本身用以渲染故事情节的优势所在。在本章关于图像展现故事能力的问题上，主要着力于“空间的时间化”，即在清代《红楼梦》小说图像中，“时间”和“动态”是如何展现的。在前面第二章里我们主要以人物造像即绣像或人物画为主要研究对象，考察图像再现原典的问题，实际上更注重于文本中的叙述和描述语言的图像空间再现；而在本章中我们主要以独立于文本以外的故事画为主要研究对象，间或涉及叙事为主的回目画，考察图像独立叙事的问题。

第一节　叙事的顷间

《红楼梦》图像是对小说故事的展现，是叙事中的叙事。按照古老的艺术起源“模仿论”来看，小说文本是对现实生活和外部世界的模仿，“那么其图像则是对文本的模仿，即对‘模仿’的再一次模仿——模仿中的模仿；按照叙事学理论，如果说故事画中再现的文本是对现实或想象中发生的事件的叙述的话，那么其图像则是对已在文本中叙述过的‘故事’的叙述——叙述中的叙述”①。文字和图像作为两种不同的叙事媒介，其叙事方式、叙事视角、叙事时空等方面均带有自身的独特媒介个性。图像介于文字的一维与现实的三维之间，介于文字的线性与现实的立体之间，是一种二维或

① 龙迪勇：《图像叙事与文字叙事——故事画中的图像与文本》，《江西社会科学》2008年第3期。

准三维的平面空间形象。用直观的图画来表现故事内容，能指与所指之间是如此接近，以至于不需要任何学习，人们都可以通过画面来明白故事的情节。

正如语言叙事由最基本的字和词来构成意义一样，图像叙事也是由基本的叙事单位来组成的，我把这种叙事单位称为“顷间”，是具有叙事功能的基本单位。“顷间”的词源有“近来”[宋·王谠《唐语林·补遗四》：“顷间诸将获贼二三，驴马(数匹)，皆为露布，臣每哂之。”]和“一会儿”(晋·干宝《搜神记》卷十八：“至三更竟，忽闻有叩阁者……应使进，致词而去。顷间，复有叩阁者如前，曰：‘府君相闻。’应复使进。”)两种含义。两种含义均有时间的意蕴在里面，取后一种含义，即截取的极小一段时间单位。图像研究中之所以使用“顷间”一词，来自莱辛《拉奥孔》中著名的论断：造型艺术要选择高潮顶点来临之前“富于包孕的片刻”。这个“富于包孕的片刻”在原文中使用了“Augenblick”这个词，被翻译成“顷间”或“顷刻”而成为美学术语。对于图像叙事来讲，使用“顷间”这一表述我以为较妥，因为除了表示时间上的一个最小节点外，还有空间性的含义在里面，比起纯时间描述的“顷刻”更为合适。本书使用“顷间”作为研究图像叙事的基本单位。对于文中所探讨的故事画顷间，本书将其概念界定为独立时空下单一事件的瞬间画面。

一、决定性的顷间

对于造型艺术选择决定性“顷间”的问题，事实上中国古代画论也遵循着这一选择典型情境的原则。黄庭坚《豫章黄先生文集》卷二七《题摹〈燕郭尚父图〉》中谈道：“往时李伯时为余作李广夺胡儿马，挟儿南驰，取胡儿弓引满以拟追骑。观箭锋所值，发之，人马接应弦也。伯时笑曰：‘使俗子为之，作箭中追骑矣。’余因此深悟画格。”也就是说引而不发或将发的一瞬，应该是绘画表现或叙事的最佳时机，我将其称为：决定性的顷间。关于这个决定性顷间如何构建而足以起到最佳的叙事效果，钱钟书先生写于1962年的《读〈拉奥孔〉》(收录于《七缀集》)一文中使用文学语境来描述，即是“笔所未到气已吞”和“既至妙处，笔墨却停”的状态。

然而他又谈到了“诗中有画而又非画所能表达”的观点，举了很多古人认为诗意难以入画的例子。如：苏轼记参寥语：“‘楚江巫峡半云雨，清簟疏帘看弈棋。’此句可画，但恐画不就尔！”(《东坡题跋》卷三)又如：张岱说：“李青莲《静夜思》诗：举头望明月，低头思故乡。‘思故乡’有何可画？……

又《香积寺》诗，'泉声咽危石，日色冷青松'，'泉声''危石''日色''青松'皆可描摹，而'咽'字'冷'字决难画出。"(《琅嬛文集》卷三)①他所举的三个诗的例子我们也可以看成是在质疑绘画是否具备构建决定性顷间的能力。由于我们认为顷间是建构图像叙事的基本单位，顷间本身是否具备"展现故事"的能力就成为图像能否叙事的关键问题。

我们回过头去再细看钱锺书先生列举的三个例子，古人除了认为画无法展现诗的意境之外，在第一个例子中还认为画无法展现诗中的情境，帘外看棋和楚江云雨两者视角难以重合，所以认为"画不就尔"；第二个例子中还认为画无法展现人物的内心世界，思故乡是心理叙事，是一系列的心理活动，所以问"有何可画"；第三个例子还认为画无法表现事物的运动和动态，"咽"字有水的流动带来的动态和声音；"冷"字有日影渐灭的动态，所以认为"决难画出"。这实在是很有意思的提问，实际上涉及本小节整节的内容，因为叙事的顷间一节就是为了解决这些问题而设的。

宋元明清以降，画坛以山水、花鸟、仕女渐次，故事画并不入流，但故事画在图像叙事方面不断积累前贤经验，作为一种以"展现故事"为己任的画类，运用中国传统绘画独有的构成方式来努力解决这一决定性顷间构建的问题。我不否认钱钟书先生所提到的古人认为三首诗难以用画来表达的观点，因为诗画两者的确是不同媒介，只能互相转化却无法一一翻译。但是在对于表现故事的情境、展现人物的内心和表现事物的运动和动态这三点上来看：哪怕是在单一顷间里，从清代《红楼梦》故事画中我们可以发现清人已经有自己的应对方法了。

(一)情节的增减与改造

情节改造即插图对文本叙述进行改写以适合于图像形式的呈现。如上文所言，插图并不能完全地模拟和翻译文本，除了文本中的描述语言比较方便再现之外，文本中的叙述语言往往需要通过删减、改造、填补情节的方式来适应图像的呈现形式，插图不仅需要在文本的空白处进行自我改写，而且也可以将文本中没有叙述但在图像中必须呈现的部分做理解性的诠释。通过情节改造，即可以接近于故事的情境，甚至于展现故事的意境。这一点上清代故事画家与贡布里希爵士关于精心安排的虚拟瞬间的观点完全一致，只求在最大程度上安排一切典型的形象用于更好地展现故事。

---

① 钱锺书：《钱锺书集·七缀集》，三联书店 2007 年版，第 39—40 页。

如光绪十四年云声雨梦楼石印本的王钊绘制的画册《红楼梦写真》中有这样一页(图43):描绘的是第三十四回下“含耻辱情烈死金钏”,选取的是金钏即将跳井的这一决定性的顷间,时间节点选择完全符合莱辛关于高潮顶点来临之前“富于包孕的片刻”的论断。原典中金钏之死并未有直接的叙述,完全是通过他人发现尸体之后的语言交谈来告知的,这一章中描写该事件的语言只有这一段:一句话未了,忽见一个老婆子忙忙走来,说道:“这是那里说起！金钏儿姑娘好好的投井死了!”袭人唬了一跳,忙问:“那个金钏儿?”那老婆子道:“那里还有两个金钏儿呢？就是太太屋里的。前儿不知为什么撵他出去,在家里哭天哭地的,也都不理会他,谁知找他不见了。刚才打水的人在那东南角上井里打水,见一个尸首,赶着叫人打捞起来,谁知是他。他们家里还只管乱着要救活,那里中用了!”后一章中又有这样一段:贾环见他父亲盛怒,便乘机说道:“方才原不曾跑,只因从那井边一过,那井里淹死了一个丫头,我看见人头这样大,身子这样粗,泡的实在可怕,所以才赶着跑了过来。”两段对话了结了一桩人命故事。而对于当事人情绪和当时情境的叙述,只有标题的八个字“含耻辱情烈死金钏”,就这八个字足以让读者对金钏这个人物和她的事迹印象深刻,这是语言大师叙事的本事！但作为画家如何来展现这一顷间呢？王钊就是通过对情节增加和改造来完成的,我个人以为这一顷间叙事是十分成功的。他在画面的中心位置画上了井和井边的两棵树,后面是月洞门围墙屋舍,前面是山石芭蕉杂树,感觉十分幽冷,一女子站在井边掩面做哭泣状。这些都是由小说里“金钏跳井而死”的文字转化来的画面形象,但是画家增加了一个情节,就是在左上方添了一个小圈,是月亮。书中并未叙述金钏跳井的时间,但画家通过这一情节的添加,将其时间定为夜深人静的晚上,意境上更为悲切。他还改造了一个情节:在掩面哭泣的女子边上多了一个鬼(瘦弱骷髅,头顶凸起,撕发赤足,这一鬼的意象对中国人来说足以辨认),那鬼一手拉着金钏的袖子,一手指向井中。原典中明确点出金钏死是因为“含耻辱情烈死”,也就是因为性子刚烈,不堪被王夫人撵出并指责为无耻勾引宝玉而羞愤跳井。图像中画家为了展现当时情境的悲烈和恐怖,改造了情节,改成了“鬼引”这一方式,即使人一观就明了女子是要去跳井的情形,又深感其“鬼迷心窍”的恐惧和悲凉,霜冷月光下毛骨悚然的那一刻仿佛在眼前！这一决定性顷间的选择无论在叙事上还是意境上都达到了完美的展现。图像用自己的方式来转化了文字并展现了完整的故事情节,这就是古人的智慧。

图 43　王钊《红楼梦写真》三十二回下“含耻辱情烈死金钏”

(二)“潜台词”叙事

展现人物的心理活动,对于语言文字来说完全不是问题,只要在一段描述语言或叙述语言前加上“他心里想”或“他感到”或“他脑海里浮现出”之类的话就一切 OK 了,而对于传统的故事画来讲的确有些困难,但也并非没有解决的办法。比如最早出版于光绪十年的李鞠侪《石头记新评》,已经出现了连环画的雏形,画面加上了画家自己的评语,如若这样画面加上人物的对话或人物心里的话也不算什么大问题;还有一种方法就是直接将“脑海里浮现出”的顷间插入画面中就好了,这是一种传统的画面构成形式,我们放到下节叙述。

以上两种方式虽然可以直接表达人物心理,但前者在画中插入人物对话或心理语言,破坏了画意;后者则必须使用多个顷间的拼贴组合才能完成叙事。那么在单一顷间中,是否真如古人所言“有何可画?”我以为还是有方法的,这里引用一个戏剧术语“潜台词”来解释这个问题或许会较清晰。斯坦尼斯拉夫斯基曾对此有一经典性的阐释:“什么是潜台词? 这就是角色的并不明显的、但内心感觉得到的‘人的精神生活’,它在台词字句底下不断地流动着,随时都在给予台词以根据,赋予台词以生命。潜台词包含着角色和剧本的各种各样的内在线索,这些线索是由有魔力的和别的

‘假使’，由各种各样的想象虚构、规定情境、内部动作、注意对象、大大小小的真实和对这些真实的信念、适应及其他元素交织而成的。”①画中的人物无法说话，但他的内心却可以诉说，告诉我们他正在想什么，或将要做什么。这种心理叙事与戏剧中的潜台词类似，读者从画面中人物的动作、姿态和表情甚至道具、布景中都能依据自身的日常体验去体会出人物内心的情绪。所谓“潜台词”叙事就是在静止的画面中通过人物内心世界“潜台词”的展现来进行叙事，从而传达人物丰富的内心世界。

图 44　姚评本第七十八回下回目图

如姚梅伯评本《石头记》第七十八回下“痴公子杜撰芙蓉诔”的回目图（图 44）：画面人物衣冠周正、折腰背对，手捧一幅，似在诵读；人物上方上绘巍峨巨石一块，压抑人物，石下画纤细摇曳木芙蓉一枝，正对人物面目方向。小说原文中这一段主要通过宝玉的心理描写来交代原委，原文：独有宝玉，一心凄楚。回到园中，猛见池上芙蓉，想起小丫鬟说晴雯做了芙蓉之神，不觉又喜欢起来，乃看着芙蓉嗟叹了一会。忽又想起：“死后并未至灵前一祭，如今何不在芙蓉前一祭，岂不尽了礼？”想毕，便欲行礼。忽又止道：“虽如此，亦不可太草率了，须得衣冠整齐，奠仪周备，方为诚敬。”想了一想：“如今若学他世俗之奠礼断然不可，尽也还别开生面，另立排场，风流奇异，于世无涉，方不负我二人之为人。……古人云，‘潢污行潦，苻藻苹蘩之贱，可以羞王公，荐鬼神’，原不在物之贵贱，只在心之诚敬而已。然非自作一篇诔文，这一段凄惨酸楚，竟无处可以发泄了。……奈今人全惑于功名二字，故尚古之风一洗而尽，恐不合时宜，与功名有碍之故。我又不稀罕那功名……”因用晴雯素日所喜之冰鲛縠一幅，楷字写成，名曰《芙蓉女儿诔》，前序后歌；又备了四样

① 斯坦尼斯拉夫斯基：《斯坦尼斯拉夫斯基全集》（第二卷），中国电影出版社 1979 年版，第 91 页。

晴雯所喜之物。于是月夜下，命那小丫头捧至芙蓉前，先行礼毕，将那诔文即挂于芙蓉枝上，乃泣涕念曰……完全是心理描写，画面又该如何来展现呢？我们发现画面人物诵读动作与原文并不相符，但通过“折腰”“手捧”这样的姿态动作的画面“潜台词”，展现了人物内心“心之诚敬”的想法；晴雯只是宝玉的丫头，而作为男性主子的宝玉“折腰”“手捧”祭奠女奴，又表达了宝玉内心“于世无涉，方不负我二人之为人”和“荇藻苹蘩之贱，可以羞王公”的思考。巨石压顶、宝玉在下、芙蓉纤弱的布景画面的“潜台词”更是明显，直道出宝玉内心“不合时宜”的点睛一句。此幅画面完全是舞台戏剧的场面，是画家精心设计布局组合的场景，很好地表达了人物内心世界。当然画家通过使用人物动作、姿态和道具、布景来讲述“潜台词”，也需要观看者依据对原典的熟悉和个人的经验体系来体会和领悟。

（三）图目题句

在独立顷间中表现人或事物的运动和动态，只能通过运动物体的趋向性来完成。如图45-1所示，通过使用衣纹飘带的风向来展现动感，通过人物姿态动作的启承预示来展现运动方向。但的确无法再进一步展现一个完整的运动，即无法展现运动的开始和结果。画过电影脚本的人都知道，要展现一个镜头的运动只要画“起帧”和“落帧”两个画面就可以了，“起帧”是镜头画面的开始帧；“落帧”是镜头画面的结束帧。这样就能知道镜头的运动过程，方便拍摄。可见要展现人或事物的完整运动和完整动态前后至少也需要两个顷间，对于单一顷间来讲的确是无法完成的。古人也早已意识到这个问题，所以在故事画中引入了画面题句，将简略的文字放在画面中作为单个顷间的图目，有点睛之意。明代清溪道人

图45-1　姚评本回目图宝钗扑蝶

著《禅真逸史》的凡例中讲："图像似作儿态，然史中炎凉好丑，辞绘之；辞绘不到，图绘之。昔人云：'诗中有画。'余亦云：'画中有诗。'俾观者展卷，而人情物理、城市山林、胜败穷通、皇畿野店，无不一览而尽。"[①]认为图像与文字之间可以互相诠释。然而当图像遇到无法讲述的曲折情节或难以阐明的精妙哲理时，画家当然也可以通过选择最具叙事张力的语言作为画面叙事不足的补充。

由于中国悠久的"书画一体" 的传统绘画流习，故事画也很快学习了传统中国画中的题词落款印章一类与画面的结合方式，将图目题句天衣无缝地引入了画面，非但未破坏画面的完整，还为画面带来了更好的意境。比如悼红轩本的回目图就是将回目文字，通过各种书法字体题写于图像的不同位置，造成诗词、书法和绘画相得益彰的艺术效果。形成这一情况的原因，和文人阶层对图像叙事的看法有关。如明末传奇《想当然》卷首有茧室主人的《成书杂记》，说该书插图是"择句皆取其言外有景者，题之于本图之上，以便览者一见以想象其境其情，欣然神往"。他们认为，看图讲故事远不如有"境"有"趣"的意象更为有价值，这样的情形与西洋油画一类在角落题写画家名字日期是完全不同的。正如西方透视理论束缚了西方绘画的时间展现；中国画虽未能更好地写实，但在展现时间和运动方面却更胜一筹。在系列故事画中，每幅的图目题句即可显示其所绘内容，同时又是小说中的一个情节关目，而前后关目不仅体现了情节发展的递进关系，而且具有相互诠释的性质。

《红楼梦》小说采用的是我国古代长篇小说的传统叙述体式：章回体。章回体小说由宋元时期的讲史话本发展而来，最初的"讲史"说的是历代兴亡和战争故事，一般篇幅很长。艺人表演时必须分为若干次才能讲完，每讲一次，就等于后来"章回体"中的一回。在每次讲说以前，艺人要用题目向听众揭示主要内容，这就是"章回体"小说回目的起源。明代中叶以后章回体小说发展成熟，小说在内容上和讲史已没有多少联系，只是在体裁上还保持着讲史的痕迹。此时章回小说已不分节了，而是明确地分成多少回，回目也由单句发展成为参差不齐的双句，最后成为工整的对句。我们看到《红楼梦》的各藏本回目文字大有区别，但所显示的八十回回目都是用八字一句的对句，上句管该回的前半截内容，下句管该回的后半截内容，在这点上毫无疑义，十分清晰工整。如此一来红楼故事画中的画目就可直接搬用回目文字，便宜省力又好看。如光绪朝王钊的《红楼梦写真》就是如

---

① [明]清溪道人：《禅真逸史》，上海古籍出版社 1996 年版，第 3 页。

此，书画得宜。也有不少单幅或系列的红楼故事画中的画目由画家根据回目改写或自己归纳题写的。如清人费丹旭的红楼故事扇面画（图 45-2）布局巧妙，用笔清丽。画面的动态来自飞鹤的趋向和一女子抬手动作的趋向，应该说画家可以运用的展现运动的手段在这一顷间中已经被用尽了，但画面本身仍然无法告知人物的行为动态，于是画家在扇面的左侧山石空白处题了“凹晶馆联吟图”六个字的题句，将黛玉湘云两人联句的行为动态直接点明，一切问题都迎刃而解了。

与文人红楼仕女画喜欢题咏叹诗词不同，故事画画目以补充画面叙事和表明情节为目的，往往简明扼要，直指要义。清人常喜欢用四字格：如顾洛题“香梦沉酣”图以六十二回上“憨湘云醉眠芍药裀”情节入画，但题词取自后一回“寿怡红群芳开夜宴”中湘云抽中的花签题句，既补充画面动感，又十分恰当雅致。再如徐湘雯的“元春坐官”，钱慧安的“画蔷费解”“误入怡红”，等等，都是通过图目题句来表现人物的运动和情节的展开。图目题句补充表达了独立顷间所无法展现的动态，并赋予画面以诗情画意（见图 45-3，45-4）。有些偏于独立人物情节的故事画画目甚至逐渐演变成约定俗成的人物画取材题目，如“潇湘清韵”“宝钗扑蝶”“宝琴立雪”“湘云眠芍”“李纨课子”“四美钓鱼”之类，遂成为年画等民间红楼图像的重要题材，完成了从图像演变成逻辑意义上由语言构成的红楼梦“普通知识”的过程，正是：文本——图像——普通知识，图像与文字顺势转化，畅通无碍。

图 45-2　费丹旭“凹晶馆联吟图”

图 45-3　钱慧安的“画蔷费解”

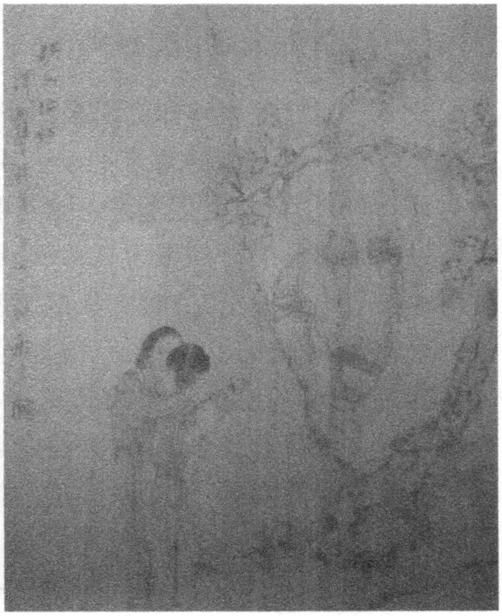
图 45-4　钱慧安的“误入怡红”

二、观看者的视角

基于语言文字的小说是一门叙事艺术，小说中的叙述者从何种角度叙述故事、与故事保持怎样的关系在很大程度上决定着小说的魅力，叙述者的视角决定了小说的张力。在图像叙事中也同样存在着视角的问题，画家在画面表现过程中为观看者提供了独特的视角，并通过这些不同的视角引领观看者进入画家所精心设置的故事世界。视角一词的原意是指人类、动物眼睛或者镜头所能涉及、拍摄、看到的角度。视角愈窄(角度愈小)看到的视野或景物愈少，但较小的景物也能看得清楚；视角宽，则相反。

中国传统画家在描绘情节时，常常通过观看者视角的转换来创造兴趣、冲突、悬念乃至情节本身。视角转换不同于西方绘画的透视，透视要求表现的事物位于以焦点为中心的视域中，不能随意变化观察者的角度，而视角则可随意变化观察的角度——也就是说，高明的画家通过视角的变换，引导观看者按照自己设定的思路去观看画面，使得观者忽而窥视其景，忽而亲历其境，忽而又了然于胸，幻境幻色、亦喜亦悲都随画家所牵引。我以为清代《红楼梦》图像的观看者视角大约可以分为三种：“小说人物”的视角、“窥视者”的视角和“全知全能”的视角。

（一）“小说人物”的视角

“小说人物”的视角即画面采用小说中人物的视觉角度，并通过画面让观看者体会小说人物的视觉感受。由于观看者的视角与小说人物的视角重叠，因而仿佛观者就是小说人物本身，亲历其境而对小说人物的情绪、心理、思想、状态能够得到更为真切、全面的体会。如姚梅伯评本《石头记》回目图中第七十六回上“凸碧堂品笛感凄清”（图 46-1），画面为山石云烟之中置一角轩舍，中有二女一正一背相对吹笛。原典中对此段描写着重于听笛者，尤其是贾母的感觉。如按照文本描述语言再现画面的话，画面中人物应该是听笛的贾母及众人，因为演奏者并未描述其人。但画者为了解决视觉和听觉转换的问题，采用了听笛的贾母及众人的视角，看到了那在“壁厢桂花阴里”的吹笛人。画面纯净静谧，观者身临其境，仿佛与贾母一般“趁着这明月清风，天空地净，真令人烦心顿解，万虑齐除，都肃然危坐，默默相赏”。继而又起寂然悲凉之意。其意境诚然如原典所述：“袅袅悠悠，又发出一缕笛音来，果真比先越发凄凉。大家都寂然而坐. 夜静月明，且笛声悲怨，贾母年老带酒之人，听此声音，不免有触于心，禁不住堕下泪来。众人彼此都不禁有凄凉寂寞之意。”此幅回目故事画确为神来之笔，引人入胜。民国 12 年（1923）有正书局珂罗版影印的改琦《红楼梦临本》中亦有此一画意（图 46-2），意境上又不如前幅，但终不知究竟是何人先出此奇思。通过“小

图 46-1 姚评本第七十六回上回目图

图 46-2 改琦《红楼梦临本》凸碧品笛

说人物”的视角既解决了如何用形象来展现听觉的问题，又十分切合原著中此段文字以听笛者的感受为主要描述对象的目的，严丝合扣，分毫不差。其绘制者之方法、意境都十分高妙。

（二）“窥视者”的视角

此种情况最常见，画家通过描绘人物的动作、姿态等外在的状貌和环境屋舍的布景描摹来展现叙事和故事所处的世界。画面就是画家的眼睛，故事世界是被观看者所“窥视”的，即观看者为故事之外的第三者，纯粹的看客视角。山河图书公司于 1946 年 11 月出版的张爱玲小说集《传奇》，该书的封面（图 47-1）是一幅晚清世俗图：一个女人坐在桌边摆弄骨牌，旁边坐着一个抱孩子的奶妈，恬静无聊的家常一幕。可是栏杆外却很突兀地显出了一个比例较大的现代剪影人形，好奇地向里张望着。这个封面是张爱玲请她的好友炎樱设计的，她非常喜欢。张爱玲先生在此图中想表达的含义较深，但她所推于人前的正是“窥视”这一凡人心态。清晚期之所以会出现数量如此巨大的红楼“写真”“全绘”，无非是要满足当时人们阅读小说、听书之余，想一“窥”红楼幻境的私隐心理。

清代《红楼梦》故事画中“窥视者”的视角多使用平视角度和俯视角度来布置画面，其中又以半空中 45℃ 的俯视视角最为常见，因为这一视角既能较为全面地展现故事发生的全景，又不至于太远而看不清楚人物的姿态表情，很好地满足了观看者的窥视心理。如王钊《红楼梦写真》画面几乎全部采用了这一半空中的“窥视视角”。第十一回上“庆寿辰宁府排家宴”的画面中（图 47-2），建筑物屋顶半现，看戏之人和演戏之人尽收观看者眼底。

图 47-1　张爱玲《传奇》初版封面

图 47-2　王钊《红楼梦写真》十一回上

语言叙事在展现对列式故事情节发展时，常常需要“花开两朵，各表一枝”而一一道来，而图像叙事使用“窥视者”视角在一个顷间中就可以完成两方面的内容，不必使用顷间的拼贴，这是图像叙事使用“窥视者”视角的长处。

值得注意的是在“窥视者”视角处理建筑物与其中人物活动的组合形式。我国古代早期画家为了叙事考虑，常将房舍的外形与里面的人物一同描绘出来，略去墙壁这一实体，造成房屋中空的状态，这种处理方式在汉代画像砖和敦煌壁画中都已成惯例，如敦煌 257 窟《沙弥守戒自杀品》(图 48-2)正是通过这一方式表现建筑物内部的人物行为的。正如占跃海先生所言，这种方式在西方绘画传统中也十分常见，如拜占庭宗教艺术中，出现在大约公元 350 年的圣康斯坦扎教堂(St. Costanza)的拱顶镶嵌画就是这种情形(图 48-3)。而文艺复兴之前欧洲再现自然的绘画大师们也仍然运用这样的图式，例如马萨乔为了将屋舍里外同时展现而拆除了面向观众的墙壁(图 48-1)。西方文艺复兴之后在单眼透视原理下摒弃了这种不合视觉常理的展示方式。但我们在清代《红楼梦》故事画中就可以看到既不违反视觉常理又能展现建筑物内部人物活动的绘图方式。如图 48-4 和图 48-5 所示，通过中国传统建筑中的可以卸下的板门、整面可一一打开的窗、门空(江南地区谓之“地穴”，只在墙上开洞口而不装门扉)、窗空、漏窗、地坪窗(窗的下部为木质裙板，做成栏杆)等以及中空的亭台馆榭等方式来合理展现建筑物内部的人物的行为，为“窥视者”创造了合理的视角。

图 48-1　马萨乔“比萨祭坛画”柏林，1426 年[①]

① 画面分别描绘的是圣朱利安(St Julian)杀害父母，圣尼古拉(St Nicholas)援助三姐妹的故事。

图 48-2　敦煌 257 窟《沙弥守戒自杀品》①

图 48-3　圣康斯坦扎教堂拱顶镶嵌画(局部)罗马

(三)“全知全能”的视角

文学作品的语言叙述可以分为第一人称、第二人称、第三人称等，第三人称叙述中又有全知视角、受限视角和客观视角三种。在“全知视角”中，作者是全知全能的上帝，他的描写不存在任何客观限制，哪怕是世界上不可能有第二个人知道的事，也可以写得活灵活现，比如他可以写一个人自杀前的心理独白，也可以写一个永无破获之日的案件的真相。文字表达可以有这样的全能视角，图像可以做到吗？在传统故事画中画家同样可以使用这种“全知视角”来引领观看者了解在前两种视角（小说人物视角和窥视

图 48-4　悼红轩本《增评补图石头记》回目画

图 48-5　王钊《红楼梦写真》

① 图片出自占跃海:《敦煌 257 窟九色鹿本生故事画的图像与叙事》,《艺术百家》2010 年第 3 期。

者视角）中无法获取的故事内容。我把这一观看者的视角称为“全知全能”的视角，因为观看者在观看画面时，成了全知全能的“上帝”，可以获取眼睛看不见的内容。

清代《红楼梦》故事画中常见的采用“全知全能”的视角的画面顷间包括对人物梦境描绘、人物内心幻境和异空间的描绘三种。在画面布局上，通过云纹、气纹、风纹、烟雾等方式在正常画面中插入描绘非现实可视内容的顷间，完整故事情节，展现小说中描写人物精神世界或神仙鬼怪的图景。这一方式虽古老却十分实用。常用描写梦境的方法有绘屋内卧睡者或窗内伏睡者，在其头顶画一束气纹而出，气纹内为梦境内容。清人孙温在其绘本《石头记》中直接省略了睡眠者这一形象，而以从紧闭的窗中出来的一束气纹，同时在表现梦境的顷间周围绘制云纹来演化告知观者此为梦境（图 49-1）。究其原因是画家在单幅图画上以展示梦境为主题，对睡眠者的描绘会占用其画面空间，对这种“全知全能”视角下的顷间插入的理解往往需要观看者的文化习得，清代人在看图理解上应该完全没有问题，因此画家只绘简单一笔，观图者明白是梦境即可。同理，人物内心幻境和异空间的描绘也一样使用气纹云雾来区别实景，图 49-2 插入了柳湘莲在尤三姐死后产生的内心幻境，原典中叙述：那小厮带他到新房之中，十分齐整。忽听环珮叮当，尤三姐从外而入……说毕，一阵香风，无踪无影去了。所以画面采用气纹间隔来展现幻境。图 49-3 中插入了秦钟死时黑白无常索命的异空间图景，使用人物腿部以下被烟雾云纹遮挡的形式来表现。如此一来，故事中那些精神领域的内容也可以在图像中畅通无阻地展现了。

图 49-1　清孙温绘本《石头记》第二册七

图 49-2　清孙温绘本《石头记》第十四册一

图 49-3　王钊《红楼梦写真》十六回下

三、单幅图像如何突破时间束缚

对于图像而言，独幅图像具有共时性，而连续图像则具有历时性，后者的特征是图像的连贯与持续，能够表达时间延展之下一个过程的全部或部分，因而可以突破时间的限制而展现人物或事件的动态。而共时的独幅图像是这一过程的瞬间截取点，因而被认为是无法突破时间的限制的。实际上我国古代早期壁画和佛教经变图都已经尝试了在单幅图像中突破时间束缚的方式：使用顷间并置的方式。

（一）时间的并置

对于中国传统绘画来讲，绘画语言和形象在二维空间内可以像汉字一样自由组合，一个画面既可以表现大的空间跨度，也可以表现时间的前后变化，完整地描绘故事情节的发展变化。中国古代的画家在构图上将故事分成若干情节，并将情节根据发展的关系安排在单幅图像之中。这种图像打破了时间对故事情节的限制，使画面思想得以完整地体现。因此清代《红楼梦》图像中单幅画面也可以完整叙事，常常一幅画面就可以表达一回的内容。

这一突破时间束缚的方式主要是采用时间的并置，有两种形式：一种是将同一事件在时间上前后不同的变化内容并置，如上图 49-1，展现梦境的前后变化的各个顷间合于一幅，这种并置往往为突出事件的动态变化，所以常常会有一个出场的顺序，这个顺序大致按照清人从右向左的看图顺序。如上图 49-2 所示，单幅画面就展现了第六十六回整章回上下部分的全部内容，将尤三姐自刎、柳湘莲幻境见三姐和柳湘莲入空门三个顷间从右往左顺序排列，如此一来单幅图像通过时间并置形成连续叙事。另一种是

图 50　清孙温绘本《石头记》第一册七

将小说中文字叙事时间上前后发生的不同事件的内容并置。如清孙温绘本《石头记》第一册第七幅画面(图 50)中将小说第一回前后叙述的葫芦庙失火烧甄家、士隐听歌遇跛足道人、大丫鬟买线得奇缘三个事件并置于一幅。展现该回故事,从画面可知,将大丫鬟买线得奇缘置于前景,大概因为此事件为下回目引子,比较重要。在这一种并置中,不同事件只是在小说叙事上有时间先后差别,因而往往各顷间或有主次的安排,却没有前后顺序的明显表达。这两种时间并置的方法都是将多个顷间合并于一幅之中,从而完整地展现故事情节。这是古人为突破时间束缚而在单幅图像中采取将不同时间的顷间并置的处理手段。

(二)时间的退隐

在我国传统绘画中,长卷总是显示为一系列连续性的“局部界框”,而不是单一界框内的独立整体。① 这一思路贯彻于《红楼梦》叙事绘画中,画家需要对一个个情节的独立性进行充分考虑,并将它们自然地分隔和连接在同一画面情境之中。这种情形并非上文所述的把几个顷间进行简单的时间“并置”,而是具有更为复杂的效果,我将其称为“时间的退隐”。

我们先来看一个典型的例子:清人绘巨幅大观园图(图 51-1)。这幅图我在初次观看之时就感到非常古怪,总觉得气息很不一样。每次看每次都

① [美]巫鸿:《画屏:空间、媒材和主题的互助,时空中的美术——巫鸿中国美术史文编二集》,梅枚等译,三联书店 2009 年版,第 239 页。

有同样的感觉：静到了极点，画中的人物仿佛完全被禁锢在画中。一卷之上大观园中发生的故事历历在目，回回如真，同样一群人物多次再现于画面的不同建筑之中，宝玉凡七现。而画面又是以严格界画的形式布局的，已经呈现出清代建筑画中受西方透视法影响的情况。整个画面上建筑、人物按近大远小安排，以画面中心的蓼风轩做焦点透视，画幅两侧建筑隔池相对，亭榭相连，雕栏画栋。左面建筑有牡丹亭、紫菱洲、藕香榭等，右面建筑有蘅芜苑、凹晶馆、潇湘馆和山上的凸碧堂，建筑树木等基本符合透视原理，一曲池水自蘅芜苑流经凹晶馆、蓼风轩至牡丹亭，池水将几组建筑联系在同一平面之上，画面整体很有立体感和真实感，这点上与故宫长春宫游廊壁画有异曲同工之妙。图上共出现七个故事情节：

情节一：画幅正中绘灰色瓦房绿柱白玉栏杆，正面匾额朱书“蓼风轩”，一着蓝衣黑褂长裙的年轻妇女携子走下台阶，内庭有“秋爽斋”，左右各有一桌，一群小姐丫鬟围坐，左侧一桌有一青年男子头戴束发嵌宝紫金冠，穿着紫色长袍，为宝玉，与几位女子围坐桌前吟咏作诗。此景应是描绘第三十七回上“秋爽斋偶结海棠社”。

情节二：蘅芜苑中宝玉与众姐妹围坐，黛玉伏案提笔，从容书写，宝玉在旁凝神注视，其余众人表情不一，丫鬟或伺立，或捧盒，这里正在举行诗酒文会。

情节三：画面左边的藕香榭里正在举行螃蟹宴，宝玉与众姐妹围坐，此二、三情节应取自原典第三十八回“林潇湘魁夺菊花诗 薛蘅芜讽和螃蟹咏”。

情节四：凹晶馆前白石为栏，环抱池沿，下面有几人垂钓，正中一女子双手持鱼竿，探身朝前，目视池面，左侧一人拢袖观望，右侧二人搭背站立，另有小童三人，众人聚精会神看着水面，一青年男子郁郁走来。画面描述《红楼梦》第八十一回上“占旺相四美钓游鱼”，男子为宝玉。

情节五：牡丹亭栏外，芍药花开，中间置一石凳，一女子手托香腮，卧于凳上。旁边阶前有人观鱼，有人对语，宝玉与黛玉似乎在说悄悄话。此节描绘的是第六十二回上“憨湘云醉眠芍药裀”的情景。

情节六：画面上部石头山路而上，山之峰脊上古松环绕置一厅堂，匾额楷书“凸碧山庄”，贾母率众人围坐桌前，厅外桂花树下一女子坐吹笛，表现的是第七十六回上“凸碧堂品笛感凄清”的情景。

情节七：山下低洼处曲水回绕，为“凹晶馆”所在。凹晶馆后，出亭过池，一带粉垣，里面数路修舍，有千百竿翠竹遮映，应该为潇湘馆，馆前宝玉与妙玉二人站立，应该是表现后四十回中的“双玉听琴”场景，朱敏先生发表的《清人〈大观园图〉考》一文中将该场景解释为宝玉和黛玉，认为是表现

“潇湘馆春困发幽情”,我以为不妥。其一,该女子发上戴有修行者的帽帔,她手展耳边,似在倾听;其二,“潇湘馆春困发幽情”中黛玉是躺在屋内的,该回中黛玉并未走出潇湘馆,与画面不符。(见图 51-2)

图 51-1 清人绘《大观园图》,纸本设色,纵 137cm,横 362cm

图 51-2 清人绘《大观园图》局部:“双玉听琴”和“湘云眠芍”

该画静谧到极点的原因是在一个如此具有真实感的单一空间场景中却将人物重复再现于多种情节,于是在“大观园”的空间里,时间已完全退隐了。这不同于我们上文所讲的顷间合并,因为在“时间并置”中单一顷间的时空并未分割,“时间”本身还是存在的;而在此图中“时间”的维度已完全消失了。一个不熟悉《红楼梦》故事的人在观看此幅画时,会觉得很真实很热闹。一旦告诉他每一个主体建筑中故事发生的主体都是同一群人,他才会意识到原来并非是截取一个时间点的画面,大吃一惊后会感到不可思议。这种方式是将一系列情节融合在一起,融合的手段就是取消时间的维度。不但图像本身没有揭示出任何时间顺序,时间顺序也不再重要,观者也无法以时间因果规律去解读图像。由于构图更为复杂,这类图像叙事的表现力也随之加强。画面的逻辑只是一种视觉的、空间的逻辑关系而已。这是一种在单幅图像中通过"消解"时间来展现故事的方法。

清代《红楼梦》图像在表现决定性顷间时,画面内容的设置、变化都是为了情节的需要而安排,这种为表达叙事而进行的视觉化处理,用顾恺之的话来类比可以称为"临见妙裁";顷间的布局又以观看者的不同而"置陈布势";并为了展现故事的需要,将多个顷间合并而达到收千里于一卷,置四季于一幅,融真幻于一画的效果,南朝谢赫称此为"经营位置"。从而使图像中红楼世界的万物都"合人意",这些经过清代画家主观"妙裁"的红楼世界,既包含故事中的"客观世界",也包含了人物内心所感受到的主观世界。由此可见,清代《红楼梦》图像在展现故事方面完全有能力转化文字的内容,作为形象的媒介以另一种直观的方式为我们展现着这情天幻海的红楼一梦。

第二节 连续图像的独立叙事

音乐、文学易于被感知为一种线性时间上不停的流动。这种流动性如何在绘画中得到展露,这是画家进行构思故事画时必须思考的一个问题。绘画无法复制这种流动性,仅仅只能将时间的流动转换成空间的一一铺陈,并为它们建立秩序感。在对复杂有序的故事进行图像转换的过程中,一种有效的形式就是采用连续图像来展开铺陈,使观看者领会故事的发展和动态。在清代多幅一体的红楼画中有系列图像和连续图像的区分,系列图像指的是以《红楼梦》小说中的某些人物或片段故事来提炼主题并合并而成的一组图像,往往由同一画家绘制而具备一致的风格。如"金陵十二钗图""红楼梦图咏""系列红楼年画"等等,系列图像虽然是一组图像,但只是择其整体内容之一二以画之,并非完整的《红楼梦》故事叙事图像。连续图像指的是发源于小说回目图的连续故事画册,既不能遗漏整体故事情节,又要能较为连贯地叙述故事。连续图像是可以承担独立叙事任务的多幅图像组合形式。

在清代《红楼梦》的连续图像中,根据是否依赖回目文字也可以大体分为两种:一种是完全以回目文字作为绘图依据,单幅画面绘制一回或半回的情节,并以回目文字为画面题词,可称之为回回画册。王钊的《红楼梦写真》就是典型代表:《红楼梦写真》依据回目作画,每回绘图两幅,全册共三十二回，六十四幅。此类回回画册与小说中的回目画不同，小说中的回目画往往因为有文字可依赖，所以只选取半回或一回中某一最为瞩目的顷间入画即可。而承担独立叙事任务的回回画册的每一幅图画都必须交代整回或半回的内容，是以回目文字为线索的纲要式图像叙事。此类画册所描绘的内容是文本每一章回的核心情节，但其内容的选择性和概括性较大，前后图像之间存在着一定的跳跃，页与页图像之间的叙事连贯性不足。

另一种连续图像不依赖于回目，不以回目文字为绘图的依据，甚至于画面完全脱离文本，有的甚至连画目题句都没有。此类连续图像以小说故事情节的铺陈发展为线索来安排顷间画面，完全担负起了独立叙事的任务。本节就以这类不依据章回分割、不依赖章回文字，最具独立叙事性的连续图像为研究对象，探讨连续图像是如何来表达事件动态并展现故事全貌的。清代孙温绘制的《石头记》绘本于 2004 年在国家博物馆展出后才引起红学界的普遍重视，发现时间晚、画作异常精美复杂、画家生平不详等等问题尚未有系统的研究，可深入的考据点和疑问点颇多。本节主要从探讨连续图像的叙事独立性的角度来考察此一个案，因为清代孙温绘制的《石头记》绘本是迄今为止发现的最为完美独立的《红楼梦》连续图像。

一、全绘本的叙事线索

据收藏此画的旅顺博物馆现馆长刘广堂先生介绍：清代孙温绘制的《石头记》绘本画册共二十四册，为推篷装，其中一册空白，其余二十三册各有画面 10 开，总计 230 开，绢本，画心纵 43.3 厘米，横 76.5 厘米，二十四册均浅蓝色花绫镶边，米黄色洒金绢包木板封面。这两百三十幅画采用工笔重彩，以大观园全景作为开篇第一幅，从第二开画面开始，依次描绘出一百二十回本《红楼梦》的整体故事情节。但画家对各章回的着墨不一，有些章回占据了一二开的画面；有些章回占据三四开；但也有的章回拥有十余开的分量，如第十七回上“大观园试才题对额”的情节，作者就连续采用 14 开画面，按小说故事的叙述顺序，随宝玉等人的游览逐一展现大观园中的诸多景致。那些熟悉原著的观看者甚至可以按图索骥，在这些画中逐一寻觅到翠嶂、沁芳亭、稻香村、潇湘馆、蘅芜苑、沁芳桥和蓼汀花溆等等诸多景致和建筑。也并未以单幅画面为章回的基本限定，有时不同章回的内容出现在一幅上，有时同一章回的内容贯穿上下两幅画面；有时整一章回都没有独立的画面，有时章回中小小一段文字描述就绘制三四开，如第十八回中很小一段描写元春入府的文字居然画了三开连续画面。所以说，孙温先生的这一套《石头记》绘本是按小说内部故事情节的铺陈发展而展开，并不依照章回来串联。其叙事线索是小说故事的情节发展。

雪芹先生虽然使用章回体裁，但在具体故事叙事上并非按章回来断故事段落，回目之间的故事完全是延续的。如此一来，如据章回为绘图的线索虽然不用太费脑筋，但画面常常会成为回目文的“图解”，而使得页与页图像之间的叙事连贯性不足。如原文第三十二回下是“含耻辱情烈死金钏”，我们前面详细讲过这回中“金钏跳井”的情节并未着笔墨，但由于文本使用了这一回目，所以从小说本中的回目图到以回目为线索作画的独立绘本，每每到此处都要自己添加情节绘出“跳井”场面。但是在孙温的画册中我们发现画家只在第九册第七开上按照该回故事中实际描述画了“袭人送扇黛玉远去宝玉误诉肺腑”的一幕，而且还是与前回湘云与丫鬟翠缕拾麒麟的一幕合画一幅，完全没有出现“金钏跳井”的内容。按说以作者常并列顷间于一幅画面的叙事方式，画一幕跳井在画面当中也无妨，但孙温先生绘本的线索是以文本故事的叙事而展开的，因而完全不依赖回目文字。

因而孙温绘本连续图像只表现文字的内容——故事，不表现文字的形式——章回体裁。至此连续图像完全脱离文字而独立叙事，叙事好坏暂且不论，单这一位清代画家在图像独立展现故事上做出的努力就值得肯定。画家在画面上除了钤章，不着一字，画册也无题签、无题跋。除了单幅画面多种顷间的组合的确是很难简单题句的原因外，恐怕最主要的还是害怕题句的进入必然影响和干扰观看者的观画思路，从而消解图像叙事的独立性。三百年前曹公倾毕生心血于为朝廷所禁且不入高雅之流的小说；而后这位默默无闻的清代画家同样倾毕生心血于为时人轻视的故事画，乃至于不顾“书画一体”的风雅传统，只为遵循图像叙事的独立性。而在很多展现房屋内部装饰的画面中，我们可以看见极多的门幅、隔断、围板上所镶嵌的名人字画一类的装饰书画（图 52），这是清代贵族室内外装潢布置多用字画装饰的真实写照。我们在故宫、颐和园和恭王府等处都可以看到类似这样的实物，可见画家本人在书画方面造诣颇深，且注重画面细节与原著的匹配，只是不愿意随意题咏来破坏画面叙事的连续性罢了。只此一条，即可见孙温先生是“于世无涉”“不合时宜”的宝玉一流人物了，其对原著领悟之深、痴迷红楼之心昭然可现。

图 52　清孙温绘本《石头记》中的"画中画""画中诗"

二、叙事的连贯

连续图像通过连续性地画出一个或多个人物的活动，构成环环相连的情节演进效果，展现了全绘本对于故事发展的连贯性。这种方式在我们国家可以说是古已有之，如敦煌壁画以及五代南唐顾闳中的《韩熙载夜宴图》都是极好的例子。孙温先生绘本的连环效果既体现在各幅之间，上下画面内容的相互连贯；也往往体现于一幅之中。单幅画内有多个相关相接的"顷间"让观看者颇有"进展"和"过程"之感，这些都帮助完成了图像独立叙事的连贯性。

(一)页与页之间的故事连接

绘本以 240 开绘制《红楼梦》全一百二十回的内容，页与页之间的故事连接十分重要，正因为绘本是以故事情节的展开为画图线索，故事"顷间"的叙事连接就打破了页与页的间隔，为观看者形成了具有独立叙事的流动空间。页与页之间的故事连接能够展现动态的主要有两种形式：长卷截取式和动画式。

长卷截取式：

这种方式取自我国独特的卷轴画传统，比如手卷形式就具有一种视觉的连续性。巫鸿先生讲“手卷短可仅 3 英尺，长可及 30 英尺，大部分 9 至 14 英尺宽，多为一整匹绢画成。长卷由多幅绢、纸联成，左端有木质卷轴，或有象牙、玉雕装饰，右端是半圆形狭板，供舒卷时固定画面。以直行书法传统自右而左一节节展开而观，每次看一臂长的画面”①。看毕手卷后观者仍一节节把手卷收回。很多故事画家也偏爱以长卷的形式进行绘画叙事，那是因为长卷式构图具有图像叙事的连贯魅力。长卷的长与宽的比例相差很大，以水平展开的趋势呈现出水平流动的强大动力，当画家将他所要描绘的图像有序地配置在这样的画面界框之中，就可以通过各个情节之间前后顺序的安排来做到故事流动性的呈现。

孙温先生在全绘本中常采用这样的长卷形式来展现叙事的动态。如上文所提及的第十八回中很小一段描写元春入府的文字：“贾赦领合族子侄在西街门外，贾母领合族女眷在大门外迎接。半日静悄悄的。忽见一对红衣太监骑马缓缓的走来，至西街门下了马，将马赶出围幕之外，便垂手面西站住。半日又是一对，亦是如此。少时便来了十来对，方闻得隐隐细乐之声。一对对龙旌凤翣，雉羽夔头，又有销金提炉焚着御香；然后一把曲柄七凤黄金伞过来，便是冠袍带履。又有值事太监捧着香珠、绣帕、漱盂、拂尘等类。一队队过完，后面方是八个太监抬着一顶金顶金黄绣凤版舆，缓缓行来。贾母等连忙路旁跪下。早飞跑过几个太监来，扶起贾母、邢夫人、王夫人来。”或许是行文的动态写实感打动了画家，所以就用长卷的形式展现了出来：街头巷口，俱系围幕挡严，贾赦领着合族子侄在西街门外跪迎，太监骑马而来，其后是一对对龙旌凤翣，雉羽夔头，又有销金提炉焚着御香，七凤黄金伞下的冠袍带履。值事太监捧着香珠、绣帕、漱盂、拂尘等类，最后是八个太监抬着元春所坐的金顶金黄绣凤版舆，缓缓行来。贾母等连忙路旁跪下，太监来搀扶贾母。该小段的每一个字都被画家细细表达了，限于画册的局限，所以将这一长卷截取成三幅画面，收入画册，页与页之间一气而成，故事连贯。这种长卷截取的方式作者在全绘本中多次使用，如“宝玉神游太虚境”和“大观园试才题对额”两处故事情节的展开也是使用这一方式，在有限的画册空间里给观看者展现了宏大的叙事场景。

---

① [美]巫鸿：《时空中的美术——巫鸿中国美术史文编二集》，梅枚等译，三联书店 2009 年版，第 254 页。

图 53　清孙温绘本《石头记》第六册十，第七册一、第七册二

动画式：

动画是当代的一种活动影像的技术，逐帧拍摄对象并冲印出一张张的胶片，然后连续播放。由于人类眼睛具有“视觉暂留”的特性，就是说人的眼睛看到一幅画或一个物体后，在 0.34 秒内不会消失。利用这一原理，在一幅画还没有消失前播放下一幅画，就会给人造成一种流畅的视觉变化效果。不论拍摄对象是什么，只要它的拍摄方式是逐格方式，观看时连续播放就会形成活动的影像。因而动画中影像的“动作”是被创造出来的幻觉，而不是原本就存在的。如果我们将这些胶片一起放在桌子上，那么它们就是一幅一幅的画面。早在清同治年间开始绘制的孙温画册中，我们就发现了仿佛是逐帧画面的《红楼梦》故事图像，页与页之间同一群人物在同一空间中前后运动变化的“瞬间”，仿佛是分镜头的绘图剧本，这种动态式的页面连接，我把它称为动画式的故事连接。

如“荣国府元宵开夜宴”的故事，孙温先生前后画了两开(图 54-1)，细节完全遵照原文情节，相关画中描写的原文摘录如下：“这边贾母花厅之上共摆了十来席。每一席旁边设一几，几上设炉瓶三事，焚着御赐百合宫香。”“上面两席是李婶薛姨妈二位。贾母于东边设一透雕夔龙护屏矮足短榻，靠背引枕皮褥俱全。外另设一精致小高桌，设着酒杯匙箸，将自己这一席设于榻旁，命宝琴、湘云、黛玉、宝玉四人坐着。只算他四人是跟着贾母坐。故下面方是邢夫人王夫人之位，再下便是尤氏、李纨、凤姐、贾蓉之妻。西边一路便是宝钗、李纹、李绮、岫烟、迎春姊妹等。两边大梁上，挂着一对联三聚五玻璃芙蓉彩穗灯。”凭栏隔断外是荣宁二府的男性贵族并众族中男女客来者的桌子和戏台。这些是第五十四回下中的原文，第十二册第四开画了此内容，然后故事到了第五十五回“史太君破陈腐旧套 王熙凤效戏彩斑衣”。喝酒看戏听书到了三更天，贾母夜寒，让人将桌子搬到里间暖阁地炕，大家围坐。“薛李正面上坐，自己西向坐了，叫宝琴、黛玉、湘云三人皆紧依左右坐下，向宝玉说：‘你挨着你太太。’于是邢夫人王夫人之中夹着宝玉，宝钗等姊妹在西边，挨次下去便是娄氏带着贾菌，尤氏李纨夹着贾兰，下面横头便是贾蓉之妻。”让男客散了，单留着贾蓉斟酒。第十二册第五开画了此内容。由于两幅空间画面一致，又同是描绘元宵夜当晚时间段落，人物也一致，颇有动画之感，前后情境相连，叙事发展动态流畅。再如：“藕香榭湘云宴螃蟹”故事情节中，按原文叙述先是在藕香榭亭子里摆了三桌：“上面一桌，贾母、薛姨妈、宝钗、黛玉、宝玉；东边一桌，史湘云、王夫人、迎、探、惜；西边靠门一桌，李纨和凤姐的，虚设坐位，二人皆不敢坐，只在贾母王夫人两桌上伺候。”又“令人在那边廊上摆了两桌，让鸳鸯、琥珀、彩霞、彩云、平儿去坐”。凤姐又在丫鬟桌上吃喝戏谑一回。孙温画册第十册第二开(图 54-2)即描写这一场景，水榭玲珑、廊桥九曲，岸上有一圆花毡和小圆几空着，并无人坐。然后原文叙述主子吃完了饭，“大家方散，都洗了手，也有看花的，也有弄水看鱼的”，湘云又命“另摆一桌，拣了热螃蟹来，请袭人、紫鹃、司棋、侍书、入画、莺儿、翠墨等一处共坐。山坡桂树底下铺下两条花毡，命答应的婆子并小丫头等也都坐了，只管随意吃喝，等使唤再来”。接着第十册第三开就画了同样的亭子和九曲桥以及岸上的圆花毡，但此时水

图 54-1 清孙温绘本《石头记》第十二册第四、五

图 54-2 清孙温绘本《石头记》第十册第二、三

榭里主子们钓鱼弄水，而那岸上的圆花毡上坐满了吃酒的丫头仆人。连续看两幅画面，动感十足。故事情节通过这种动画式构图来展现故事的时间动态和情节的展开。

(二)人物造像和道具的识别性

在连续故事图像中叙事的连贯性还取决于观看者对图像中人物的识别性，小说主要人物如果在多幅画面中容易识别，当然对于图像叙事的展开十分有利。这就要求在连续图像中人物造像有一致性，人物的独特道具也可以方便观者识别。但由于《红楼梦》小说人物众多，特别是大观园里的女性更多，要想一一对应显然并不太现实，因而对于不同层次的人物要塑造较为统一的识别规律。纵观孙温的《石头记》全绘本，在人物造像的识别上有以下几条特点：

其一：孙温人物衣着发式上随《红楼梦》原著主要采用明代汉族女子服饰样式的“戏装”。

有学者认为红楼梦里描写的女子着清代初期的服饰，认为清代女性特别是汉族女性延续了明末的服饰，甚至于满族贵族妇女也常有南方女子的打扮。[①] 1973 年，大英帝国派往大清帝国的马戛尔尼使团到达中国，在热河行宫觐见了乾隆皇帝。年轻的英国画家威廉·亚历山大作为使团的随团画家，从澳门到北京的往返旅行中，创作了大量反映当时中国世态风情的画作，这些画作于 1814 年在伦敦出版，有 50 幅精美的彩色版画，以写实的笔触描绘了皇帝、兵勇、仕女、商贩、戏子等等，正是反映《红楼梦》成书和流传时代中国人日常服饰的较好旁证。我选了两幅，一幅为平民妇女，一幅为贵族女子，[②]可参照探讨。

---

① 沈从文先生就持这种观点，本书认为这一观点值得商榷，见第四章第二节内容。

② 图出自[英]威廉·亚历山大：《图文》，沈弘译，《1793 英国使团画家笔下的乾隆盛世：中国人的服饰和习俗图鉴》，浙江古籍出版社 2006 年版。

图 55　威廉·亚历山大笔下的中国女性

关于原著服饰的问题牵扯颇多，不是本节探讨的内容，我个人较认同的观点是：曹公出于多种考虑，在人物服饰上有夸张化、典型化的“戏装”风格。邓云乡先生在 1987 年中华书局出版的《红楼风俗谭》中多次提到“戏装”（如 P141、P143、P144、P152、P153、P173 等处）一词，认为曹公是故意写得“假一些”，“有意要向假里写”，“宝玉这种打扮也只有在戏曲中有，在日常起居中是没有的”。而戏装也并非凭空而来，“我国古代戏曲服装，不论昆腔、京戏还是地方戏剧……戏剧服饰都是明代式样的……故事并非都是明代的，周、秦、汉、唐代代都有，所穿衣服都是明代的”，[①]而明代的服饰究竟也不是凭空而来的，不过是以唐宋服装旧制为蓝本，而清代服饰同样难免也有所承袭，这或许就是《红楼梦》服饰问题上学者争论不休的原因吧。在这一点上孙温先生显然是赞同“戏装”的，他在绘本中要画出 3000 多个人物，其服饰的经营筹划不是一件易事。舞台服饰的特点就是鲜明、易识别，方便观者来辨别人物身份。孙温先生既要忠实原著，又要考虑识别性，使用具有明代服饰特色的戏装是明智的选择。

其二：夫人、小姐、丫鬟和婆子仆妇在发型服饰上有明显区别，方便辨认。

在全绘本女性服饰中上了一定年纪的夫人如王夫人、邢夫人之类则头上戴遮眉勒或塌头手帕；年轻的夫人如尤氏、凤姐之类头上戴卧兔（用于冬季额部保暖的无顶皮帽罩，也称昭君套）；小姐梳高髻，插花钗，披云肩，系裙；丫鬟梳低垂的丫髻，鬓角簪花；婆子仆妇则头上蓝布包巾，穿藏青色衣

① 邓云乡：《红楼风俗谭》，中华书局出版社 1987 年版，第 153 页。

服为多。(见图56)这样在画面中较容易识别四种不同身份的女性人物，从而解读故事的情节，但对于同样身份的小姐或丫鬟，同时出现就很难辨别彼此，只能通过其行为推测，但是如果在诗社围坐或聚宴的场合，就很难分辨哪个是黛玉，哪个是宝钗。

其三：官老爷、清客相公、青年公子、小厮仆人在帽子衣饰上同样区别明显。在孙温《石头记》全绘本中男性采用明代服饰，如官员的官帽为乌纱，官服为长袍，都是明朝打扮，老爷相公家常戴巾如四方平定巾、网巾或纱帽，裹幞头(图56)，年轻公子戴冠或曲翅幞头，小厮仆人戴六合一统帽或裹头巾并扎出尖角。衣饰上也有区别，实际上雪芹先生除了宝玉，较少描写男子的服饰，在小说中自然没问题，但对于图像来讲，画家就不得不涉及了，画家参照明代服饰或戏曲服饰来绘图，同样是为了方便观者识别人物身份。

其四：全绘本最独特的人物自然是宝玉，其独特的形象几乎完全按原著刻画并一贯始终，在绘本的任意开页中都是最容易辨认的人物。宝玉戴束发金冠，金冠上一颗硕大绛绒簪缨，齐刘海，常常穿红袍和排穗褂，戴金项圈，项圈上挂白玉一块。项圈白玉作为识别道具，比例较大，因而十分清晰。画家在刻画宝玉时是费了心的，尤其注重符合原著描写，比如排穗褂。宝玉首次出场的第三回是描写宝玉外形服饰的重头戏，也是所有画家给宝玉造像时的依据，其中点明宝玉穿的外衣是“石青起花八团倭缎排穗褂”，什么是排穗？排穗是一种皮软毛长、形如麦穗的珍贵羊羔皮。在我所看到过的清代到今天的《红楼梦》宝玉造像中外衣画八团起花的多了，但几乎未有人画过排穗，只有长春宫壁画似乎有绘，但远不及孙温先生的描绘切实，他如实地反映了这一细节，甚至羊毛柔软弯曲的形态都十分清晰。可见清代孙温的《石头记》绘本之价值今人刚刚发现，而对其深入的研究我个人以

图56 清孙温的绘本《石头记》局部：宝玉与各层次女性、各层次男性

为也必然是趋势所在，本书以这一小细节抛砖引玉，期望前辈学人能更多地关注，方不负孙温先生于《石头记》之一片热忱。

绘本通过不同层次人物服饰的区别来区分人物身份，其识别功能和明清戏曲人物造型的识别功能一致。在连续图像的人物前后连贯性上起到了很好的作用，方便观者了解画中人物的行动和上下页之间的动态。

（三）顷间主次的位置经营

中国传统的山水画家常凭借高妙的“画理”来解决绘画中所遇到的“物理”难题。比如“云气”，郭熙说：“山欲高，尽出之则不高，烟霞锁其腰，则高矣，水欲远，尽出之则不远，掩映断其脉，则远矣。”[①]我们看到古代山水画中烟云环绕山脚，但它们也并不仅是为了突出山高水远。画家们有意识地利用“云气”来完成画面上各个形式单元的衔接与融合。这种借助“云气”进行衔接的一个个单元是否具备明确的视角并不重要，重要的是它们的典型性和艺术魅力。“云气”兼具衔接与分隔两种功能，进行绘画“局部界框”的界定和分隔。

连续故事画也同样采用了这样手段。孙温先生的绘本并非以页作为情节发展的最小单位，单幅画面中往往还有多个顷间的组合，因此以页面中的“顷间”为最小叙事单位，环环相扣地贯穿整本绘本。单幅画面中各顷间之间用山石、树木、板桥、墙垣、隔扇、屏风等进行自然衔接与分隔，每个“镜头”都处理得极妙，从而组合成画面整体。室内室外、房屋建筑基本用界；由远及近，高低大小都有了些基本的透视法，画面不仅没有生硬堆砌之感，而且生动疏朗。在顷间的组合方式上我们在上文中所探讨的各种形式都能在孙温绘本中发现。而画面顷间也有主次之分，完全通过位置经营来合理布局并展现画面的连贯性。如第八册第九开画面绘有三个顷间（图57-1），取第二十八回中的部分情节，大致内容是宝黛诉情和好，宝玉说奇方给黛玉配药丸，黛玉使小性子裁衣服不理宝玉，宝玉撵宝钗去打牌。情节本身前后因果连环，按时间排列。在画面上取“宝玉说奇方给黛玉配药丸”为主，画面右边的顷间最大最详细；然后是饭后“黛玉使小性子裁衣服不理宝玉，宝玉撵宝钗去打牌”为次，在画面左上角；最后是“宝黛诉情和好”为最次，在画面上方远处，画面顷间最小。三个顷间以墙垣、建筑物自然分割，互相之间有衔接关系，环环相扣叙述故事。也有画面顷间不分主次并列来展现事件的动态，如第十册第十开（图57-2）绘制了三个顷间，纵向排

---

① ［宋］郭熙：《林泉高致》，俞剑华：《中国古代画论类编》，人民美术出版社2004年版，第640页。

列、不分伯仲，展现的是四十二回中“袭人找刘姥姥，刘姥姥酒醉睡了宝玉的床”和四十三回中“宝钗审黛玉颦儿解疑心”。两处故事本分属两回，并且是不同的故事段落，只是按时间而排列罢了，因而不分主次。其中袭人还两次出现，以展现其“寻找”刘姥姥和从怡红院后门进入的两个动态，而刘姥姥则扎手扎脚地躺在床上。一边是屋里的黛玉和宝钗，远处是大观园的景色。

另外，清代孙温绘制的《石头记》绘本为推篷装。推篷装，也称推式。因其裱成上下开版，看时上下翻阅，画册似折叠的车篷，故得名。多用于横幅的画册及折扇。画心由一色镶料装饰，挖嵌图画。推篷装是不太常见的一种古代画册的装裱形式。作家出版社翻拍印制出版的《清孙温绘全本红楼梦》，就采用上下翻页的印刷方式，相对可以稍稍领略古人的观看方式。清代红楼画常见的装帧形式大致有卷轴装、蝴蝶装、推篷装、线装、散页套装等。而装订成册的画册则以线装、经折装、蝴蝶装为多。由于画册装帧方式的不同，观者在翻看连续图像时的方向是不一样的。册页虽然不如手卷来得流畅动感，却也因其独特的观看方式而为连续图像带来了动感。

孙温先生借用传统的绘画形式，经营位置、布局主次，依靠独特的观察和表现方法，将“瞬间”贯穿于画面和页与页之间，这种自由的叙事图式将时间蕴含在绘画的连贯之中。画家的绘画过程和观众的阅读过程都获得了良好的互动，从而展现了连续图像的独立叙事的高超本领。

图 57-1　清孙温绘本《石头记》第八册九

图 57-2　清孙温绘本《石头记》第十册十

第三节　图像场景对小说意境的展现

情景再现（reenactment），或称“重演”，是视觉叙事的一种重要方法。作为叙事方法，重演来自历史研究，20 世纪早期的英国著名历史学家和艺术理论家科林伍德（Collingwood）在其史学名著《历史观念》中最早提及。

他在《艺术原理》中提到：“再现艺术的真正定义，并不是说制造品相似于原物（在这种场合，我称再现是刻板的），而是说制造品所唤起的情感相似于原物唤起的情感（我称他为情感再现）。”虽然科林伍德的目的是讨论再现艺术是否属于真正的艺术这一问题而讲了这段话的，但我以为他所说的“制造品所唤起的情感相似于原物唤起的情感”的说法，倒很适合于探讨图像场景对小说故事意境展现的话题。

意境，是美学中所要研究的重要问题，往往被看作艺术创作和艺术欣赏的最高境界。第一个明确提出“意境”概念并对其内涵加以说明的是王昌龄。他在《诗格》中说：“诗有三境：一曰物境，二曰情境，三曰意境。”明代朱承爵在《存馀堂诗话》上说：“作诗之妙，全在意境融彻，出音声之外，乃得真味。”“情景交融说”认为意境就是情和景的结合，如当代画家李可染在《漫谈山水画》中曾谈道：“什么是意境？我认为，意境就是景与情的结合；写景就是写情。”实际上，意境是属于主观范畴的“意”与属于客观范畴的“境”二者结合的一种艺术境界。《红楼梦》小说的故事意境是雪芹先生通过自己的文字与读者的联想和共鸣互相沟通，从而产生的一种特殊的艺术感染力。境得于景而生发，依于情而深远。景是境的载体，没有景，境就无法展现；没有情，意境不再浓郁。因而虽然“唤起情感”是意境的最终目的，但也需要“景”的依托，意境才能产生。独立的《红楼梦》图像除了能够叙事之外，是否能展现小说的意境也是衡量图像“展现故事”能力优劣与否的重要判断。

对于红楼图像来讲，意境的表现是画家在深入体会曹公原文所表达的情思、创造的意境之后，将这种艺术境界通过另一种媒介——图像表现出来。从文字到画面的转化蕴含了画家的自身联想和感悟，画家通过具体、直观的形象营造一种氛围，让读者通过视觉更直观地感受到这种“意境”。场景为小说人物提供了特定的生活空间，人物在场景中活动，人物关系在场景中显现，故事情节在场景中流动，同一人或事物放在不同的场景下会给观者带来不同的感觉。场景的描绘可以衬托出人物的性格，暗示人物的心理，渲染故事的氛围，也难免会显现画者自身的思想情感。画家主要依赖场景来营造氛围、充分发挥景物的表现力，从而让观看者体悟到故事的意境。因而画家画景主要就有了两个层次的进深：其一是对文本场景的置入；更深一层则是对文本情境的渲染。

一、场景的置入

“中国画的传统，是重山水而轻人物；而在人物画中，又极不重视背景。

传统的肖像画，可以全无背景，孤零零的一个人，好像悬浮在太空中，而观者绝不以为怪。有背景的人物画，大致属两种情况，一种是以背景为装饰点缀，'点到为止'，颇像京剧舞台上的布景；一种仍以山水为主体，人物实际上是景观的点缀。"①这对于清代红楼画的画家来讲的确是个问题，即如何处理画中人物与环境背景的关系。小说故事画首先要求的是叙事的完整，因而场景不像人物画那样只是简单的陪衬，而是叙事展开的基本要素，如大观园图一类的繁荣本身就说明了观者希望了解故事所在场所的迫切心理；另一方面故事画的场景也并非山水画，总有一个实实在在的故事文本在那里。尤其是像《红楼梦》这样细节无比写实的小说，并不允许画家天马行空地去写意。因而在场景置入上，红楼故事画或全绘本显然比以仕女为主的红楼人物画要重视得多。

清代的红楼故事画家对于图像场景与原典内容的一致常常十分看重。比如我们前面举例的孙温先生，在他的每一幅图像上我们都能感受到他努力再现文本原貌的心血。这也是我们前面所讲的属于客观范畴的"境"如何能被完美地置入。实际上故事的"境"是不可能被完全置入的，因为画家使用的是形象的元素，而画面空间总是有限的，因而只能是通过对原文"境"的筛选而展现其中的一部分景；另一方面文本也常常出现有些重要的故事情节中并未描写景，而只是叙述了一种人物的感受或人物的行为，此时难免又需要画家去填补景的画面。

（一）原典布景或道具的置入

对于小说图像特别是故事画来讲，因为叙事的需要，在每幅画面中除了人物以外，往往还有不可或缺的原典布景或道具需要置入其中，这类布景或道具置入的恰当与否常常会成为画面是否忠实于原著的关键。如我们前面讲到孙温用连续十四开画面表现第十七回上"大观园试才题对额"的半回情节，这种情况在其他的红楼画中从未出现过。要知道孙温绘本一共是 240 开，绘一百二十回内容，也就是平均半回一幅的标准，就他绘本自身的情况而言，为半回画十四开也实在是太多了。究其原因，除了画家对"大观园"的重视以外，关键还是画家忠实原典的考虑。因为这半回文字内容虽不多，却是全书人物活动的场所描写，对大观园各主体建筑（主角们以后各自的居处）、园林的布局、水文山脉都做了交代。如果不细细画来以确定园子的方位前后，那么在后来的章回出现园中各处情况时，场景的描写

---

① 薛冰：《插图本》，江苏古籍出版社 2002 年版，第 63 页。

就可能错误百出，自相矛盾，这在文学语言中或许不是什么大事，有的干脆省略了场景描写，但在连续叙事图像中却是不得不交代的。因此画家才不惜工本地画了十四开画面来描写这半回文章，作为以后章回画面场景的依据，这样既统一了图像叙事的场景，又方便了画家今后的绘画。如沁芳亭的描写虽短却很明确：俯而视之，则清溪泻雪，石磴穿云，白石为栏，环抱池沿，石桥三港，兽面衔吐。桥上有亭。又有关于沁芳闸的：引众客行来，至一大桥前，水如晶帘一般奔入。原来这桥便是通外河之闸，引泉而入者。贾政因问：“此闸何名？”宝玉道：“此乃沁芳泉之正源，就名‘沁芳闸’。”孙温先生在第五册第六开中以整幅的篇幅画了这一座有沁芳亭的三孔桥（图58-1），又在第六册第三开中以整幅篇幅画了多孔桥形式的沁芳闸（图58-2）。此后的画面中沁芳亭作为场景的组成部分又出现了五六次，基本都能忠实于原著布局。如第十二册八中画面正上方出现了此亭桥，边上绘一棵桃树，树下二人：一人为宝玉，一人丫鬟打扮。（图58-3）此顷间故事表现的是“慧紫鹃情辞试莽玉”，原文如下：“雪雁道：‘姑娘还没醒呢，是谁给了宝玉气受，坐在那里哭呢。’紫鹃听了，忙问在那里。雪雁道：‘在沁芳亭后头桃花底下呢。’”然后就出现了画中的一幕：紫鹃去找宝玉并说了一番让宝玉发痴病的话，可见画家在场景方面很注重于原著的符合。这正是画家需要细绘第五回游大观园诸景的原因，因为以后的情节地点都发生在大观园中，曹公又有明确的交代。比如这里就明确提到了“沁芳亭后头桃花底下”，如若前面不细绘，到了后来岂不乱套？这是画家的聪明之处。但大观园的建筑多布局复杂，连细致的孙温先生也难免出错，比如在第八册第一开的画面远景中就出现了沁芳亭桥，此远景表现的是宝黛读西厢的故事顷间（图58-4）。原文我们前面引过：“早饭后，宝玉携了一套《会真记》，走到沁芳闸桥边桃花底下一块石上坐着。”看来这一幅中孙温先生将沁芳亭桥错画成沁芳闸桥了。这些细节也从侧面说明了场景的交代对图像叙事有十分重要的意义，是画面忠实于原著、增强故事叙事可信度的保证。

图58-1　清孙温绘本《石头记》第五册六

图58-2　清孙温绘本《石头记》第六册三

图 58-3　清孙温绘本《石头记》第十二册八

图 58-4　清孙温绘本《石头记》第八册一

(二)画面分隔或衔接所需要的场景置入

在叙事绘画中,由于画家需要对一个个情节的独立性进行充分考虑,他们就要借助一些特殊的图像来分隔和连接这些单元。我们前面讲到建筑和山石都是这样的工具,在展现全知全能视角时也常常用云气或烟雾来区分异态空间与常态空间,这些建筑山石、云气烟雾、树木水波都是画家为了叙事的连贯,为同一画面中顷间的分割和衔接而置入的场景,是不可或缺的画面构成要素。比如在孙温的绘本中用得最多的是山石,山石时青时黄,造型多样,组合方式各异,看得出画家花了很多心思在山石上,因为在多顷间组合的画面上山石是最为实用而重要的顷间分隔工具,同样也是画面衔接天衣无缝的需要。如绘本第十三册二(图 59),画面中间凸起一巨大的黄色山峰,将画面分为两半,左边的故事顷间发生在屋舍庭院内部,右边的故事顷间发生在户外的花园湖边,如果将画面从中切开那么两幅图都是合理的,左边可看成中式庭院中间的假山石;右边可以看成花园里的山。但拼合在一起后实际在空间视觉上并不合理,那座山石不过是连接二者的道具,如果没有山石,画面根本无法衔接为整体。

西方绘画从透视法入手表现画面的真实感,中国传统绘画却并不注重视觉的"瞬间"的真实。画家大卫·霍克尼就曾说过:透视法有得有失,它让画家损失的是对时间流逝的描绘。他很欣赏中国画家在画面中表现出来的动态,"如果中国绘画大师拥有一座花园,不管这花园多小,他愿意在花园里散步,这样他就会在花园里铺上小路,使散步的时间更长。所以,他是先在花园中的小径上散步,然后再回去作画,绘出花园或者绘出他在其中散步的体验。中国画家的作品是在花园里散步观察的结果"①。孙温借

① [英]保罗·乔伊斯:《霍克尼论摄影——和保罗·乔伊斯的谈话录》,中国摄影出版社 1994 年版,第 29 页。

用传统的绘画形式，依靠中国画独特的观察和表现方法，将时间蕴含在自己的图像叙事之中。在时间性方面，画家的绘画过程和观者的观看过程可以获得良好的互动效果。

图59　清孙温绘本《石头记》第十三册二

（三）画家主观添加的“画中画”与“画中诗”

在红楼故事画中由于叙事的需要，有的画面往往会交代得十分细致入微，包括器物、家居用品、室内装潢、牌匾、条幅、书画等等，有时画家往往就会在这些小细节上玩一些花样，如在条幅上题一些有所指的诗句啊，画一些特殊含义的画啊，等等。清人绘大观园图与长春宫游廊壁画都是如此，这些画家主观置入的“画中画”与“画中诗”并不影响整幅画面的叙事，但如果观者细细品鉴的话，有些自然可以会心一笑，有些或许还有考据的价值。比如孙温在绘本《石头记》中画宁国府时两现“丛绿堂”的牌匾，就很值得研究，由于孙温先生所处的时代较我们来讲要接近于曹公的年代，所以当时绘制的叙事画册本身对于原著的考究就十分有价值。今人所藏的《石头记》手抄本中并未有见“丛绿堂”这一说法，是否孙温参照绘画的是另一个我们没见过的本子？另外周汝昌先生认为据现在的蛛丝马迹的资料足以表明孙温与曹氏有着密切关系，或为至亲，或为世谊，殊可注意。这样一来，这些“画中画”与“画中诗”又成为考据画家身份的重要工具。孙温先生绘制这套画长达近四十年的历程，倾注大量心血，一定会有着自己个人对这部作品的一些与众不同的态度。他特别喜欢在有房屋或室内的画面场景中置入这些内容，这一方面反映了画家希望再现小说的真实感，另一方面也反映了当时清代贵族所喜爱用书画装饰内室的习惯。如在第十四册三中画面内容为第六十八回下“酸凤姐大闹宁国府”，画上凤姐拉扯尤氏，贾蓉跪在地上，房间和家居隔板上装饰的字画中就有两幅题诗，一题“白面书生扣胸中空空如也”，一题“红粉佳人观足下攸攸大观”。头一句应该是调侃贾蓉胸无点墨，堂堂男儿辩论不过凤姐这个“脂粉队里的英雄”；后一句刘心武先生认为表明作者深知《石头记》写的是清朝旗人家庭的故事，那里面的旗籍美女（如六十八回中的王熙凤和尤氏）都是不缠足的。再如在第二册第五开中画面展现的是贾雨村判薛蟠一案，其大堂正厅之上所挂的匾额上书六个大字：此之谓民之父母（图 60）。这确是画家的主观评语了，颇带意气情绪。

图 60　孙温《石头记》绘本二册五局部：“此之谓民之父母”

二、情境的渲染

自古以来我国传统文化中景物就寄托着人们无限的情感。情与景的关系，早在《礼记·乐记》中即提出：“凡音之起，由人心之生也。人心之动，物使之然也。感于物而动，故形于声。”刘勰在《文心雕龙》中系统地阐述了这一问题，提出“应物斯感”“情以物迁”的论点，即人的主观感情系由对客观事物的反应产生，也只有凭借外物才能表现出来。宋以后对情与景的关系认识更为深刻，范希文在《对床夜话》中提出“景无情不发，情无景不生”和“化景物为情思”的观点；王国维在《人间词话》中则概括为“昔人论诗词，有景语、情语之别，不知一切景语皆情语也”。因而即使在故事画中，场景也常有从纯粹的置入进深为情境渲染的，如清孙温的《石头记》绘本中第十五册第六开（图 62-2）描写“凹晶馆联诗”，以整幅画面展现景物，这在以叙事为主，喜欢拼接顷间的孙温绘本中并不多见。虽然本是故事发生的场景，但画家花整个篇幅着意渲染了山石树木、水波云雾、亭台楼阁、花草翎毛，展现了一片烟波飘渺的寂寞情境，用以塑造凄清雅致的氛围，展现人物内心的愁绪悲感。

与故事画注重写实原著、重视情节置入不同，红楼人物画则更重视人物个性、气质的刻画。因而红楼人物画中的场景往往成为画家刻画人物、塑造氛围、表现意境的工具，此时意境的渲染就放在了原著景物置入之前。对于红楼人物画，尤其是文人红楼仕女画来讲，情境的写意渲染远较故事画来得重要。总体来讲，清代红楼图像中景物的意境渲染的目的大约有三种：

（一）映衬人物个性

我们在前面第二章谈到花语时就探讨了自然美学思想中的“比德”概念，即把自然景物幻化为人格美、品德美和精神美的象征。“托物言志”和“比与兴”是传统文学意境的描写手法。画家在绘图时同样也可以采用这些手段通对“景”与“物”的描绘来展现人物的志趣，乃至人物的精神、品格和思想情感。如红楼人物画中往往使用与人物性情相契合的山石树木、翎毛花草作为场景来表达人的境界情感，用以创造意境。

比如松树，它与竹、梅素有“岁寒三友”之称，松柏经冬而不凋，象征傲骨肃穆；竹象征着气节；梅有“凌寒独自开”的风骨，均为“高洁”的意象。改琦的《红楼梦图咏》中人物常以山石花木映衬，在他的五十幅红楼人物画中用松树的极少，只有柳湘莲一幅（图 61-1）以整棵巨大嶙峋的松树为背景。只见这棵松树主干虽有枯空而旁枝粗大，松针茂盛，云雾缭绕，意境闲散高洁，展现柳湘莲为人的傲骨和风姿，柳湘莲其人结局遁道，古松云雾很能衬托他的志向，从而使本来如绣像般的人物画有了更为深远的意境，此幅为改琦男性红楼人物画之佳作。而“北静王”一幅并未按原文中北静王的出场描写来再现（图 61-1），改用了一曲回庭栏杆、一角龙纹团云的地毯、一只鹤、顶上一角松枝来展现人物所在的境界，这些景物布局较松散，画面留白较多，图像意态优雅高贵。原文第十四回中叙述北静王的文字极简单：“原来这四王，当日惟北静王功高，及今子孙犹袭王爵。现今北静王水溶年未弱冠，生得形容秀美，性情谦和。”此时用一角松针来展现殿堂之肃穆；以玉庭回栏、龙纹团云来表现皇家高贵气象；鹤在《诗经》中有“鹤鸣九皋，声闻于天”的记载，本是高雅的吉禽，画中用漫步的仙鹤来渲染北静王水溶的飘逸雅致、超凡不俗的品格，正是以图像场景完美展现小说意境的典型。

再如改琦《红楼梦图咏》中用竹子映衬的人物有四个：黛玉、李纨、紫鹃和茗烟。前三人都不难理解，黛玉、紫鹃本居住在多植竹子的潇湘馆，而且黛玉有“质本洁来还洁去”的操守，紫鹃有忠义事主的节守，李纨有寡居守节之情，所以用竹子都很恰当。唯有茗烟一幅用竹似太过，但如果我们细读画面（图 61-2），就能发现此幅与方才讲的前几幅不同，此幅画面有明确的叙事，展现的是第四十三回宝玉在水仙庵设祭金钏的情节，茗烟在宝玉祭奠完后向水井祝诵磕头。可见此竹不是为茗烟设的，倒是为水井所设，原文并未描写当时井边的植物，画家用竹恐怕是映衬跳井而死的金钏之节烈。

图 61-1　改琦《红楼梦图咏》柳湘莲、北静王

图 61-2　改琦《红楼梦图咏》茗烟

图 61-3　《红楼梦临本》妙玉

再如《红楼梦临本》中妙玉一幅(图 61-3),画面描绘了妙玉隔着门空观鹤的场景,画面布置了一树疏斜的梅花;门空内有经书蒲团,妙玉手中有佛珠;门空外山石上一丹顶鹤独立。这是画家用景物来现他心中妙玉的“精神气”。“红梅烂漫”正是妙玉并非心如死灰的证据,实际上红梅也是雪芹先生特意为妙玉设置的,但原文中并未有妙玉与鹤相关的情节,鹤的设置恐怕是画家用来展现人物意境的道具。这里的鹤姿态与北静王一幅中的鹤很不同,在传统文化中鹤还有另一重意向:因好栖于山泉野林,不群居,颇合古代君子之隐逸风尚。宋代著名隐士林和靖隐居杭州孤山,养鹤植梅,有“梅妻鹤子”之佳话,因而鹤又象征着清高的隐士之风。妙玉孤标隐世,此鹤独立垂颈的形态确是极好的比拟,也与画面意境和谐,让观者深感此画中人物有清雅孤高之处。

(二)烘托情节气氛

我们前面所讲到的孙温绘本《石头记》中第十五册第六开(图 62-2)描绘“凹晶馆联诗”就是画家用“景”来烘托情节气氛的例子。同样展现这一段原文气氛的还有费丹旭《十二金钗图册》中妙玉一幅,“凹晶馆联诗”的情节中联诗的是黛玉和湘云,而妙玉在暗处也听了她两人的诗,最后还将诗续完誊清。费丹旭这一幅妙玉选取了这一情境:水中的月、惊飞的鹤,风波渐起、山石松结。此景虽与孙温幅中描绘的应为同一景致,但孙温幅从黛玉、湘云二人联句入笔,原文中两人听笛后离开凸碧堂宴席,来到凹晶馆联诗,湘云道:"就如咱们两个,虽父母不在,然却也富贵之乡,只你我竟有许多不遂心的事。"黛玉联诗时有说"这时候可知一步难似一步了"之句,孙温正是从此下手,其意境深为"寂寞悲凉"。原文中在两人联了"寒塘渡鹤影,冷月葬花魂"两句后,突然笔锋一转:一语未了,只见栏外山石后转出一个人来,笑道:"好诗,好诗,果然太悲凉了。不必再往下联。"二人不防,倒唬了一跳。细看时不是别人,却是妙玉。二人皆诧异,因问:"你如何到了这里?"妙玉笑道:"我听见你们大家赏月,又吹的好笛,我也出来玩赏这清池皓月。顺脚走到这里,忽听见你两个联诗,更觉清雅异常,故此听住了。只是方才我听见这一首中,有几句虽好,只是过于颓败凄楚。此亦关人之气数而有,所以我出来止住。"费丹旭所画的正是玩赏这清池皓月时偶然听到联诗并看到鹤飞起的妙玉,该画意境清雅,特别是涟漪中的中秋满月,而青松飞鹤又有静谧孤清的意蕴。此一飞鹤之"景"已不是黛玉湘云眼中的情境,而转为妙玉眼中的意境。这正是两段情节变化之不同处。画面场景对于烘托情节的气氛有着重要的作用。

图 62-1　费丹旭《十二金钗图册》妙玉

图 62-2　清孙温绘本《石头记》十五册六

(三)影射人物或故事的结局

《红楼梦》这部作品由于文本自身的缺失使得情节和人物发展的结局显得扑朔迷离。1987 年中央电视台拍摄的《红楼梦》虽然是一部电视剧,但当时各领域的专家如沈从文、吴光祖、吴世昌、启功、邓云乡、王昆仑、曹禺、杨乃济等都是顾问团成员,一些大家如沈从文、邓云乡等还兼美术指导、服装指导和民俗指导,一时风云际会尽得风流。其中故事情节的展现、人物意境的表达都忠实于原著,乃至器物、服饰、节令玩具等实物细节上都十分严谨,我个人以为 1987 版红楼梦是集大成之作,本身绝不逊色于任何一部优秀的红学著作。尤其值得称道的是其并未用高鹗的后四十回,而是大胆采用脂评研究等红学成果,依据曹公在前八十回草蛇灰线的预示重新设置了故事的结局和人物的命运,大体上较接近雪芹先生的原意。拍电视剧是如此,清代的《红楼梦》图像也会遇到同样的问题,比如一个深入领会文本的画家在画红楼人物画时,难免会思考人物最后的结局究竟如何,如雪芹先生写来那么他们在后四十回中的故事又如何,因而在人物画或故事画的场景设置上就会有意无意地渲染情绪,甚至影射人物或故事的结局。如改琦《红楼梦图咏》中的元春页:在改琦之前的画家们都喜欢画省亲,这自然是对的,因为元春在前八十回就在那一处现了身。而改琦却画了元春坐看榴花的背影。虽然我们前面说过避讳的问题,但意境的选择与画家用场景渲染来影射人物结局更是密切相关,相信看过这幅画的人一定会感到人物内心的失落遗憾，如果是一个熟读《石头记》的人一定会想起第五回中元春的判词：“二十年来辨是非，榴花开处照宫闱。三春争及初春景，虎兕相逢大梦归。”画家正是用这华美中透出寂寞悲凉的布景来影射人物的结局。再如晚清画家周权(慕桥)绘制的《红楼十二钗图》探春页中，将一个古装仕女放置于水岸之边，衰草凄竹，画上的题词正是第五回警幻呈现于宝玉面前的《红楼梦》十二支曲中写探春的那首《分骨肉》：“一帆风雨路三千，把骨肉家园齐来抛闪。恐哭损残年，告爹娘，休把儿悬念。自古穷通皆有定，离合岂无缘？从今分两地，各自保平安。奴去也，莫牵连。”而巧姐一幅(图62)上画了一个意态娴雅、服饰高贵并手执罗扇的仕女，背景却安置了野外竹桥、篱笆木桩等村野之景色，明显暗示人物的结局。画上题词是《红楼梦》十二支曲中写巧姐的那首《留余庆》：“留余庆，留余庆，忽遇恩人；幸娘亲，幸娘亲，积得阴功。劝人生，济困扶穷，休似俺那爱银钱忘骨肉的狠舅奸兄！正是乘除加减，上有苍穹。”判曲大意是指贾府败后巧姐被狠舅奸兄所卖，后为刘姥姥所救，嫁给了板儿过农妇生活。周权的《红楼十二钗图》有些匠气，仕女造像大同小异，并未有独特之处，读者反而要依赖题句来辨别人物，不过画面的这些场景描写却大致渲染了氛围，影射着人物故事的结局。

图 63　周权《红楼十二钗图》巧姐

第四章　独立的清代《红楼梦》图像世界

钱穆先生推重“眼前史”，他把呈现在人们眼前的当前社会的一切，看作最真实最活跃的眼前史，相对于历史流传下来的“有字人书”，戏称它是一部“无字天书”，强调这两部大书应该“参读”。这与伽达默尔在《真理与方法》中所讲的效果历史观有异曲同工之妙。他们都看到了历史研究活动中流传物的运动与接受和解释这运动的内在相互作用，领悟到此中“大视野融合”的境界。伽达默尔说：“历史学家的兴趣并不只是注意历史现象以及历代留传下来的作品，而且也附带的注意这些现象和作品在历史（包括对这些现象和作品进行研究的历史）中产生的效果。”历史探究被认为是理解与解释的同构，解释并非理解之后的附加行为，而是理解的一种表现形式。历史研究的对象也不是单纯的对象，而是该对象和他者的统一体，其实是一种关系。在这种关系中，同时存在着历史的实在和历史理解的实在，因而有了所谓的“效果历史”。清代《红楼梦》小说的视觉化、红楼图像逐渐脱离文本，乃至最终形成独立的图像世界，不正是这一“效果历史”作用下的成果吗？20 世纪 60 年代在西方文学研究领域中出现了“接受研究”“接受理论”；20 世纪 70 年代中期德国和意大利兴起了日常生活史学研究，进而波及整个西方学术界。上述学者的研究视野都开始“目光向下”，研究对象微观化，并将重心向着“受者”的角度转化。

“接受美学”又称“接受理论”“接受研究”，于 20 世纪 60 年代由德国学者尧斯、沃尔夫冈・伊瑟尔等人创立。这一理论最大的特点就是一反过去的“作者中心论”和“文本中心论”，将文艺理论研究的重点转到读者及其艺术接受活动上来。沃尔夫冈・伊瑟尔指出：“文学作品就有两个极点，我们可称之为艺术极点和美学极点。所谓艺术极点是指作家创作的作品；所谓美学极点就是由读者完成的实现过程。这种极性使得文学著作既不与其本身等同，又不与实现等同，而应该介于二者之间。著作不仅是作品，因为作品只有被实现才会显示其活力。实现过程依赖读者的个性——尽管他反过来受到其他格式作品的影响,作品与读者的融合使作品得以生存。"①所谓接受,是指读者(受众)对文艺作品的阅读(观看)感受与反应、理论阐释与评论、创作继承与借鉴等行为。接受的主体包括三方面:一是以普通读者为主体的接受,二是以批评家为主体的特殊读者的接受,三是以艺术家为主体的特殊读者的接受。所谓接受史则是"文学文本潜在意义的外化形式的历史的变化和发展"②。换言之,接受史就是文本潜在意义的演化史。独立的清代《红楼梦》图像世界在文艺学和美学研究者看来或许正是《红楼梦》小说文本潜在意义的演化史。它是由《红楼梦》文本与"接受者"(包括了以普通读者为主体的接受和以艺术家为主体的特殊读者的接受)理解的统一体,同时存在着历史的实在和历史理解的实在。

大清帝国由落后的少数民族强制推行保守、反动的经济、政治和文化政策。资本主义因素在清代初期被全面地打压下去,在康、雍、乾几位所谓"雄才大略"的君主以巩固传统小农经济、闭关自守的儒家正统理论为国家指导思想的漫长统治之下,艺术思想领域中明末发展到极致的下层市民文艺和上层浪漫思潮遭受了本不应有的挫折,一变而为李泽厚先生所说的"伤感文学"。而到了清代晚期,古老的民族又处于中西文化交汇、传统向现代过渡的变迁社会之中,帝国主义的强权及西方文化的强势带给古老中华以"古今之创事,天地之变局"(王韬语)的震动。《红楼梦》的图像世界正是在这一历史大舞台下逐渐自成,其中包容了接受和解释者自我意识的历史深度。

梁启超先生在《中国历史研究方法》中谈到"观察所缘",分辨因缘的内中差异,"有可能性谓之因,使此可能性触发者谓之缘",点出"因为史家所能测知者,缘为史家所不能测知者。治史者万不容误缘为因,然无缘则史迹不能现,故以观所缘终焉"。独立的清代《红楼梦》图像世界的形成之因自然是《红楼梦》小说文本的出现和风靡,然其触发之缘却颇值得探究。本章从日常生活和清代《红楼梦》小说的视觉化这一视角入手,考察世俗生活与伤感文化、红楼仕女图源流与文人画家的生活、西洋风与民间画家等触发之缘,探讨红楼梦"普通知识"的成型过程,并进而得出清代《红楼梦》图像世界独立性的结果。另外单设一节从个案角度考察故宫长春宫游廊内

---

① 沃尔夫冈·伊瑟尔:《阅读过程:一种现象学方法探讨》,胡经元、张首映:《西方20世纪文论选》(第3卷),中国社会科学出版社1989年版,第185页。

② 高中甫:《歌德接受史》,社会科学文献出版社1993年版,第1页。

十八幅《红楼梦》巨幅壁画，该案例无论从日常生活、西洋风入侵还是生成意义上都有典型价值，且作为清代《红楼梦》图像的重要遗产几乎未被深入研究过，笔者为之一叹，作独立小节以记之。

第一节 日常生活与清代《红楼梦》小说的视觉化

实际上整个 20 世纪的西方思想家都在关注着日常生活领域，胡塞尔、维特根斯坦、海德格尔和卢卡奇等人都曾对“日常生活世界”进行过理性观照或是价值评判。弗洛伊德的精神分析学说赋予日常琐事以不容忽视的意义；勒菲弗尔和赫勒都曾出版以“日常生活”为题的专著，法兰克福学派则把日常生活视为最值得重视的研究领域之一。别林斯基说过“批评是哲学意识，艺术是直接意识”，《红楼梦》小说本身就是我国传统美学领域中日常世俗的现实主义市民文艺发展到对社会生活面做广泛的接触、揭露和讽刺的批判现实主义阶段的典型代表。日常生活既是小说文本所关注的重点所在，又成为清代《红楼梦》小说视觉化的重要场所。《红楼梦》的图像传播在清代连绵不断、长盛不衰，各种绣像、绘画、版画、扇面、年画、壁画，乃至日常物品如瓷器、屏风、炕条、鼻烟壶、玻璃上的红楼画等等，这些日常生活中的图像作为《红楼梦》小说的视觉化产物，其不断的传播、再创作与接受改变着对小说文本的理解，并逐渐形成独立于文本的图像世界。这个虚幻而真实的世界不可避免地受到交织冲突的清代历史大背景的影响，如时代之风对世俗生活的日益精致细巧的醉心、人生幻空的伤感，“醇酒妇人”的文人仕女画渊源、文人画家的生活，西洋风对民间工艺的入侵等日常生活中的因素都是触发这一视觉化世界成型的缘起。同时这也为芸芸观者受众和民间艺人对《红楼梦》文本的接受与阐释开辟了更宽广、更新颖的途径。

一、世俗生活与伤感文化

李泽厚先生在《美的历程》中对明清文艺思潮阐述时说：“如果说汉代文艺反映了事功、行动，魏晋风度、北朝雕塑表现了精神、思辨，唐诗宋词、宋元山水展示了襟怀、意绪，那么，以小说戏曲为代表的明清文艺所描绘的却是世俗人情。这是又一个广阔的对象世界，但已不是汉代艺术中的自然征服，不是那古代蛮勇力量的凯旋，而完全是近代市井的生活散文，是一幅幅平淡无奇却五花八门、多彩多姿的社会风习图画。"[①]从《红楼梦》小说的生成思想背景上来讲，明清两代的美学思想在多方面存在着密切的联系，明代由于资本主义因素的萌芽、城市经济的发展、市民阶层的壮大，使得人文主义开始滋生。与此相适应，在美学思想上出现了世俗化的审美趣味，重视人的真实自然的性情，而这些性情的内容已由文人士大夫的高雅情致逐渐变为市民阶级的世俗情趣。

前一条脉络更为鲜明地反映世俗生活的市民性质，其中在文艺领域里具有最为直接和重要影响的是李贽。李贽（1527—1602）是明代杰出的思想家，他主要的美学观点散见于他的《焚书》《续焚书》《藏书》《续藏书》《初潭集》等著作之中。他提倡讲真心话，主张言私言利，反对一切的虚伪矫饰。推崇"穿衣吃饭，即是人伦物理"（《焚书》），以"童心说"立论。在艺术创作领域主张"师心"，反对"师古"。他说："种种日用，皆为自己身家计虑，无一厘为人谋者，及乎开口谈学，便说尔为自己，我为他人，尔为自私，我为利他……翻思此时，反不如市井小夫，身履是事，口便说是事，作生意者但说生意，力田作者但说力田，凿凿有味，真有德之言，令人听之忘厌倦矣。"（《焚书·答耿司寇》）其思考与曹公《石头记》之世俗生活画卷的实际展现何其一致！《红楼梦》的美学思想核心的形成绝不是无源之水和无根之木。《红楼梦》小说虽是上层士大夫的文学，但带着强烈的通俗性和民主性走向芸芸众生，以全景式的视角和巨大的容量描绘了世俗生活中人的生态和心态，用"极攀人情世态之歧，备写悲欢离合之致"来批判现实，在这里有的就是日常生活的展现。《红楼梦》世俗生活画卷的特点就是以真实细节生动地表现了清代贵族家庭生活情景，小说涉及的内容其真实性和细微程度与历史实录酷似，《红楼梦》之雅俗共赏、老少皆宜的喜爱或许正出于此。这般细致描绘世俗生活的文本很快就被戏曲、插图等领域所采用，成为文本视觉化的第一波，进而进入更广泛的日常生活领域，如绘画、工艺、家居装饰等等。明清时期的工艺在风格上与明代市民文艺非常接近，由于与较大规模的商品生产和手工技艺直接相联，随着市场商品经济的发展，其审美趣味受商品生产、市场价值的制约。供宫廷、贵族、地主、商人、市民享用的工艺产品在趣味倾向上呈现出可以类比欧洲洛可可式的纤细、精巧、繁缛、富丽和俗艳矫揉的风格。人们将喜爱的红楼人物和故事或绘制或镶嵌或镂刻于日常生活的器用之中，正是这一风格的具体体现。这些五光十色的彩瓷、珐琅、家居、刺绣仿佛要用尽所有的气力去精细奇巧，也确实在明清

① 李泽厚：《美学三书：美的历程》，安徽文艺出版社 1999 年版，第 184 页。

之际发展到了顶点。

另一方面，在明代与下层市民文艺相对应的上层浪漫主义思潮却没有在清代得以继续。李自成的失败加速了大清帝国的建立，清代在社会氛围、思想状貌、观念心理上都反映出严重的倒退。李泽厚先生认为到清代，明末的上层浪漫主义思潮则一变而成伤感文学。在古老的华夏大地上，人生幻空感自古有之，古人因对生死的感知而获得深刻的人生感怀。如汉人好楚辞，从贵族到下层几百年不衰，其中一个重要的现象是：即使在欢乐宴会中也要用悲哀的"挽歌"来奏乐。《后汉书·五行志》上提到："京师宾婚嘉会，酒酣之后，续以挽歌。"钱钟书先生说："吾国古人言音乐以悲哀为主。使人危泣坠心……或云'读诗至美妙处，真泪方流'。……故知陨泣为贵，不独聆音。"[①]而到了清代，这种人生幻空感由于巨大、现实的社会内容（民族的失败和家国的毁灭）而获得了真正深刻的价值和沉重的意义。这里面固然有家国之恨，但更是人生悲凉，鲁迅先生说"梦醒了却无路可走"。沧海桑田如同幻梦，朱楼玉宇、富贵温柔终归了一抔黄土，前景何在？人生的目标和意义是什么？一切都是没有答案的渺茫。释迦牟尼在《佛说法灭尽经》中也曾预言说现在世为"末法时代"。人生的幻空感作为客观思潮和时代情感，其审美效果或许延续至今。

以现代美学观来审视《红楼梦》，1904 年王国维先生曾以悲剧美而盖棺定论。但《红楼梦》小说的重要之处或许更深植于上述具有深刻根基的伤感主义思潮。曹公在开宗明义之处便通过跛足道人的话"可知世上万般，好便是了，了便是好。若不了，便不好，若要好，须是了"点出了这一基调，又有甄士隐的注解词宣告故事总收不过是"幻空"而已："陋室空堂，当年笏满床。衰草枯杨，曾为歌舞场。蛛丝儿结满雕梁，绿纱今又糊在蓬窗上。说什么脂正浓，粉正香，如何两鬓又成霜？昨日黄土陇头埋白骨，今宵红灯帐底卧鸳鸯。……乱烘烘你方唱罢我登场，反认他乡是故乡。"脂砚斋此处甲戌眉批："一段石火光阴，悲喜不了。""总收古今亿兆痴人，共历幻场，此幻事扰扰纷纷，无日可了。"突出一个"幻"来。第五回"太虚幻境"两边的一副对联"假作真时真亦假，无为有处有还无"常被红学家理解为曹公提醒读者"真事假隐"，实际上又何尝不是雪芹先生的人生幻空思想的明确表达呢？清代所编的红楼戏曲中保存至今的作品中直接取材于《红楼梦》原著的大约有十种（收录于《红楼梦戏曲集》陈英编，中华书

① 钱锺书：《钱锺书集：管锥篇》（第三册），三联出版社 2007 年版，第 1508 页。

局 1978 年版)①，其内容选择固然多样，但大都以宝黛爱情故事为主，特别对存在于小说中的人生如梦、寻求解脱等内容做了强调与发挥，并使之成为作品所表现的主题。即把宿命定为悲剧的前提，将宝玉和十二钗下凡历劫后重归仙界、彻悟前世修得正果作为完满结局安排在整个悲剧故事的结尾以警示观众和读者，这正是时代伤感主义的悲音。1987 版电视剧《红楼梦》最让我觉得遗憾的是删去了第五回警幻引宝玉游太虚幻境一节，将作者这一人生幻空的思想脉络截断了。我们在考察清代《红楼梦》图像时也同样会发现这个问题：在小说插图中"警幻仙子"和"僧道"总是排在一首一尾，总领整体绣像，但到了独立的红楼人物画作中就鲜有描绘二者的了。这正是小说在视觉化过程中发生了潜在意义的演化，由"接受者"的理解和喜好来改变着文本的原有思路，日常化的过程也正是历史理解的实在。独立的红楼图像世界，特别是民间红楼图像倾向于着重表达文本中的世俗生活，而往往忽略了文本中伤感文化的意向。

二、仕女图源流与文人画家的生活

在我国古代绘画发展史上，清朝是仕女画异常发达的时代。当时的仕女美人画有着非常广阔的社会土壤，上至官僚贵族，下至市井小民，对仕女画都有着普遍的爱好，反映了当时社会审美意识的一种新的趋向。我们前面提到由于大清帝国的建立，截断了明末发展到极致的市民文艺与浪漫主义思潮，而一变为伤感文学，这在绘画领域也有相似的状况。明中叶以来以仇英为代表的院体青绿山水和吴派首领沈周、文徵明、唐寅等画家共同体现了一种倾向，即李泽厚先生所说的"接近世俗生活，采用日常题材，笔

---

① 流传记录下来的十种清代红楼戏曲分别为：

1. 孔昭虔《葬花》1 折 嘉庆元年丙辰(1796)原稿；
2. 仲振奎《红楼梦传奇》32 出 嘉庆四年己未(1799) 绿云红雨山房刊本、道光芜香阁本、同治友于堂重刊本、光绪三年上海印书局铅印本；
3. 万荣恩《潇湘怨传奇》36 出 嘉庆八年癸亥(1803) 青心书屋刊本；
4. 吴兰徵《绛蘅秋》28 出 嘉庆十一年(1806) 抚秋楼版《零香集》中收录；
5. 许鸿磐《三钗梦北曲》4 折 道光二十六年丙午(1846)《六观楼北曲》本；
6. 朱凤森《十二钗传奇》20 出 嘉庆十八年癸酉(1813) 晴雪山房《韫山六种曲》本；
7. 吴镐《红楼梦散套》16 出 嘉庆二十年乙亥(1815) 蟾波阁刊本；
8. 石韫玉《红楼梦》10 出 嘉庆二十四年己卯(1819) 石氏花韵庵家刊本；
9. 陈钟麟《红楼梦传奇》80 出 道光十五年乙未(1835) 粤东省城西湖街汗青斋刊本；
10. 周宜《红楼佳话》6 出 年代不详 武进赵氏影钞本。

法风流潇洒，秀丽温润”[①]，还有徐渭，都以突出的方式表现了浪漫的特色。但到了明末清初，一变而为以朱耷、石涛为代表的强烈风格，笔法虽上承前人，但直抒胸襟的激情与悲愤，倾注于狂放诡诞的画面效果，难掩内心深深的孤独、悲哀和烙伤。石涛《画语录》云：“夫画者，从于心者也。”要求客观服从主观，物为我心的情感。在此种时代画坛情由之下，清代仕女画却因多种原因而独树一帜，木秀于林。

康、雍、乾三朝的百余年间，清代统治者继续奉儒家文化为封建社会后期的正统思想，社会封建的礼教苛制有愈演愈烈之势，对人们的禁锢也愈加严酷。乾隆以后的清代社会适逢世纪交替之际，正是我国封建制度濒临总崩溃的时代，社会腐败、士风沉滞，没落文人悲观失望而纵情声色，常常寻机醉乡、浇愁抑闷，或沉溺于裙钗粉黛来打发时光，所谓“花月冶游、选色谈空”，以此来忘却忧愁，一方面参禅悟道，一方面又醉心风尘、眠花宿柳。在许多诗文才子、书画名流所组织的雅集中，往往是“美人捧砚”和“声妓佐酒”以助雅兴，以美女为表现对象的仕女画无疑会引起士大夫阶层普遍的欣赏兴趣。另外还有当时民间世俗市民意识的兴起，才子佳人小说戏曲的影响等等复杂的社会原因，使得仕女画的创作异常活跃，朝野上下，描绘仕女的风气大开。宫廷画家有焦秉贞、冷枚、陈枚、金廷标、崔鏏等，文人画家有万寿棋、禹之鼎、上官周、华岳、康涛、闵贞等，都是画仕女人物的名手。嘉、道以降，专业仕女画家日益增多，活跃在江浙一带的余集、改琦、顾洛、吴求、王素、包栋、费丹旭、刘彦冲、赵湘帆、吴宝书、徐宝篆等，都是以仕女画见重于时的文人画家。甚至民间年画坊肆中，仕女美人图的制作也日渐普遍。

在时代审美趣味以“阴柔为美弱为用”的审美思想指引下，“纤细柔弱”成为清代仕女画塑造形象的标准，正所谓“赏的是娇花照水之颜，观的是弱柳扶风之色”。《红楼梦》小说兴盛于此时，自然很快成了仕女画的绝佳题材。改琦、费丹旭即是嘉道年间最享盛名的仕女画家，有“改费”之并称，同时也是红楼仕女画之开山之祖，顾洛、王素也都留下过红楼墨迹，为后人之红楼画作限定了框架。他们都以时代仕女画的风尚和标准来绘制红楼人物，将清代阴柔、羸弱、忧郁为主要特征的仕女画风带给了《红楼梦》中的女性形象，常常是细眉小眼、黯然眼眸、削肩狭背、弱不胜衣、纤纤素手，颇有一种病态美，这对后世红楼人物造像的影响巨大。而这些文人画家又大都有较高的文化修养，如余集、改琦、费丹旭、刘彦冲等人都有诗文集行世，其

---

① 李泽厚：《美学三书：美的历程》，第 203 页。

中收录的不少诗词是专为题咏仕女画所做的。王素、顾洛等画家也都能自己作诗题画。他们的仕女画作品往往不自觉地追求一种诗的情致和境界，在刻画人物心理和营构景物气氛方面都能达到一定的高度，深化了作品的情感内涵，也使得红楼仕女图的文人画特征愈加明显，给清代《红楼梦》的图像世界带来了一股诗化意向的清雅之风。

另一方面清代仕女画又明显呈现出“赏玩”的属性，纯粹观赏性的特征以及尚雅不避俗的双重性。在清代礼教的加倍森严之下，女性明确作为男性的附属品而存在，其本身就是“赏玩”的对象。理学家虽然表面上强调抑制“人欲”，但实际上只是引导上层社会及封建文人的行为方式趋向于让官能的享乐含蓄化、精致化、隐蔽化，作为供人观摩玩赏的、描写青年妇女生活及形象的仕女美人画就不可避免地成为此中之道。清代仕女图中本就有为青楼女子写像者；另外清代娼妓、色情文艺与仕女画的盛行具有同步性，而娼妓、色情文艺是处于仕女画边缘的春宫图的肥沃土壤。春宫图本身是明清发展到极致的禁欲主义创造出的艺术作品，唐寅、仇英都画过春宫图，改琦也画过春宫图，都曾流传于一时。而尚雅不避俗的明清仕女画也可算是禁欲主义与纵欲主义之间平衡的产物，是现实的禁欲主义压抑与纵欲主义狂放之间的一个平衡点，以理想美的方式缓释了现实中礼教苛制所带来的性的压抑，这一点也影响和改变着清代《红楼梦》图像世界的整体风格，是红楼图像具时代精神，重构文本、独立表意的关键所在。

仕女图源流为我们展现了清代红楼人物图像的背景底色，但落实到具体的画作，绘制者本身的日常生活形态也是值得考究的因缘。当我们把目光聚焦到文人画家身上，就发现生活状态对于画家画作的情绪、意境、风格难免有巨大的影响。以达到红楼仕女画最高成就的改琦为例就可见一斑。改琦生于乾隆二十八年(1763)，卒于道光八年(1828)，据姜皋《改七芗诔》中云：“道光八年戊子三月遂卒，年五十有六。”祖上几代人都做过清朝的武官，但到了改琦一代却成了一名寄生涯于“笔耕砚耘”的文人画士，正是“山人家世本西凉，将种偏耽翰墨香”，且一生清苦、漂泊无定。改琦活动的松沪地区在清代工商业经济繁荣，松江府为江南重镇，经济地位突出。明代以来官僚商贾中崇文好雅之士对艺术品的赏玩兴趣客观上促进了书画的发达繁荣，由于各地文人纷纷趋附先后形成了吴门、维扬等文化中心。由于某些显官大员豪富士绅的提倡和扶持，改琦所处时代的松沪地区艺坛相当活跃。改琦从小游志于艺，史料记载：“幼通敏，诗画皆天授。”未见其师从，但曾受到名流、达官的提携和倚重，对其广闻博见大有裨益。当社会衰败之时为生计谋，笔墨生涯者难免走出书斋，四处奔波、抗尘走俗，趋附于权门显贵之间。红楼仕女画家顾洛、费丹旭等都曾寄食，改琦也曾入幕宾于官居上海的李廷敬府中，并与当地豪富李筠嘉（号荀香）来往甚密，在此二人组织的“平远山房”雅集和“吾园”雅聚中结交名流旷士、诗画酬和，所谓“江左俊彦大半识”。然虽受主人厚遇，但挟艺来游的寄食文人难免要顺从主人意愿投其所好，故宫博物院就藏有改琦为李筠嘉之子画的行乐图，有时甚至还要做些本不屑所为的工作。其时仕女画虽然受朝野上下喜爱，但从事仕女画创作的画家却受当道者歧视，家道中落、生计艰难、前途未卜，林林总总，画家难免一怀愁绪，无从诉说。另一方面改琦作为热衷于表现女性生活题材的画家词人，又处于当时的画家生活圈子里，倚红偎翠、寻求异性抚慰在所难免，改琦的很多诗词都艳情旖旎。蒋宝龄也有“江湖载酒词客老，未忘青楼听雨年”（《琴东野屋诗选》卷二：“苇城吊改七芗”）之句，吾园同人中沈向荣将改琦比作“赢得青楼薄幸名”的杜牧。改琦曾为朋友的姬妾画像，受聘为名妓绘影，也曾在仕女画中表现自己中意的女子。另外，或是为生计所需，或是士大夫风雅圈中秘好，改琦还是一位春宫图的绘制者。在这样的日常生活状态下，画家难逃并世习风的濡染，又难抑消沉抑郁和寂寞悲凉的旨趣，咀嚼人生酸楚苦涩、揣味沧桑之变，于是才能如此“尽态绝妍，意境尤妙”地传神再现红楼女儿们吧。

陈师曾先生在他的《文人画价值》中说过：“艺术的本质和目的是要表现人的丰富情感活动和表达人的主观精神情趣，而不是机械地复现简单的无生命的客观物象。”清晚期的仕女画家生活在“大厦将倾，悲风骤至”的封建末世，大都饱尝境域沉沦、世路坎坷之苦。除了官居显职的少数文人画家之外，职业画家们大都难免陷入“丹青笔颓难医饿，赠答诗多浪费才”（张尔旦《种玉草堂诗稿》）的窘境，生活在雍乾盛世的扬州八怪尚穷愁难挨、困顿一生，那么在江河日下的乾隆以后鬻画谋生的文人处境更是异常艰难。这些文人画家大多翰墨平生、勤勉耕耘，却又往往长年贫病交加、萍飘无定，饱尝人世艰辛。颓靡愁闷、凄楚抑郁的阴影时时萦绕在他们心间，并常常融入和渗透他们的画作。清代鉴藏家黄崇惺曾说画仕女者胸中“必有一段缠绵悱恻之致”（《草心楼读画记》初集第一辑）①。红楼梦这样一部具有深刻批判现实和人生幻空之感的小说横空出世，当时的文人画家们定然深有共鸣。小说“为闺阁昭传”而描写大量具有时代悲剧色彩的年轻女性自然也成为文人画家们不可多得的极好画材。因此大量感伤的红楼题材仕女画诸如《潇湘》《葬花》等便应运而兴，落拓潦倒的文人画家们不厌其烦地

---

① 何延喆：《改琦评传》，天津人民美术出版社1998年版，第66页。

反复描绘、竞相题咏。一个个在花前月下或是小园芳径中伤春悲秋的"病态美人"那落花春残的情韵也尽得曹公"千红一哭""万艳同悲"的意境，与《红楼梦》小说的意象又是何其一致！这类作品中寄托着画家对时代女性那种空虚凄寂生活的同情感叹，春光易逝、韶华难再的失落感和悲戚感以及士大夫没落的审美情趣，都从一个侧面披露了衰世文人画家的心态。

三、西洋风与民间画师

16世纪，当金发碧眼的红毛番——西方商人和传教士浮海而来，古老的中国文明开始了与西方文明的全面接触，世界史也开启了近代的新篇章。到17—18世纪这种接触终于以大规模商品与文化的交流而达到了高潮，中国绘画和装饰艺术中也同样出现了西方影响，或可称之为"西洋风"。西洋画在明代中晚期便随天主教士传入中国，清代康熙、雍正两朝帝王出于对西方科技的兴趣，对体现西方数理文明的西洋画颇为欣赏，由洋画家所作的西洋中国画便成为宫廷绘画的一种样式。清代早期的"西洋风"主要局限在清代宫廷与上层社会中，洋风画以乾隆时期最为兴盛，朗世宁、王致诚、艾启蒙都是著名的宫廷西洋画家，他们奉皇帝之命，在清宫用中西合璧的技法创作了一批"洋风画"，并对中国宫廷绘画和民间版画产生了相当大的影响，他们也影响并带动了一些中国宫廷画师如焦秉贞、冷枚等人。此时的西洋风绘画并不等同于西画，以朗士宁为代表的西方人为了符合皇帝的要求不得不在西方绘画的写实技巧和中国人的视觉习惯之间折中，将中国画的线条勾勒和西方绘画的体积表现感融合，同时又不能以过强的光影阴影对比触犯中国人的视觉习俗。然而，被文人趣味所统领的中国画坛固执地以画面点线的笔墨情趣和意境作为品评格调高下的标准。如与朗士宁同朝的翰林画家邹一桂在其所著《小山画谱》中虽然点出了西洋画透视技术的独到之处，但也指出："西洋画笔法全无，虽工亦匠，故不入画品。"[①]焦秉贞在康熙时官钦天监五官正，供奉内廷。他擅画人物，吸收西洋画法，重明暗，楼台界画，刻画精工。阿英所编的《红楼梦版画集》一书中说到《红楼梦》程甲本的插图，"其风格，显然已受当时画院木刻如焦炳贞、冷枚等耕织图的影响，迥然不同于明代木刻"，认为《红楼梦》图像之初始的程本插图，其风格受到当时清代宫廷版画内府木刻的影响。焦秉贞绘的《御制耕织图》为后人研究古代农桑的资料，本身就是一套"图解"，是其据原流

① 黄宾虹、邓实：《美术丛书》（第一册），江苏古籍出版社1986年版，第527页。

传的耕织图重绘时参用了当时西洋的焦点透视法。程本插图虽远不如内府刊本精细，但布局结构、房屋庭院也能够看到很多模仿的痕迹，与明代版画区别很大。

乾隆年间中西方政治局势紧张，乾隆三十八年(1773)耶稣会被教皇解散后传教士便停止了来华活动，而这股自上而下的西洋风也并未在占主流的清代文人画家的画风中有明显体现，倒是处于社会底层的民间画工、画师受商业因素的操纵，为满足市民猎奇心理多有西洋风格的作品流传。清代沿海城市和江南地区经济发达，贸易往来频繁。以发迹的盐商富贾和高利贷者为主的收藏阶层给民间绘画的发展提供了经济保障，也为西洋风绘画的发展创造了非常宽松的环境。市民阶层和新兴的收藏家们有着平民化的审美趣味，没有太多严格的传统品评标准，因而比较容易接受反映西洋风格的精巧工细的风格。他们的艺术观念在一定程度上引领着民间风尚，在其带动下西洋风画成为当时社会的一种时尚。民间画师和画工纷纷效仿，掀起竞相模仿的潮流。如苏州桃花坞就曾在清雍正、乾隆年间出现了独具特色的“仿泰西笔法”的年画。其“仿大西洋笔法”主要体现在两个方面，一是对透视原理的运用，二是对明暗光影的运用。透视上所遵循的写实是吸取了意大利文艺复兴以来的透视原理：要求画家从固定视点出发，将所描绘的物体有规则地缩短，建筑物与地面在画面上形成直角的线，并完全集中到画面中央的一点。其空间效果使得画面中所有景物得到有机安排。明暗的运用能在画面上呈现一个三维立体空间，而且还能准确地描绘物象因光线照射而形成的光影关系。对于人物画，通过衣纹阴影产生明暗关系，但这种明暗变化不是根据光影而来，而只是衣纹的本身变化，这既不是传统木刻中的单纯线条，也不完全是西方光影明暗关系，可以说是“中西合璧”式的手法。

本书第一章我们就提到清代《红楼梦》的图像从内容上来分，主要由仕女人物画、故事画和反映建筑园林的大观园图三类构成。传统中国画发展到元代，注意笔墨意韵的文人画取得了画坛主流的地位，工笔肖像画、道释故事画、界画等画种在文人画论中受到贬低压制，这些画种渐渐成为“众工百技”而为民间画师画匠习得传承。清代红楼仕女图虽具有文人画风格，但故事画和大观园图大多由民间画师来完成，此两大类图像在整体清代《红楼梦》图像世界中所占比重极大。民间画师世俗取材皆来自日常生活，画法画技往往代代相传，又因工种不同而画坊肆间各有承袭画诀，如窑画师、刻工、壁彩画师、年画师等等均有各自不同的手艺口诀。民间画师因其“工匠”的身份而地位低下，处于社会底层百姓之中，其画作并不入流，虽时有流传，但画者姓名籍贯来历往往无考。本书第三章在叙述图像展现故事的能力时，花大篇幅论述的清绘本《石头记》的画者孙温先生就是这样一位民间画师，除了画作上留下的姓名字号外，研究者并未在清代画论画史中找到他的任何信息。收藏此画的旅顺博物馆现馆长刘广堂先生根据画上题署，主要通过其字号考出孙温是丰润人。孙温字润斋，号浭阳居士，其斋号为白云山馆。浭阳是丰润别称，而白云山馆应指丰润白云岭。在清代数百年的时间内，河北丰润县（今唐山市丰润区）有两大知名物产，其一就是产自丰润县城南关的绘素画。清末丰润多画坊，画师高手辈出，其中丁、曹、郑、叶四氏最为著名。分别是以《虫王庙》写生为代表作的丁荣庆，以《火神庙》写生为代表作的郑兰溪，以大《天宫寺》写生为代表作的叶呈樵，再一个就是绘素斋创始人曹铨。“绘素”二字取自《论语·八佾》第三篇“绘事后素”，绘素斋注重写实，人物栩栩如生，对于西洋画风颇有吸取。周汝昌先生认为曹铨正是曹雪芹先生的祖辈，丰润白云岭恰是曹氏上世酿酒作坊所在，因而怀疑孙温与曹公有一定的关系。此一疑案待考，但孙温是出自丰润画坊的民间画师这一身份是无疑的了。我们从《石头记》绘本中可以看到明确的西洋画风影响，这正是当时民间喜好的社会风尚。前面讲到的画家姓名无考的清人绘《大观园图》，在建筑园林的绘制上也明显具有透视、明暗，是糅合了西洋技法和传统界画风格的巨制。

这些民间画家的作品也并非只是在民间流传，由于丰润地处清大御道的必经之地，清王朝每年的祭祖活动都要途经丰润，因而达官显贵和宗室王公经常过往于丰润，而位于丰润城南关的绘素画由于他们的喜爱引得过往的商贾、文人雅士纷纷购买，使此类画远销京师、沈阳、天津、上海等地，价最高时一幅 1.2 尺见方的画竟然卖到 120 块大洋。清光绪时《丰润县志》还曾收有朝鲜商人旅居丰润时题在客店墙上的诗。朝鲜客商购得丰润绘素画带回国内又传到日本等国。民间画家名重一时而被达官贵人乃至宫廷诏用的也大有人在，使其画作流传禁内，如我们前面谈到杨柳青红楼年画时引用过一幅光绪年间《四美钓鱼》的年画，就是由绘制过大量红楼题材年画的本地年画师高桐轩所绘，高桐轩曾在同治五年(1866)诏入为慈禧画肖像和行乐图，并因随奉如意馆候命而名重一时，他著有《墨余琐录》一书，是中国历史上唯一一部出自有名有姓的民间画工之手的画论。他留下了大量红楼题材的年画作品，色彩清丽大方，使用色块来表现明暗关系，受到西洋画风的影响。然而更多的民间画家则并未留下姓名，如紫禁城长春宫廊内壁上所绘的十八幅以《红楼梦》为题材的巨幅壁画，使用透视法作画，具有令人入幻的逼真效果。虽贵为皇宫内院彩绘，却不知画者是谁，想来因为“工匠”的卑微身份。

到了晚清，西方列强以“坚船利炮”强行打开中国大门，清政府对外作战的屡屡失败以及西方物质实力的强大不断冲击着中国人“天朝上国”的心态，西方先进的物质文明令开风气之先的沿海地区的人们应接不暇，《寰瀛画报》《点石斋画报》等洋人创刊也带来了西方式的新闻画报风潮。《寰瀛画报》全是英国画师采用西洋技法所绘，这对于看惯了绣像的中国读者真是陌生得“见所未见”；而后的《点石斋画报》虽借图文互释的方式注重中国时事并采用中国画师吴友如为主笔，但其画中常参用一些西洋版画技法，如以密集的网状点线处理深色部分或阴影，在空间或构图方面也采用结合西洋透视和中国界画平行透视的折中手法，给人以透视缩短产生的深度感，达到了在尺幅之间可以容纳更多人物的目的。吴友如先生生于道光年间，原是苏州桃花坞的年画师，作为出身民间的市井风俗画家，接受新的理念对于他来讲显然不难。他曾说过：“绘画应该跟随时代，时代在变迁，画材也可变迁，目前我们看宋元人画感到无不古雅绝俗，但宋元人在当时作画，也不过随意取些眼前景物作为题材而已，那么我们又为什么不能画当前的景物呢?”[①]吴友如先生所绘的《红楼梦十二金钗图》中的人物情境也都颇具晚清时代风度。

正是这些留名或不留姓名的民间画工、画师为清代《红楼梦》的图像世界留下了巨大而丰富的遗产。他们在日常生活中取材，他们的喜好、技巧和西洋画风使得清代《红楼梦》小说的视觉化过程别具时代风格，也让清代《红楼梦》的图像世界愈加脱离文本而独立。

第二节 故宫长春宫游廊壁画考

康熙五十三年(1714)，玄烨就曾说过，“治天下必先正人心，厚风俗。要正人心，厚风俗，必需崇经学。所有小说淫词，应严禁销毁”。根据最高统治者的这一指令，各级官员便对他们所认为的“小说淫词”加以“严查禁绝”，并“将板片书籍，一并尽令销毁”。清乾隆年间《石头记》初以抄本形式小范围流传，尽管每部手抄本售价高达数十两银子，但仍然畅销，以致当时文人聚会时，有“开讲必谈红楼梦”的说法，当时并未有遭禁之史料记载。据一粟《红楼梦书录》，清代明确记述对《红楼梦》悬有厉禁的几种史料大多

① 介子平：《老上海的出版业》，《新闻出版交流》2003 年第 3 期。

在同治年间。[①] 此时太平天国刚被镇压下去，理学之士纷纷跑出来强调纲纪伦常，因而将当时已经大量出版刊刻的《红楼梦》视为淫辞小说，而这些禁令都是地方官员颁布或主张实行的。梁恭辰在《北东园笔录》中提及满洲玉研农（麟）[②]曾讲过的一番话，十分耐人寻味。嘉道年间的玉麟说："《红楼梦》一书我满洲无识者流每以为奇宝，往往向人夸耀，以为助我铺张者……其稍有识者，无一不以此书为诬蔑我满人，可耻可恨，若果尤而效之，岂但《书》所云'骄奢恶佚，将由吾终'哉。我做安徽学政时，曾经出示严禁，而力量不能及远，徒唤奈何……《红楼梦》一书为邪说徒行之尤，无非糟蹋旗人，实堪痛恨，我拟奏请通行禁绝，又恐立言不能得体，是以隐忍未行。"可见其时《红楼梦》在民间是"禁"而不能"止"；而帝国最高统治者则并未颁布禁《红楼梦》令，玉麟说"我拟奏请通行禁绝，又恐立言不能得体，是以隐忍未行"的话足堪玩味，实际上《石头记》早在乾隆时就已流传宫禁，据传是和珅出任编纂《四库全书》总裁官时曾读过《红楼梦》，并将其引入宫廷，传说乾隆看了《红楼梦》后曾言"此盖为明珠家事作也"。此后清代皇族中喜爱《红楼梦》的大有人在，且不言与曹雪芹有或远或近关系的落魄宗室敦敏、敦诚，多铎后人裕瑞，睿亲王淳颖等，就是晚清帝后和妃子们也多有喜爱此书者。光绪年间侍读学士吴士鉴（钱塘九钟主人）《清宫词》中有一首："石头旧记寓言奇，传信传疑想系之。绘得大观园一幅，征题先进侍臣诗。自注：瑾、珍二贵妃令画苑绘《红楼梦》大观园图，交内廷臣工题诗。"可见光绪帝的妃子珍妃、瑾妃姐妹也读过《红楼梦》。上文提及的多条地方禁令颁布的同治时期，帝国的实权者慈禧喜爱《红楼梦》是宫女和近侍们皆知的，据说《红楼梦》一书中的许多情节她都能背诵，对书中的人物更是了如指掌。徐珂《清稗类钞》二十八册曾记载光绪庚子年义和团事件，八国联军攻占北京时，琉璃厂书钞陈某曾获得书籍两箱，"检视其书，及精楷钞本《红楼梦》全部。每页十三行，行三十字。钞之者各注其姓名于中缝，则陆润庠等数十人也，乃知为禁中物……其书每页之上均有细字朱批，知出于孝钦后之手。盖孝钦后最喜阅《红楼》也"。即便有人说《清稗类钞》一类不能做信史看，但传言总也有些因果缘由。位于北京天安门东边的南池子大街

---

① 五种史料分别为：1.梁恭辰《北东园笔录》四编卷四，同治五年刊；2.《江苏省例·查禁淫辞小说》，同治七年刊；3.余治：《冀化堂条约》《收毁浮书居章程》，同治八年刊；4.汪堃：《寄蜗残赘》卷九，同治十年刊；5.陈其元：《庸闲斋笔记》卷八，同治十三年刊。

② 据章伯锋《清代各地将军都统大臣等年表、人名录》记载，玉麟，字研农，哈达那拉氏，满洲正黄旗人，乾隆六十年进士，历任内阁学士、叶尔羌办事大臣、驻藏大臣、吏部尚书、兵部尚书、军机大臣、伊黎将军。道光十三年卒，谥文恭。

南口，存放明清两代皇族档案的皇史宬中，至今还保存着宣统皇帝溥仪在上书房读书时亲笔书写的《红楼梦》鼓词。而另一个明证就是宫闱大内紫禁城长春宫中的十八幅游廊彩绘壁画巨制（图 64），这确是历史实物的明证。

图 64　故宫长春宫游廊壁画

长春宫是内廷西六宫之一，为明清两代后妃居住的宫殿，至今前殿悬挂有乾隆皇帝御笔匾“敬修内则”，清代乾隆皇帝的孝贤皇后曾在这里住过。晚清时，同治皇帝亲政后，西太后慈禧也曾在此长住。长春宫游廊壁画究竟绘于何时，何人下令绘制以及实系何人绘制至今都是谜团。在古建筑领域曾有专家对游廊和壁画的建成时间做过勘正质疑，但壁画所展现的故事却长期被人忽视，只有周汝昌先生曾发表过一篇游记性质的散文，浮光掠影地提及壁画故事一二，终未有人详文叙其全貌的。今次为写论文再去实地考察时，发现比起八年前所见，虽然有玻璃罩保护，毕竟岁月沧桑，壁画之色彩细节已褪色湮灭不少，几让人无法辨识，特别是敷华门进口入游廊门屏左右两幅尤其严重。而比起周汝昌先生早年所见更是不及，因先生提到的一些字迹已是湮灭难辨了。笔者深为叹息，作此一节以抛砖引玉，期望能引方家评鉴纠错，自证旁证以解疑惑。

一、长春宫壁画的绘制时间、享用者与绘制者

长春宫在明永乐十八年（1420）建成，初名长春宫，嘉靖十四年（1535）改称永宁宫，万历四十三年（1615）复称长春宫。清代对长春宫的修复有康熙

二十二年(1683)重修,而后又经咸丰九年(1859)、同治十二年(1873)、同治十三年(1874)和光绪年间多次修缮和改造。[①]清代长春宫的制式与其他后妃宫殿颇为不同。东、西六宫的格局原来都相同,每座宫院均由宫门、前殿、后殿及配殿构成。咸丰九年(1859)长春宫大修,拆除了长春宫的宫门长春门,并将太极殿后殿改为穿堂殿,咸丰帝题额曰"体元殿"。将长春宫与南面的启祥宫打通,两宫联成一体,或是时已病体虚弱的咸丰帝为方便起居与办公做的改造。咸丰十一年(1861),咸丰皇帝死去,由6岁的儿子即位为同治皇帝。同治皇帝的嫡母(咸丰的皇后钮祜禄氏)被尊为慈安皇太后,生母(咸丰的贵妃叶赫那拉氏)被尊为慈禧皇太后,两位皇太后共同垂帘听政。同治皇帝住在西六宫南面的养心殿,为了方便垂帘听政,两位皇太后都住进距养心殿很近的长春宫。同治十年,慈安皇太后搬往她早年当皇后时住过的东六宫里的钟粹宫,长春宫遂由慈禧独自居住。

(一)长春宫壁画的绘制时间

那么长春宫前院抄手游廊是什么时候,由于什么原因添加的呢?在国家图书馆的收藏中有一张《长春宫添盖平台游廊烫样》,标注时间为"同治六年二月十八日奏准底"。另有一张《长春宫体元殿加抱厦游廊地盘画样》图样,其上标注的绘制年代是"九年二月初"。而在封面题写着《同治九年又(闰)十月十九日查至冬月初二日》的档册中有这样一段文字,"九年秋东西华门下座见新……长春宫改平台建顶子游廊",明确指出今天长春宫的坡顶游廊是在同治九年将建于同治六年的平台游廊改造而成的。因而有专家认定游廊建于同治九年。[②] 同治十三年(1874),为西太后四旬大寿,办理长春宫佛堂、正殿、后殿及体元殿佛堂等处铺设地毯、床毯、帘幔、坐褥、靠背、桌套、杌套等项三百多件,共用白银十七万多两。同治十三年末(1875初),十九岁的同治皇帝死去,由慈禧四岁的侄儿即位为光绪皇帝,慈禧和慈安再度垂帘听政。光绪七年(1881),四十五岁的慈安在钟粹宫死去,从此慈禧一人独揽大权。光绪十年(1884)是慈禧的五十岁大寿,为了这次庆寿活动,提前一年即光绪九年(1883)就已经开始大兴土木,慈禧将她年轻时住过的储秀宫按庆寿规格进行豪华装修,待完工入住后,又将长春宫也修葺一新,《内务府奏销档》中有"长春宫戏台、彩绸、花活、马槽、

---

① 章乃炜:《清宫述闻》,紫禁城出版社1990年版,第760—765页。

② 刘畅、王时伟:《从现存图样资料看清代晚期长春宫改造工程》,《故宫博物院院刊》2005年第5期。

沟花、踏跺，并油饰金龙膳盒、桌张、西厂子暖棚等项，以及慈宁宫油饰等项活计……请批暂领实银拾万两”的记载。至今长春宫的装饰风格仍留有当年慈禧庆寿的色彩，玉阶下左右设铜龟、铜鹤各一对，殿前设鎏金小狮子一对。东配殿曰绥寿殿，西配殿曰承禧殿，各三间，前出廊，与转角廊相连，可通各殿。在此次庆典时长春宫主要作为剧院使用，翁同龢的《翁文恭公日记》中讲：“光绪十年十月，自初五日起，长春宫日日演支王公、内府诸公皆与……宫演戏八点钟方散……偏西设一台，有高御座，向来所无。”除了光绪十年为慈禧太后祝寿而在长春宫动工装饰之外，光绪后期也做过保养和维护。根据《清宫述闻》转述《内务府奏销档》的记载：光绪十二年，请由户部按照估需银两，十成开放，修理长春宫；光绪二十三年，修理体元殿大殿五间，抱厦三间，东西穿堂六间，东西配殿六间。长春宫院内，东西配殿六间，游廊十四间，东西小院水房四间。光绪十年以后，慈禧搬到储秀宫居住。而长春宫前殿的体元殿后接抱厦三间，面北与长春宫正殿相对，为清晚期宫中唱戏之小戏台，亦称“长春宫戏台”，慈禧本人非常爱听戏，平常此处为宫中之人的演艺之地，秀女大选时可作为阅选秀女的场所。

综上所述，长春宫游廊于同治九年建成，有记录可查的几次修缮装饰分别是同治十三年、光绪九年、光绪十二年、光绪二十三年。那么长春宫廊庑四壁上的十八幅以《红楼梦》为题材的大型壁画应该就是在这五次改建修缮中所绘。而长春宫游廊从建成到多次修缮装饰均发生在慈禧当政时期，这期间长春宫又是慈禧的重要居所之一。邓之诚在民国十五年初版、记述历史掌故的《古董琐记》中讲，慈禧喜欢读小说，“尤熟于《红楼梦》，时引贾太君(贾母)自比”。前面提及的“瑾、珍二贵妃令画苑绘《红楼梦》大观园图，交内廷臣工题诗”的典故据慈禧后人更正的说法是：光绪帝受到慈禧影响也很喜欢《红楼梦》，珍妃和瑾妃初入宫时并不见恩宠，就想通过光绪的这种爱好达到接近他的目的，所以命如意馆绘制一幅大的大观园图。认为两位如此做是出于取宠于喜爱《红楼梦》的皇帝的目的。常有文章提及长春宫游廊壁画时就笼统地说是珍妃、瑾妃建议慈禧绘制的。实际上珍妃是光绪十五年进宫的，光绪二十年被慈禧降为贵人，并幽禁冷宫，不合长春宫几次修饰的时间。大部分古建筑方面的学者认为这十八幅游廊壁画是在光绪晚期绘制的。长期从事文物建筑彩画的保护和研究工作的王仲杰先生在比较长春宫和储秀宫廊庑苏式彩画的基础上，认为二者的差异显著，彩画画面格局、设色、装饰纹样、用金方式均差别显著，他认为不是由于施工人员的不同做法造成的，而是长春宫游廊彩画的做法并未遵守严格的宫廷规矩，表现出工程管理松弛的迹象，他认为慈禧的五十庆典时清廷也尚未到光绪末年般衰微，因而得出“长春宫彩画比其临近的储秀宫的彩画稍晚”的结论。刘畅先生认为长春宫游廊壁画的创作年代极可能是“光绪二十三年或更晚些时候”。

我以为壁画绘制于光绪十二年也是有可能的，光绪九年为做寿而修缮的重点是储秀宫而非长春宫；光绪二十四年(1898)光绪帝变法失败被囚，二十三年正是帝系和后系斗争激烈的时候，又加之朝政内忧外患。而光绪十二年，刚过五十大寿不久的慈禧正当盛年，光绪帝也尚未亲政，慈禧的心情状态都比较稳定，可能会更多地留意生活情趣。而长春宫此时已经是内宫剧院的性质，不是后妃寝殿，游廊彩画以新奇制胜，做法不太遵守规则或许也有的，毕竟以《红楼梦》为内廷禁宫壁画本身就不符合规矩，作为剧院的壁画，绘制小说戏曲的情节也就勉强说得过去。而光绪二十三年也有可信的理由，先有了珍妃姐妹特制的《大观园图》，再由图使慈禧想到了绘制壁画，似也合理，只能待新出史料来旁证了。

(二)享用者

图 65 拐角处长廊视幻图

关于长春宫游廊壁画的享用者，我以为自然是慈禧无疑了，正殿转角处两幅壁画(图 65)，画师依据画外的廊柱入画并做焦点透视，看起来好像回廊在画面里向远处延伸，是最为人称道的视幻觉佳作。在这两幅精心绘制的壁画中出现了不少画师为壁画主人“添置”的内容，如正殿东侧一幅中画有回廊，回廊尽头有匾题“绿竹长春”，并一副对联“山静无人水自流，庭小有竹春常在”，最重要的是在回廊尽头的窗上，画有红色方字，是“延年益寿”四字。所以其享用者当然是已经过了五十大寿的西太后啦，应该说十八幅壁画都是按照慈禧的意图、喜好来确定的。实际上纵观整体壁画，贾母出现了多次，其中一幅以宝玉伺候前导、贾母坐滑竿而行的壁画最为惹人注目。而内容取材都是以壁画“接受者”的视角来选择的，不取或有伤感悲哀的意境，当然更不取故事中略有败落的情节，因而如此巨制中居然连“葬花”这样的重头戏都未出现，只选取了《红楼梦》故事中富贵奢华的节庆聚会场面和优雅闲逸的贵族生活场景，但也不出现比贾母身份更高的元春出场的省亲情节。按宫廷惯例，所有壁画工程自然要先呈画样、说贴后方才允许施工的。我们前面已经提及接受美学的观点，即观看者并不是被动接受者，而是作品意义的能动的诠释者和解释者，是作品意义的具体实现者。用经济学的术语来讲，观看者是作品的消费者。十八幅壁画中，“欢宴”“游园”“做寿”“雅聚”“赏雪”“钓鱼”“听琴”“作诗”等等，合力呈现出一派富贵祥和欢乐永继的“节选”《红楼梦》故事来。尧斯在他关于文学解释学的著作中曾花大篇幅讲了一章：从纪德节选《西尔维庄园》看古典作品的现代性[①]，讲了安德烈·纪德在其《法国诗选》中选入泰奥菲尔·德·维奥的《西尔维庄园》(1624)的第三首颂诗。尧斯认为在纪德的删节中，泰奥菲尔的颂诗完全变了样，这种改变与删削篇幅多少的关系并不大，而是体现了完全不同的视角。他认为纪德的节选使得这一首诗成了巴洛克抒情诗经验视域内的颂诗。这与长春宫《红楼梦》壁画所体现的“享用者”视角何其相似，红楼梦最根本的“悲凉伤感”之气脉实际是贯穿全篇的，哪怕是在最“鲜花着锦，烈火烹油”的时刻。但在这长春宫中却通过节选而被抽离了原著中的这一精神，是“为我所用”之典型。据史载，慈禧本人幼时未受过良好的教育，因而识字不多，文化程度不高。她虽喜欢《红楼梦》，但从壁画选材来看，的确是以“富贵福全”的贾母自居，倒是符合前面玉麟所说的：“《红楼梦》一书我满洲无识者流每以为奇宝，往往向人夸耀，以为助我铺张者。”据说慈禧常要侍从按“红楼梦”书中的布置来布置自己的寝宫，自然爱的是那故事里的贵族品位和铺张情趣之类，的确不能体味雪芹先生之真意。难怪周汝昌先生说他年轻时看这些壁画觉得很讨厌，想来因为是用西洋画法绘制的，或许先生自己都不知道，更深一层的原因恐怕是以慈禧“享用者”的眼光绘制的壁画自然与先生所钟爱之《红楼梦》口味全然不同的缘故。在以人的行为构成生活世界的过程中，有一个初始的前提，即生活世界的各个方面是围绕着“我身体的‘此处’和我存在的‘现时’所组合起

---

① [德]汉斯·罗伯特·尧斯：《审美经验与文学解释学》，顾建光等译，上海世纪出版集团2006年版，第275—300页。

来的"[1],而且人们常把日常世界体验为一个"我"和其他人(同时代)共享的互为主体的世界。"此处"——"彼处"的情形组织成了各自的生活世界。在晚清帝国的实际统治者日常生活的庭院中,《红楼梦》图像也正是以富贵优雅安逸之视角而出现的,在"长春宫"——"大观园"之间重叠出了慈禧理想的"红楼梦"世界。

(三)绘制者

关于长春宫壁画的绘制者,史料上毫无记载,壁画中也无一丝痕迹。从画面本身来看:立意取材、绘制方法都有民间画师风格,是清晚期受西洋风影响的民间彩画师作品。建筑绘制上透视法运用纯熟,似乎建筑和人物分别出自不同画师之手;从取材来看,四美钓鱼、双玉听琴等都是世俗年画取法,原是后八十回的情节;从绘画技巧上来看,倒是与我们之前在第三章详谈的清人绘巨幅大观园图十分接近,我甚至都怀疑两者之间是否有非同一般的联系。

图 66 长春宫游廊壁画局部景

图 67 清人绘大观园图局部

同样都是作者无考的清晚期民间画师巨制;同样是使用西洋透视法绘制,整个画面上建筑、人物按近大远小安排,以画面中心做焦点透视,建筑如柱子、台阶、桥廊等有明暗处理,正是清人吴历在《墨井画跋》中所说的西画法以"阴阳向背而形似";同样是以传统人物画法来绘制人物,甚至两者的室内背景画面都有很多相似(图 66、图 67),在人物造像、服饰和情节绘制手法上都十分相似,如"湘云眠芍"一节中,白石凳、背景的芍药花丛都完全一样。壁画中人物服饰在款式上,女性多为襦裙、交领长衣、对襟长衣、立领长衣几类,腰部系绦子,袖口宽大,男性(宝玉)是交领长袍、圆领长袍和对襟长褂等,也是广袖宽衣,颇有古风。女性梳髻,插花钗,男性戴冠或家常头巾

① A. 许茨:《相关的问题》,法兰克福 1970 年版,第 208 页。

扎髻。沈从文先生曾言:“《红楼梦》一书中叙述到妇女衣着如何配套成件，都明显见诸江南苏州和扬州的习惯。据故宫藏《雍正十二妃子图》所绘，可知这时期宫廷嫔妃便装已完全采用南方式样。这十二个嫔妃图像还可作《红楼梦》书中金陵十二钗角色之衣着看待，远比后来费小楼、改琦、王小援等人画的形象更接近真实。”①壁画中人物的服饰发型比起孙温的绘本《石头记》来看,虽是广袖宽衣的古装打扮,却似乎更近现实,倒是与沈从文先生说的藏于故宫博物院的《雍正妃行乐图》十二幅中的人物打扮很接近,但《雍正妃行乐图》是否为当时清宫廷嫔妃便装,我倒不太赞同先生的观点,以为值得商榷。因雍正帝爱扮高人雅士或山林野夫以行乐,嫔妃也纷纷效仿,古装扮成古代才女仙人等,并由画家作画写之,《雍正妃行乐图》或正是由此而来。

图68-1　故宫博物院的《雍正妃行乐图》之一

图 68-2　长春宫游廊壁画局部人物

《清宫述闻》卷五“如意馆”条下引前面提及的《清宫词》中注“瑾、珍二贵妃令画苑绘《红楼梦》大观园图，交内廷臣工题诗”。云:“按晚清时《红楼梦》一书流传宫禁,故长春宫四围廊壁都绘大观园图。然长春宫游廊壁画十八幅,与此恐非一物。”如果我们大胆猜测,是否该幅大观园图即是瑾、珍

① 沈从文:《中国古代服饰研究·增订本》,上海书店出版社 1997 年版,第 516 页。

二贵妃令画苑绘的那幅大观园图呢？据闻，清人绘巨幅大观园图原系小贩从德胜门附近的王府废纸堆中收集来的。德胜门附近的话恭王府的可能性就很大，之间头绪似值得整理，有待来者考证。长春宫游廊壁画必然要召如意馆画师，如果此时为光绪二十三年，则如意馆画师中已经有人画过《大观园图》了，必然会让他再参与绘制长春宫壁画。退一步来讲，长春宫壁画与清人绘大观园图即便非同一画师，但或是有师承的画师，或是见过、揣摩过呢？慈禧喜欢召民间画师入如意馆，而长春宫壁画与清人绘大观园图中建筑以透视和界画结合的手法运用如此纯熟，特别是壁画中明暗的处理，正是清晚期院画中西洋画法的风格。

对于绘制者，虽无记载，却或可通过传闻大略感受一二。周汝昌先生在 1981 年发文章说："现在还有年老的彩画师，能够说得上来，这些《红楼》壁画是出自地安门的一家彩画铺的艺人之手。"①据传闻长春宫壁画是由一位绰号为"古彩唐"的民间彩画师所画。王仲杰先生于 1994 年撰短文说："据我所知，长春宫壁画的主要作者是两位彩画师，人物方面的作者叫古彩堂(堂字只知其音，究竟是哪个字，已不详，故暂用此字代之)，北京朝阳区，北皋村人。他幼年在北京鼓楼东大街一家佛像铺学画，他不但画艺超群，文学功底颇厚。晚年弃艺从教，在家乡设馆教书，据说因授课高明，学子蜂至，招来他人嫉妒，遭暗害而终。大约殁于民国初。场景方面的作者叫陈二先生(其名不详)，是清廷营造司中的彩画师。该人擅绘界画(即楼阁山水画)，二位先生合作绘制了这组传世之作。"②王先生是古彩画方面的专家，他说长春宫壁画是地地道道的民间彩画匠师的作品，绘制手段是彩画特有的工艺。还从古彩堂的生平来反推长春宫壁画的绘制时间，认为下限应在 1920 年前。

二、十八幅《红楼梦》游廊壁画

1981 年周汝昌先生撰文时，故宫长春宫游廊彩画尚未被罩上玻璃，而今十八幅壁画早已罩上玻璃十多年了，因罩上后未清理过，玻璃内壁有大量尘埃，加之岁月侵蚀，如今不要说拍照模糊不堪，就是辨认也极为困难，色彩更是湮灭得厉害。本书所载的局部细节图为作者自己拍摄，不够清晰，望谅解。图 64 为百度中唯一一张长春宫壁画照片，应拍在罩上玻璃之

---

① 周汝昌：《红楼四壁驻长春》，《紫禁城》1981 年第 6 期。

② 王仲杰：《长春宫壁画的作者》，《紫禁城》1994 年第 1 期。

前，图 65、图 70 为周汝昌先生和王仲杰先生撰文中附图的转引。我想方家手中一定有 20 世纪 80 年代或之前拍摄的长春宫壁画照片全璧，定然比今日所见者强之百倍，如能付梓出版，岂不是美事一桩，余翘首期待之。

十八幅巨幅彩画围绕长春宫游廊，一气呵成。观者边走边看，就会产生动态感，《清宫词》有咏此处壁画的诗句："回廊复道画长春，幅幅红楼梦里人。徒倚雕栏凝睇想，真真幻幻两传神。"诗句描写的正是观看者的感受。而"真真幻幻两传神"应该指的是正殿两侧游廊拐角处的两幅由焦点透视绘制的视幻觉壁画，模糊了现实空间和虚拟的画中空间，使得视觉上游廊向远处延伸，从而扩展了空间的观感，想必在当时是十分让人惊讶的作品。十八幅壁画宽度大小不一，依据墙面位置而定，高度基本一致，只有紧接正殿两侧的两幅由于在台阶之上，长度略短，画幅四周均有相同的一指宽云纹边框。为了方便说明探讨，笔者手绘了一幅长春宫俯视图样，标注出各幅壁画的位置，并为它们一一命名。

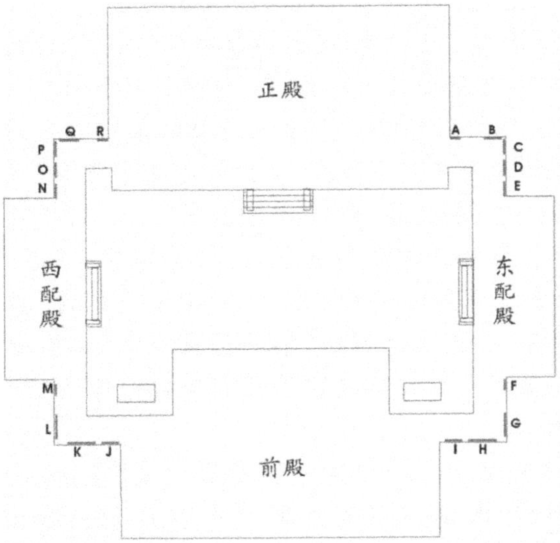

1. 壁画完全对称。
2. 壁画A和R最小，约0.8 m（宽）×1.8 m（高）左右。
3. 壁画A、R、M、F宽度一致，为最小宽度的壁画。壁画M、F高度均为2 m左右。
4. 壁画K、H两幅最宽，画面最大，约2.5 m（宽）×2 m（高）左右。
5. P、O、N、C、D、E六幅大小相同，画面适中，均为约1.5 m（宽）×2 m（高）左右。
6. P、C两幅位于回廊拐角处，使用中轴透视景深效果，仿佛回廊向远处延伸，视幻觉上扩大了空间感。

R：湘云眠芍	A：宝钗扑蝶
Q：品茗栊翠庵	B：结社秋爽斋
P：回廊幻景之宝玉黛玉	C：回廊幻景之宝玉岫烟（不能确定）
O：芦雪亭赏雪联句	D：稻香村微雪雅集
N：史太君中秋夜宴	E：重建桃花社咏柳
M：暖香坞作画（不能确定）	F：宝玉观棋（不能确定）
L：宝玉夜探潇湘馆	G：双玉听琴
K：怡红寿宴	H：四美钓鱼
J：香菱换石榴裙	I：贾母游大观园

图 69 长春宫游廊俯视简略图示

如果我们过敷华门，从前殿的东侧门进入长春宫，入游廊，门屏两侧各有一幅壁画，就让我们从这里讲起吧。依据笔者手绘之俯视图样，此处门屏两侧的壁画为 F 与 G。

F：在门内右侧，较小，约为 0.8 m 见宽，画面以整棵大松树为背景，前景为一角建筑，后有围墙小院，建筑中有两人，男性站立，女性坐姿，两人视线同向桌上的一方形盘子，桌上还有几匣书，房前台阶上一丫鬟状女子手端茶托回首望房中人，边有芭蕉，屋中男性广袖结髻，女子蓝衣红裙。此幅画湮灭最为严重，几难辨认，我大约判定为“宝黛观棋”，但尚不能确定，有待专家解疑。

G：门屏右侧幅，稍宽，1.2 m 左右见宽，以中心点透视排列建筑，左边为两层高楼，楼上一小姐模样女子正在弹琴，旁边三女侍立，楼下廊上一丫鬟状女子端盆。中间为水域，有三座桥，前景为多孔横桥，上有两人，一个为女性，蓝衣，手执拂尘，髻上戴巾；一为男性，戴冠，身着蓝褂子，一手背后执扇，褂子下有排穗(这一发现让人兴奋)，两人联袂走向左边的楼，应为妙玉、宝玉两人；中景一座桥为三孔拱桥，最远一处为五孔亭桥；右侧为回转游廊，中有执扇仕女三人，建筑都被水环绕，有立体感，楼亭牌匾上题字无法辨识。此幅应为“双玉听琴”，故事出自高鹗续书的第八十七回上“感深秋抚琴悲往事”，文本为黛玉之悲音先兆，但民间年画中常取“双玉听琴”与“四美钓鱼”一并做吉祥画处理，所以此处出现“双玉听琴”，我个人认为是取“琴棋书画”之贵族悠闲场面之立意，这也是我大致认为上一幅为“宝黛观棋”的原因。因为对称西配殿 M、L 两幅大约为“暖香坞作画”和“宝玉夜探潇湘馆”，“夜探潇湘馆”情节是黛玉写了《秋窗风雨夕》一首，被冒雨前来的宝玉读了。所以这对称四幅合璧而为“琴棋书画”。

H：长方形，大约 2.5 m×2 m 见方，是十八幅壁画中最大的两幅之一，仍为中心透视焦点构图，中心仍为水域，远处为游廊，后有小山、游山壁及山上建筑三处，山脚也有两处建筑，应该为凸碧堂与凹晶馆，前景岸边，有三女子相携联袂；左侧为一角水榭建筑，白石台阶，阴影明暗立体感极强。台阶上两两成对，有四仕女，执竿垂钓，皆广袖髻钗，殿后有一执扇女子窥视四女。右侧为亭、古松、芭蕉，芭蕉丛边一男性，头上戴冠，一手执团扇，望向左侧钓鱼四仕女，应为宝玉。此幅应为“四美钓鱼”，情节取自高鹗续书后八十一回，是民间红楼画最爱取的吉祥画意。

I：约 1.5 m×2 m 见方，前景为两处临水建筑的连接廊，该幅共绘有人物十三人，左侧起两丫头，一人拿包袱，一人捧盒，两仆妇抬滑竿座椅，边上一丫头撑伞，座椅上一白发老妪，手执团扇，前一人为宝玉执折扇前导。一行人走向右侧建筑，右侧房中有仕女六人，桌上有杯盘碗盏，岸边多布置假山石，远处有山峰、桥、亭等。应为“贾母游大观园”。

J：约 1.5 m×2 m 见方，仍为亭榭建筑，右边为主建筑群，前景桥上两人，一人戴冠，冠上一颗绛绒簪璎，自然是宝玉，此幅中可见宝玉戴如意头造型项圈，项圈上挂玉，他手执红裙一件，似要交给右边的女子。右边女子做羞涩状，右边建筑中一女子在看二人，应为袭人，边有小丫鬟一人。水面多有荷叶点点，远处左侧似有嬉游女子二人，右侧也有坐在亭中观水的三仕女，前景亦有玲珑山石，建筑边一棵大树在画面中间，牌匾上字迹不清。该幅大约为“香菱换石榴裙”，出自第六十二回下“呆香菱情解石榴裙”。

K：约 2.5 m×2 m 见方，庭园建筑，正中建筑上悬一匾书“怡红快绿”四字，左右两边均有回廊建筑，左边屋中一女子，屋外一丫头抬头相向，似在禀告。右边殿中帷幕后一女子，一丫头也好像在向她述说。正殿台阶前两两成对、四仕女向怡红院走去。正殿中有十人，居中者为宝玉，头戴冠，四周女子围坐一圆桌，屋中有古文屏风装饰，建筑柱子林立，穿透廊柱可以看见后面的建筑，庭园中有四棵参天大树，并各种兰草花盆。似为“怡红夜宴”，出自第六十三回上“寿怡红群芳开夜宴”，画面描述的正是宝玉生日，怡红院夜间丫鬟们为宝玉祝寿，袭人晴雯分别去请宝钗黛玉来赴夜宴，台阶上的是探春、李纨、宝琴和香菱吧。周汝昌先生说他认出了此幅中宝玉房中的一副对子是“厚地高天，堪叹古今情不尽；痴男怨女，可怜风月债难酬”。这是“太虚幻境”中的对联。可见画师的文学修养和对《红楼梦》的理解是深的。

L：约 1.2 m×2 m 见方（图 70），一处主建筑，有水环绕，四周翠竹丛生，中有仕女三人，一立于正中的女子披红披肩，手执诗稿，应为黛玉，右侧的山石外一个撑伞、穿蓝色排穗褂的男子走来，看向房中女子，应为宝玉。此幅应为“宝玉夜探潇湘馆”，出自第四十五回下“风雨夕闷制风雨词”。

M：约 0.6 m×2 m 见方，建筑中共有五人，其一为戴绛绒簪璎冠的宝玉，座中有一女子执打开的折扇，大家似在讨论，门口也有一女子扶丫头向里走去，牌匾已经无法辨认。此幅画意难确定，因周汝昌先生说有一幅为暖香坞作画，遍观全体，似乎只有这一幅合适了，如先生当时所见的牌匾上字迹尚存，那应该就确实了。所以此幅大约是“暖香坞作画”，与前面所讲的“琴棋书画”也合得上。

N：1.5 m×2 m 见方（图 71），左侧两棵树，两人走向右边的建筑，其中一人为宝玉，右边建筑为敞轩，轩外的台阶上有两女子，轩中座上三人，中间贾母，包头巾，后一侍女，桌上盘盏，中有一灯笼，轩柱上也有玻璃罩的烛灯。宝玉项圈戴玉，头上冠绛璎；人物发际、眼纹都绘制得细致入微，庭前有假山兰草，似在开夜宴。原典中贾母主持的夜宴主要有两次，一次为元宵，一次为中秋，以画面观，用敞轩和防风灯，而且没有元宵的花灯一类，再者人物也不像冬季打扮，应该为中秋赏月，大约是“贾太君中秋夜宴”，出自第七十五回下“赏中秋新词得佳谶”。

O：约 1.5 m×2 m 见方，右边建筑原木构成，上有芦席盖瓦，匾上依稀“芦雪亭”三字，竹桥曲折，右边匾上又似有“阅月”二字。亭中围桌坐四人，一为贾母，一为宝玉，另有一戴观音兜的女子和一侍女，门口有两人，一女子裹红色猩猩毡斗篷，竹桥上二女子，一人披莲青鹤氅，一人戴观音兜，远处亦有两人从另一处桥走来，边有松树一棵，松、石、建筑、桥都白雪覆盖，白茫茫一片。应为“芦雪广赏雪”，情节出自第五十回上“芦雪广争联即景诗”。披莲青鹤氅者应为宝钗。“广”字音眼，指就山筑成之房屋，韩愈《陪杜侍御游湘西两寺》诗：“剖竹走泉源，开廊架崖广。”各本或作“庵”“庭”“庐”，皆非，今从庚辰本用“广”字。该幅的匾上用“亭”字，虽不确，倒是比“庵”接近些。

P：1.5 m×2 m 见方，为正殿西侧拐角处的长廊幻境图（图 65）。人从走廊走来，正面视线里画中的走廊与现实的长春宫走廊相接，画面以中心焦点透视构图，画面廊尽处有牌匾“月移竹影”四字，下有盆景竹子山石，有对联：“梅笑风吹翰墨香，竹深……”宝玉从廊后探身，下面几字被挡住，画面中央一仕女执扇似向前走，却回首看向宝玉，宝玉似不敢上前，又跟着。廊右侧，挂一匾，上题“松风水月”。廊上也贴有“福”字，这幅情节应出自第二十八回中描写黛玉错疑宝玉，宝玉剖白自己，二人表述衷情的一段。

上述 N、O、P 三幅壁画较为清晰，虽色彩消褪，但算是保存较好的三幅壁画。

Q：约 1.5 m×2 m 见方，庭园建筑，正殿牌匾为“栊翠庵”三个字，梁上垂大钟一口，下有一光头女尼（图 73），像是引导后穿廊上走来的前后两位女子，应该是黛玉宝钗，右边游廊上置一圆桌，桌上有茶具，左右坐两人，一为宝玉，手执一形似弯角的茶杯，口中做点评状；一为妙玉，做摆手状，互相对话，庭中有一拿盒子的丫头。应为“品茗栊翠庵”。故事出自第四十一回上“栊翠庵茶品梅花雪”，画中情境仿佛能让观者听到他们的对话：妙玉笑道：“就剩了这一个，你可吃的了这一海？”宝玉喜的忙道：“吃的了。”妙玉笑道："你虽吃的了，也没这些茶你糟蹋。"

R：0.6 m×2 m见方，左边一角建筑，中有两人，一为宝玉，一为女子，女子回头似呼唤宝玉快行，屋外也有两人，其中一人执扇回顾，似遥唤建筑内二人，外面有白石凳一方，石凳周围芍药花盛开，一女子手肘支撑，合眼卧于白石凳上，手中有扇。应为"湘云眠芍"，出自第六十二回上"憨湘云醉眠芍药裀"。

A：0.6 m×2 m见方，一水阁一水榭相连，左边阁子中两女子，右边水榭中，一仕女手执团扇欲扑，边上水面上有彩蝶飞舞，边上有一丫头，亭上字迹已经无法辨识，应为"宝钗扑蝶"，出自第二十七回上"滴翠亭杨妃戏彩蝶"。

B：1.5 m×2 m见方，偏右主体建筑上有牌匾为"秋爽斋"三字，殿内七人，围坐于桌边，桌上有纸笔，中间一执笔书写者为宝玉，屋内装饰古文字屏风，根雕小几上，博古器中插有鲜花。殿外台阶上两女子，左边建筑中两女子。应为"探春起社"，出自第三十七回上"秋爽斋偶结海棠社"。

C：1.8 m×2 m见方，在正殿东侧游廊转角处，此幅与第P幅遥遥相对，同为长廊幻境图，画面也是中轴透视的走廊，尽头有一匾写"绿竹长春"，对联："山静无人水自流，庭小有竹春长在。"中间窗框里有竹子，上贴红色方字，是"延年益寿"四字。廊中两人，一人正面，一人背面，两人似在对话，正面者似宝玉，但画面过于模糊不能确定。廊上有各种形状的花格子窗，故事不详。或为宝玉与岫烟，在第六十三回中曾描写：他二人偶遇并有一段交谈，是宝玉向岫烟请教如何给妙玉回帖。但也不能确定。

D：约1.8 m×2 m见方，又是一幅雪景，雪下得似乎要比芦雪亭的那幅小一些，左边建筑上挂一牌，书"杏帘在望"四字（图74），建筑中屋里挂有帘幔，屋中一人，屋外走廊上三人，均为女子，右边为曲桥相连的亭榭，前景右边桥上，一人撑伞、带冠者为宝玉，一女子扶一丫头回首，与宝玉一起前往，女子穿斗篷、戴斗笠，都是避雪衣着，后面亭中还有两人依稀前来。应为"稻香村微雪雅聚"。

E：约1.5 m×2 m见方，杨柳依依，亭亭如盖，正是春景，右侧建筑中六人，一女子执笔书写，宝玉等周围观之，台阶上二女子（图72），庭中两两相对，也有四女子，都像是走向屋里去，屋内有与B幅完全同样的根雕茶几和鲜花博古瓶插，以及字画屏风为装饰。此幅大约为"重建桃花社咏柳"，出自第七十回"林黛玉重建桃花社 史湘云偶填柳絮词"。

图70　L幅　风雨夕夜探潇湘馆

图71　N幅　史太君中秋夜宴

三、小　结

综上所述，长春宫壁画的绘制时间应该为光绪九年以后，最晚在1920年之前，其中光绪十二年和光绪三十二年的可能性都很大。长春宫壁画的享用者为慈禧无疑，十八幅壁画都是按照慈禧的意图、喜好来确定的，节选了《红楼梦》故事中富贵奢华的节庆聚会场面和优雅闲逸的贵族生活场景，于是长春宫中的《红楼梦》图像世界是富贵优雅、安逸永继的。长春宫壁画是清晚期受西洋风影响的民间彩画师作品，壁画应该由画建筑山水界画的画师与画人物画的画师两人合力完成，其中界画画师有相当高超的西画技巧，其焦点透视和明暗都处理得非常纯熟，是一种中西合璧的画法，应该为晚清院画体制中的画师。而人物绘制者则为地地道道的民间彩画匠师，其取材、绘制方式等都具有明显的民间彩画风格，与至今无考出处的清人绘大观园图的风格十分相似。

十八幅彩绘壁画由于岁月侵蚀，色彩消褪得非常厉害，内容也几难辨认。在画面取意角度，似乎有刻意组合的痕迹，如壁画的大小、内容都是东西对称的，除我们前面提及的前殿左右对称的M（暖香坞作画）、F（宝玉观棋）、L（夜探潇湘馆）、G（双玉听琴）四幅为“琴棋书画”外，主殿左右两侧除去拐角处两幅对称长廊幻景图外，其余的八幅，东西各形成两组“春夏秋冬”四季景致。东面：A（宝钗扑蝶）为夏、B（结社秋爽斋）为秋、D（稻香村微雪雅集）为冬、E（重建桃花社咏柳）为春；西面：R（湘云眠芍）为夏、Q（品茗栊翠庵）为春、O（芦雪亭赏雪联句）为冬、N（史太君中秋夜宴）为秋。曲意组合“琴棋书画”和“春夏秋冬”铺陈贵族优雅闲适的生活，讨慈禧的欢心。不过这些是后辈小子的个人浅见，还有待方家鉴定纠错。

画师应该对《红楼梦》理解较为深入，但也常常依据自身日常生活的理解来处理画面，如“双玉听琴”一幅，将黛玉置于高楼之上弹琴与原著不符。但从画面布置角度考虑，黛玉放在二楼比较方便构图，也可以节约画面空间，安排其他的场景和人物；另外在高楼上弹琴自然乐声传播遥远，使得户外的妙玉和宝玉能听清楚，画面故事展现合情合理，一目了然。再如“品茗栊翠庵”一幅就绘制大钟和女尼，这实际上就是“文字”转化成“图像”时的捷径之一，必须通过选择和删减添加来化“逻辑思维”为“形象画面”。民间画师处理问题凭借经验和师承画诀，往往在展现故事上是十分到位的。当然画师也逃不出晚清时已经基本成型的红楼梦“普通知识”的影响，如取材“四美钓鱼”“双玉听琴”一类业已俗成的画面，再如绘制“品茗栊翠庵”时，主画面喝茶的只有宝玉和妙玉二人，实际上原典中喝茶的明明是四人，妙玉还说如果单独宝玉一人是不给茶喝的。但民间通俗画中常常会删繁就简，选取主要的来交代，也方便构图，我曾见过多幅“栊翠庵品茶”取材的年画和插图，几乎都是单以妙玉和宝玉二人入画。可见在清代《红楼梦》“普通知识”中宝玉才是妙玉请去喝茶的人，这倒或许符合了妙玉的真心。“香菱换裙”一幅情况也是一样，原典明明是袭人交给香菱，画面却变作宝玉交给香菱，不是画师搞错原文，而是刻意为之，方便表意。以观者容易领会的角度处理画面，正是极为有经验的民间画师风格。

总的来讲，这十八幅中西合璧风格绘制的《红楼梦》游廊壁画精美、典雅、娟秀。工笔细致、毫发不苟，细至发丝眼睑、一草一叶，都笔笔挺秀，未有半分懈败。画面布局合理，既有深远曲折，又有华丽严整，整体气势恢宏，是清代日常生活中《红楼梦》图像的经典之作，显示了晚清工匠画师们的精湛艺业和深厚功力。就《红楼梦》而言，长春宫壁画再次证明了其魅力之不可阻挡，无论民间贩夫走卒还是帝王后妃都被其折服。实际上，慈禧虽然喜爱《红楼梦》，甚至于不惜违反帝国先祖的遗训，将此等“小说淫词”中的故事大肆绘于宫闱禁内，但她对《红楼梦》精神的领悟或许还没有那持严禁此书态度的玉麟来得深刻。《红楼梦》那“悲凉之雾，遍被华林”的气息，那“大厦将倾”的伤感又如何能被完全“删节”呢？她既以贾母自居，又岂能不知那一句“树倒猢狲散”的谶语？不由感叹清帝国末代皇族之“久矣不识忌讳”，又何论其他？自然也难免气数之将尽了。

图 72　E 幅“重建桃花社咏柳”局部

图 73　Q 幅“品茗栊翠庵”局部

图 74　D 幅“稻香村微雪雅集”局部

第三节　清代《红楼梦》图像世界的脱胎与转化

第一节中我们通过世俗生活与伤感文化、仕女图源流与文人画家的生活、西洋风与民间画家等方面的内容展现了清代《红楼梦》小说在视觉化过程中的多种触发之缘，同时清代《红楼梦》的图像世界也是小说文本在“接受”过程中由于日常生活的介入而最终形成的“效果历史”。清代《红楼梦》的图像世界具备了独立“展现故事”的能力，在信息传播中取代文本，以一种文字转化的形式独立地形成认知体系，达到同文本类似的传达信息的功能。毋庸置疑，《红楼梦》图像世界当然是脱胎于文本、由文本演化而来，然而一旦其成长为独立的载体，生成清代《红楼梦》的集体性视觉形象集群，由形状、色彩、风格、形式等多种因素构成的图像信息转化为清代大众的视觉记忆，其独立的视觉特征便成为最易识别和记忆的传播模式，图像丰富的表现性、层出不穷的创造性和美的视觉感受使其成为最具艺术表现力的媒介，同时也是最具情绪感染力的“展现故事”方式。清代《红楼梦》图像世界的形象性、生动性以及特有的心理刺激作用，综合起来传达了让观者意会但不可言传的信息内容。它们产生了强大的诱导作用，有效地调动了受众的视觉经验。在日常生活不断积累之下，这些视觉经验再次转化为逻辑语义上的“普通知识”。在记忆的基础上形成了识别，在隐喻层面完成了其内部生成意义上图像向文字的再一次转化。

一、清代《红楼梦》图像世界的独立性

从发生学的角度来看，艺术过程可以简单地概括为三个阶段。第一阶段：艺术体验，客观世界对作者产生影响，作者产生感知、体验。第二阶段：艺术构思及物化，作者将这种体验经过艺术思维构思而形成独特的意象，并物化而产生作品。第三阶段：艺术接受，欣赏者遇见作品并产生自己的理解和看法。这其中必然涉及四个要素：世界、作者、作品、接受者。这四个要素用图式表现为：

世界──→作家──→作品──→接受者

如果上述图式中的作品是小说文本，接受者是一位画家，那么这一过程还会延续：画家会根据自己对文本的理解和日常生活经验的感知来创作出图像。接受者阅读图像，体会图像表达的意义。实际上这就是清代《红楼梦》图像世界产生的一个过程，整个过程用图式表现为：

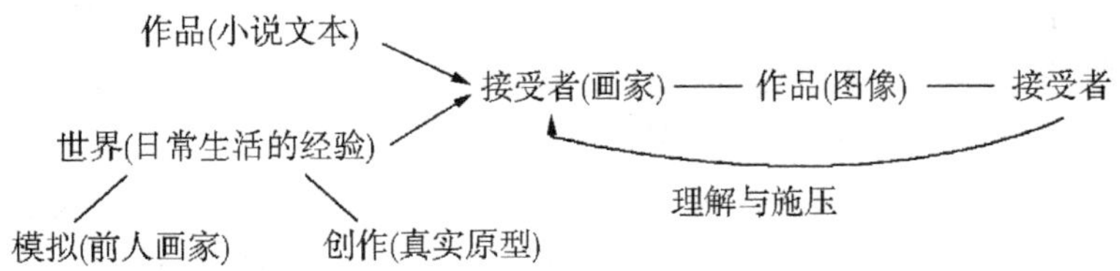

画家根据自己对文本的理解和接受来再现图像，同时受到前辈画家红楼画作的影响以及日常生活客观世界体验的局限，另外也不可避免地受到来自图像观看者(受者)层面理解和接受程度的施压。但另一方面，作品一旦成型就独立于世了。清代《红楼梦》图像世界的独立性，首先表现在画家与观者在故事理解和接受层面上的独立性；更深一层的是图像世界对于原著文本的独立性，其在展现故事上独立承担叙事的功能，并在人物造像上形成了独特的清代《红楼梦》集体性视觉形象集群。图像世界虽然脱胎于原著文本，但在其成长过程中，受之以观者和画家日常生活“接受”的血肉，仿佛是那托莲藕重生的哪吒，早已不再是李靖的亲生子了。清代《红楼梦》的图像世界独立于文本，其用特有的形象手段来展现“故事”，不断地重构和变化着文本，乃至形成了清代《红楼梦》人物视觉形象的集体性理解集群。这一清代《红楼梦》人物视觉形象集群是由集体理解来建构的，这种集体性的理解基于图像世界日复一日的创作、积累和改造，对于原来只存在于文本中的人物，以受众集体理解接受的形式而成为鲜活的视觉形象。在今天，无论是黛玉、宝玉、宝钗、王熙凤还是袭人、晴雯、紫鹃，哪怕是贾母、贾政，乃至整个大观园中的人物在我们心目中想来都有一个较明确的视觉形象，这些视觉形象集群在不同的观者中又相对达到了基本的一致。这种一致的视觉形象集群并非都来自文本意象，更多的恐怕是来自 1987 版电视剧或《红楼梦》连环画。而今天的电视剧和连环画在视觉理解上则取自前辈画家们留下的清代《红楼梦》图像世界中所塑造的红楼人物集体性视觉形象集群。从这个意义上来讲，清代《红楼梦》集体性视觉形象集群的形成正是清代《红楼梦》图像世界独立性的终极表现。

我们前面第二章在叙述宝玉和十二钗造像比较时，曾提到过梅兰芳先生讲过的一个故事，讲的是光绪年间演红楼戏，演黛玉的演员扮相遭观众集体哄笑不买账的事。这正是当时清代受众已形成较一致的《红楼梦》集体性视觉形象集群的明证。梅兰芳先生在清末民初新创三出红楼戏《黛玉葬花》、《千金一笑》(晴雯撕扇)、《俏袭人》(花解语)，引起轰动，《黛玉葬花》更是成为普遍认可的佳作。这固然是因为梅氏在京剧传统艺术改良、创新上探索，但其扮演的黛玉形象接近受众心目中黛玉的集体性视觉形象也是极为重要的原因。梅兰芳的黛玉造型(图 75)：梳高髻，饰以珠翠花钗，上穿藕荷色软绸短袄，下穿白色绣花百褶裙，腰间围以薄纱小裙，外系丝带，并缀以玉佩，手执花帚，肩担花锄，弱柳扶风，姣花照水，活脱脱是从长春宫壁画或孙温绘本中走出来的人物。当时的评论者这样描述自己的观感：“第三场即黛玉上场。梅郎状之，服古装，惟上场时，外长衫作蔚蓝色。当其飘然而出也，观者神往，恍疑仙子飞来，颦卿都活。”①强调其服“古装”。梅兰芳先生未必见过长春宫壁画或孙温绘本，但从清代《红楼梦》图像世界所形成的集体性视觉形象集群中早已明了受众所理解和接受的黛玉形象了，这也是他所饰演的黛玉在外形扮相上获得成功的关键原因。

图 75　梅兰芳《黛玉葬花》老剧照

大众化的图像叙事在消解着文字叙事的深刻性，并引发了某种标准化、定型化的倾向，一千个人读哈姆雷特就有一千个哈姆雷特是文字叙事时代思考的产物，随着清代《红楼梦》图像世界的不断构建，故事中的人物造型、人物性格不断地为图像叙事所定格，并被深深印入观者的头脑，不仅如此，图像叙事使模仿代替了个人的思考，叙事中人物的衣着发型动作甚至语言逐渐成了一种普遍理解中的“集体性视觉形象集群”。

二、《红楼梦》“普通知识”的成型

清代《红楼梦》图像世界独立于文本，形成了集体性视觉形象集群，进而对《红楼梦》“普通知识”的成型起到了关键的作用。在这里我们借用了

① 梅花馆主：《梅兰芳初演〈黛玉葬花〉》，《申报》1939 年 1 月 16 日 16 版，转引自蔡世成辑选《〈申报〉京剧资料选编》，上海京剧志编辑部 1994 年，第 463 页。

贡布里希先生在《理想与偶像》开篇“普通知识的传统”一文中所提及的“普通知识”的提法，大致是一种类比。贡布里希先生在文中主要是谈到普通知识传统的衰落和价值，他认为普通知识已经不普通了，他将其描述为“隐喻之源”(sources of metaphor)：“每一种文化都有这样一些为人赞赏的隐喻之源在它的成员中促进了交流的进行……这些象征符号的生命力如此之强，以至于在信仰衰落以后还能幸存。”《红楼梦》“普通知识”大致可以描述成在汉民族文化中由《红楼梦》典故带来的具有隐喻之源的常识，这些常识以普通知识共享的形式在整个文化团体中流传和运用。比如我们到现在还常说“长得跟林黛玉似的”，“这回可真是刘姥姥进了大观园”，“你以为你是贾宝玉啊?”，等等。诸如此类的话对于汉文化圈里的普通大众是如此的熟悉、亲切，几乎不需要任何方式的累攒就能达到群体心理上的“暗合”。

这种《红楼梦》“普通知识”的成型需要一个漫长的过程，也决非由原著文本来独立界定，它更多的是在文本视觉化(戏曲、图像)和口语化过程中通过大众的“接受”和“重构”而建立起来的通俗理解。而清代《红楼梦》图像的世界正是普通大众建立《红楼梦》“普通知识”的一个“源链接”。熟悉原著的人都知道曹公独对林黛玉的外貌几乎未进行正面的描写，甚至连服饰也极少提及，因而看完八十回还不知道黛玉长什么样。张爱玲先生十分赞赏曹雪芹描写林黛玉的这种艺术手法，认为其不对衣饰进行具体描述，面貌也只写神情，“通身没有一点细节，只是一种姿态，一个声音”①，因而“长得跟林黛玉似的”这样的“普通知识”所构建的视觉形象来源显然别有途径。我以为清代以来所形成的《红楼梦》图像世界正是这一视觉形象的主要渊源，今人理解中的黛玉形象实际也来源于清代《红楼梦》图像世界所建构的人物视觉形象，因为所有后来成功的电视剧、电影、戏剧造型几乎无一例外受到早已形成的集体性视觉形象集群的制约，任何“创新”都难免遭到观者的哄笑和拒绝，比如新版《红楼梦》电视剧企图用京剧的贴片发饰来“改造”红楼人物的造型，其结果之惨淡有目共睹。这几乎是检验《红楼梦》视觉化形象成功与否的不二法门。

文至于此，有人会问，《红楼梦》“普通知识”是否是在现代才成型的呢?上文提到的这些个隐喻今天的人也这样说的。实际上我以为在清代，《红楼梦》“普通知识”已经成型。据光绪十三年刊本的解盦居士著《悟石轩石头记集评》载，时人的游戏图中已经出现了“游大观园图”：“都门所刊‘游大观园图’，系仿‘揽胜图’之式。”事实上以《红楼梦》中故事情节为游戏出现

① 张爱玲：《红楼梦魇》，上海古籍出版社1995年版，第7页。

得更早,《增刻红楼梦图咏》悟痴生序中云:“余忆同治间尝于某戚家得‘红楼警幻图’,其制如升官图,以德、才、情、过,配骰色而掷之,而各举其事,以系升降,至警幻而止。喜其编次之精，乞稿付梓，继而饥驱奔走，不遂所愿，旋为好事者取去。”[①]这里所提及的时人热衷的游戏图,即是以《红楼梦》的情节和人物为游戏主线的棋牌玩具。笔者曾在国家图书馆古籍部见过一张名为“游戏大观园全图”(图 76)的清代红楼梦游戏升官图纸,其玩法与悟痴生所说的“红楼警幻图”有相通之处,其图约 50 cm×50 cm 见方,旋转向心的升官图制式。中心为“太虚幻境”,沿途绘有人物或建筑,如“贾氏宗祠”处写“至此占香停,输不得走”,如“板儿”处写“至此给买糖钱”,诸如此类。玩时用骰子按玩者人头掷点数,掷到一即为宝玉、二为宝钗等等确定玩家,然后自最外围的“金陵城”起马,掷到几点走几步,以先到“太虚幻境”为胜。此图做工粗糙、年份不考,应为坊间刻印。可见其时《红楼梦》故事流传极为普及,普通百姓也对其中的人物、故事情节十分熟悉,以至于拿

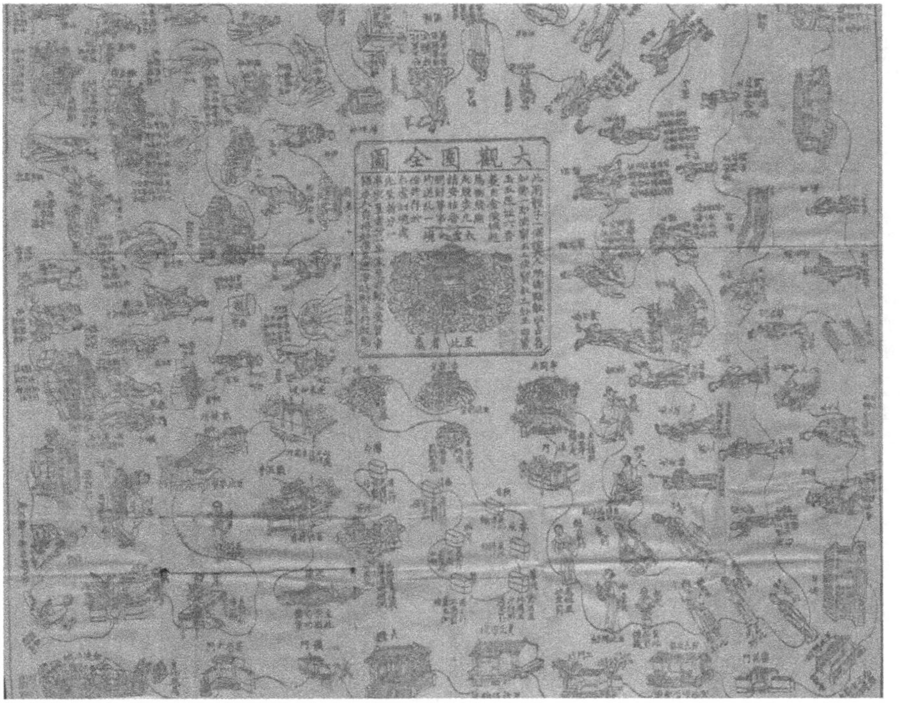

图 76　游戏大观园全图[②]

① 悟痴生:《王墀〈增刻红楼梦图咏〉序》,上海书店出版社 2006 年版,第 6 页。

② “游戏大观园全图”藏于国家图书馆古籍部,该图为据原图拍摄。

来作为游戏玩耍。我们前文讲到《红楼梦》原文中提及不识字的丫鬟大娘都能随口说出《西厢记》典故来调侃，正是曹公时代《西厢记》"普通知识"成型的明证。那么曹公以后的清代社会中《红楼梦》的流行更胜于西厢，大量的说书、戏曲，特别是清代《红楼梦》图像世界所建构的视觉形象集群，已经基本构建起了清代《红楼梦》的"普通知识"。

另外，清末浙江女诗人徐畹兰还曾发明过很雅致的"红楼梦戏谱"的叶子戏，这是一种八十四张牌数，四人或二人入座同玩的游戏。清鬘华室女史撰有《红楼叶戏谱》一卷，对其详细玩法有记载，并注明："此为我乡徐曼仙女史所创闺中游戏，生面别开。"徐畹兰为德清人，字曼仙。所谓叶子戏，又称叶子，是纸牌游戏的一种。叶子戏在我国有很长的历史，最早的记载是唐人苏鹗的《同昌公主传》，其中对叶子戏有过详细描述。至清代其样式及打法已基本完善，并有逐渐演变至马吊牌的说法。明代叶子牌的牌面常绘有人像，著名的《水浒叶子》即从这种木版印刷的纸牌演变而来。1929 年鲁迅在《近代木刻选集·小引》中说："印着极粗的木版图画的纸牌；这类纸牌，我们至今在乡下还可看见。"[①]叶子戏的玩法是依次抓牌，大可以捉小，与西方纸牌是一脉相通的。徐畹兰的八十四张红楼叶子牌都是以人物为牌面，以大压小，因而玩者必然要求对红楼人物的知识有较为深入的了解，否则根本不可能玩这个游戏。无论是较浅俗的升官图，还是较雅致的叶子戏，此类游戏必然需要玩家具备一定的《红楼梦》"普通知识"，而这类游戏在清代的风靡，也从侧面向我们展现了清代《红楼梦》"普通知识"的成型脉络，另外这些游戏也必然更为广泛地传播了清代《红楼梦》的"普通知识"。当清代《红楼梦》图像世界的视觉经验转化为逻辑语义上的"普通知识"时，在隐喻层面上完成了图像向文字的再一次转化，图像的内容参与生成了逻辑语义上用文字来展现的"普通知识"。

---

① 鲁迅：《鲁迅全集》(第七卷)，第 319 页。

结 论

钱锺书先生在他的《七缀集》中收有一篇《通感》,文里说道:“在日常经验里,视觉、听觉、触觉、嗅觉、味觉等感觉往往可以彼此打通或交通,眼、耳、舌、鼻、身各种功能的领域可以不分界限。颜色似乎有温度,声音似乎会有形象。”[①]先生虽然纯是从语言的角度去发掘诗词中的“通感”,但文学通感的达成的先决条件就是信息接受者各种人体感官体验的彼此打通。语言文字是一种理性的逻辑思维,它帮助人们将直观感受到的感官体验和由此而来的感性情绪建构成头脑中的理性思维体系,即人的心理。系统的语言是人和禽兽分离的重要工具,是人们感官体验的归纳、总结。视觉作为人体所有感官中最为重要的通道,具有直通内心世界的感性体验,感性体验在头脑中的记忆、识别依赖于理性语言的逻辑建构,而理性语言又是通过编码和解码来唤起人们的感官体验和感性情绪的,从而完成表达内心、信息交流和经验传承的。如此看来,作用于视觉直观感性通道的图像与作用于理性逻辑思维通道的文字确实具有暗通之款曲。这种款曲也与人体的“通感”类似,是不同渠道源流之汇至大海,无非通向人类隐秘的内心深处。对受众来讲,无论是文字的叙述还是图像的展现,最终都会转变成为内心所理解、领会的感受,两者“殊途同归”最终在接收者的内心记忆中留下了不分彼此的印记。文字叙述在阅读者的头脑中可能是一些付诸感官的场景和画面;同样图像展现在观看者的头脑中也可能是形成一些逻辑性理解的思维片段,而思维片段总是由语言来组织的。

戴维·麦克道格尔(David MacDougall)曾从人类学的角度探讨视觉信息,他在《人类学中的视觉信息》[②]一文中曾经提到,视觉人类学关注的不

① 钱锺书:《七缀集》,三联书店2002年版,第68页。

② David MacDougall:“The visual in anthropology”, in MarcusBanks and Howard Morphy (eds.) Ret hinking Visual Anthropology, New Haven and London: Yale University Press, 1997, p276—95.

是视觉本身，而是渗透、编码于视觉中的文化系列关系，人类学可以解读视觉中的关系，也可以运用视觉来建构作品，作品以更为丰富的知觉来解释文化是如何渗透、模塑社会经验的。通过由基于“单词—句子”的思维向基于“形象—序列”的思维转变，建构起了视觉人类学的智性模式。麦克道格尔虽然努力地想将视觉图像界定为一种与语言一样具有逻辑性的思维模式，以便其能独立承担构建人类学的重任，但他也不得不承认图像是以“丰富的知觉”来渗透、模塑社会经验的。实际上“单词—句子”和“形象—序列”不过是“时间”和“空间”的转述，我倒坚持认为视觉图像的优势所在仍然是其“直通内心世界的感性体验”，是一种完全不同于理性语言逻辑思维的“知觉体验”。

麦克道格尔的苦心也可以理解，由于不相信形象具有传递抽象观念的能力，所以传统由语言驱动的学科(a word-driven discipline)都比较忽视视觉图像的世界。弗洛伊德就曾把希伯来人禁止偶像崇拜转而信仰一个不可见的上帝称为是智性上的进步，并且认为摈弃形象对文明的发展极为关键。这正是西方科学发展过程中由分科之学的方式理解世界带来的必然结果：抛弃了那些被认为是无用的，或是无足轻重的部分。加拿大传播学家麦克卢汉早在20世纪60年代就敏锐地发现了症结所在，从1962年的《古登堡群英》到1964年的《理解媒介》，他以反实证、反经验的主观思辨研究，大胆提出了“部落人”与“拼音文字人”或“古登堡人”的区别所在：部落世界里只有口语没有文字，人的各种感官没有分割，全身投入。部落人的感情世界和心理活动非常丰富，他们和部落融为一体，和外部世界融为一体。拼音文字打破了感官平衡，割裂了心理和谐与社会和谐。使用拼音文字的人“开始用序列、线性的方式推理。又开始对数据资料进行分门别类”。拼音文字粉碎了神圣的部落世界，并造成功能、社会阶级、民族和知识的分割。而印刷术(起源于古登堡)更是大大强化了专门化的倾向，西方人由此成了“古登堡人”。他忧心忡忡地写道：“重读写，受割裂的西方人在遭遇自己文化中的电力内爆时，以忠于部落的精神去反对部落。”①

我们注意到麦氏所讲的文字单指“拼音文字”，而非“单字表意”的文字，他曾在《古登堡群英》中赞扬过图形起源的会意文字，认为会意文字是同时调动所有感官的复杂的格式塔完形，会意文字不让形声义分割，而这种分割正是拼音文字的关键所在。言至于此，我们又转回到了中国传统文

① [加]埃里克·麦克卢汉：《理解媒介》，《麦克卢汉精粹》，何道宽译，南京大学出版社2000年版，第268页。

化的精髓上来，实际上在麦氏的著作中不止一次地引用了《道德经》和《庄子》，这或许只是20世纪以来东学西渐的一个注脚，何止是麦克卢汉，在现代西方哲学、文学和艺术领域中我们都能看到东方思想的借鉴和东方文化越来越浓厚的影响。在中国古代思想里"一"的概念始终占据绝对无二的地位。子曰："参乎！吾道一以贯之。"(《论语·里仁》)对这句话的理解，曾子以"忠恕"为解释很让人生气，"忠恕"怎么能是"一"呢？《道德经》第二十二章中，老子有"是以圣人抱一为天下式"之句。四十二章中又解释曰："道生一，一生二，二生三，三生万物，万物负阴而抱阳，冲气以为和。"

我们看到清代《红楼梦》的图像再现文本、独立展现故事，并帮助人们形成了日常生活中的《红楼梦》"普通知识"。清代《红楼梦》的小说与图像之间并非"竞争主次"或简单的"图文互语"，它们之间更是能够"互相转化、此消彼长"而具有"一体无分"的和谐关系。清代《红楼梦》的图像从内容上可以分为人物仕女画、故事画和大观园画三种，分别起源于小说插图中的绣像、回目图和大观园图。人物仕女画再现文本中人物的形象精神；故事画再现文本故事原委因果；大观园图再现文本故事发生的场所空间。三者完美地构建起清代《红楼梦》的图像世界，全景式地展现《红楼梦》文本所叙述的故事。在这里，图像和文字的统一于它们都是"展现故事"的一种渠道。当清代《红楼梦》图像世界随着时间逐渐从以小说中的图像为主发展成为以独立于小说之外的图像为主体时，图像独立"展现故事"的能力更是表露无遗。清代《红楼梦》图像通过中国传统故事画顷间中"时间"和"动态"的展现来打破"凝固瞬间"束缚，独立完成叙事并能使用场景来展现故事的意境，使之情境交融，令观看者目幻其情、身陷其境，正是图像的好处。

清代《红楼梦》的图像与文本两者的"一体无分"的融合与转化并不在于传播者，而在于接收者也就是受众的一方。我们前面讲到作用于视觉直观感性通道的图像与作用于理性逻辑思维通道的文字具有暗通之款曲，这种暗通之款曲是通过接受者来实现的，也就是说最终都会转变成为接受者内心所理解、领会的感受。接受者的视角一直是本书的视角所在。清代《红楼梦》的图像世界是历史流传下来的、由文本和图像接受者"理解"与"解释"的同构。在该对象和他者的统一体关系中，同时存在着历史的实在和历史理解的实在。清代《红楼梦》小说的视觉化过程中包含了多种触发之缘，明清之际市民阶层日常生活的世俗审美趣味壮大，重视人的真实自然的情感；由落后的少数民族建立起来的大清帝国强制推行保守、反动的经济、政治和文化政策；晚清社会中强势的西方文化又带来巨大变化和震动等等。清代《红楼梦》图像的独立世界正是在这一历史大舞台下逐渐自成，其中包容了接受和解释者自我意识的历史深度。当它再次转化为日常生活中所能理解与通用的“普通知识”时，早已打上了“接受者”的烙印，并始终受到这一“理解”视角的制约。

清代《红楼梦》的图像世界明明“无中生有”托幻而生，却又是那么实实在在地存在于日常生活之中。这个图像世界独立而自足，它由文本脱胎而来，又能转化为逻辑思维的“普通知识”。与本书绪论部分阐述的敦煌遗书中“变相”的转化十分一致，“变相”是“经——经变（变相）——变文”，清代《红楼梦》的图像世界也同样经历了“文——图——文”的转化。文至于此，在为“图像”与“文字”的关系下结论时，千言万语，还是古人的那一句话比较精粹：“文者无形之画，画者有形之文，二者异迹而同趣。”（孔武仲《宗伯集》卷一《东坡居士画怪石赋》）。今天，当我们希望重建“图像”与“文字”一体无分的关系、使得两者之间的转化畅通自然时，或许也与麦氏一样，希望能找到恢复人类知觉全能、感官平衡、心理和谐与社会和谐的一种思路。

附　　录　清代《红楼梦》图像大事年表

乾隆二十八年(1763)

曹霑(字雪芹)逝世。

顾洛(号西梅,字禹门)出生。顾洛,浙江钱塘(今杭州)人,清嘉道时名家,擅仕女、山水,亦工花卉。有《香梦沉酣》等红楼画作传世。

乾隆三十八年(1773)

改琦(字伯蕴,号香白,又号七芗,别号玉壶外史)出生。

乾隆四十一年(1776)

汪圻(字甸卿,号惕斋)出生。汪圻,安徽旌德籍,生于江苏扬州。工于仕女,以美丽工整、布置细致著称于世。传世红楼画作有《红楼梦》十二册页的手绘粉本。

乾隆五十六年(1791)

活字程甲本《绣像红楼梦》发行,由程伟元、高鹗主持的历史上第一个《红楼梦》印本,是目前可知最早出现的清代《红楼梦》图像。

乾隆五十七年(1792)

程乙本,是程伟元的第二个《红楼梦》印本,图像与程甲本基本保持一致。

乾隆五十九年(1794)

王素(字小梅,晚号逊之)出生。王素,甘泉(今江苏扬州)人。幼师鲍芥田,又多临华岩,凡人物、花鸟、走兽、虫鱼,无不入妙。道光初与魏小眠、王应祥并驾。咸丰三年(1853)太平天国克扬州,迁邵伯,又迁郭村,逾年返扬。阿英先生在其文章中提及,曾见过一些道光年间流传的印本,其中有《黛玉葬花》《湘云眠芍》《颦儿春困》《晴雯补裘》《海棠联社》《潇湘夜雨》《晴雯撕扇》《宝琴踏雪》八幅屏条。为世所重,惜不传。阿英先生以为,吴岳绘于民国初的《红楼梦七十二花笺》"图甚精细,仿王小某",这里的王小某就是王小梅,或许我们尚可一窥画风。

清代乾隆末期

仲振奎所编的《红楼梦传奇》为清代第一个《红楼梦》曲本,也是第一个插图曲本，该本有绿云红雨山房藏板，卷首附图两幅。

嘉庆元年(1796)

费丹旭(字于苕，号晓楼)出生。

嘉庆四年(1799)

抱青阁木刻本，此本是以"原刻'程甲本'"为底本，并在此次刻印时，对程甲本书字进行了重新校订、修正。其卷首绣像与"程甲本"基本相同，二十四页，前图后赞，其中部分图像文字略有区别，绘刻不及程甲本。有九思堂、本衙藏板本等翻刻本。

嘉庆十五年(1810)

徐宝篆(字湘君，号湘雯、武原女史)出生。徐湘雯善绘仕女，衣褶发饰，精细绝伦。与夫李修易(1811—1861)合作之作品尤为时人所珍。夫故后，仍致力于绘事，远近慕之。今存有她的《红楼梦人物画》册页32幅。其中大部分依改琦的《红楼梦图咏》为粉本，背景布局有所不同，另黛玉、探春、凤姐、鸳鸯、可卿页与改琦画意不同，属自创，另增加宝蟾一幅，作画时间不详。

嘉庆十六年(1811)

东观阁木刻本，卷首二十四页人物绣像，与"程甲本"基本相同。该本在正文行间加了批注、圈点，是《红楼梦》目前已知的第一个正式批点本，在"红学"史上意义重要。

嘉庆二十年(1815)

吴镐(别号荆石山民)的曲本《红楼梦散套》，蟾波阁刻本，书有套数十六，每套附图两幅。

嘉庆二十一年(1816)

改琦《红楼梦图册》完成。

嘉庆二十三年(1818年)

金陵藤花榭木刻本，继东观阁本之后受"程甲本"影响而出现的一个刻本。首程伟元序，次目录，次绣像十五页，前图后赞。

嘉庆二十四年(1819)

张子秋的《续都门竹枝词》中有"试看热车窗子上，湘云犹是醉憨眠"之句。

道光十二年(1832)

王希廉评双清仙馆木刻本，《新评绣像红楼梦全传》一百二十回。卷首六十四页绣像，前图后花。

道光十三年(1833)

钱慧安(初名贵昌，字吉生，号清路渔子，一号清溪樵子)出生。其室名双管楼，上海浦东新区高桥镇人，“城隍庙画派”代表画家。布衣，于沪上邑庙一带鬻画自给。流传的红楼画作，据洪振快先生所见有《潇湘妃子》《品茶栊翠》两幅和设色扇面一幅，另有红楼人物画十二组，为杨柳青年画画稿。

道光三十年(1850)

《妙复轩评石头记》手抄本，“妙复轩”是张新之的号，另号太平闲人，生平未详。太平闲人在此抄本中“照原本(程甲本)摹绘”了二十四页绣像。抄本中加入手绘图像页，这在整个《红楼梦》抄本系统中是比较少见的。

同治六年(1867)

孙温《石头记》绘本开始酝酿、着手绘制。

光绪二年(1876)

聚珍堂木刻本，为双清仙馆本翻刻，王希廉评，一百二十回。扉页题“光绪丙子年校印，绣像红楼梦，京都隆福寺路南聚珍堂书坊发兑”。首聚珍主人序，次王希廉批序，次程伟元原序，次读花主人戏编“红楼梦论赞”，次王希廉“红楼梦总评”，次周绮“红楼梦题词”，次“红楼梦问答”，次目录，次“音释”，次“大观园图说”次绣像六十四页，后正文。

光绪五年(1879)

李光禄原辑、淮浦居士重编改琦《红楼梦图咏》刊本发行。

光绪七年(1881)

妙复轩评本，湖南卧云山馆刊本。扉页题“光绪辛巳新镌妙复轩评本绣像石头记红楼梦”。首程伟元序，次同治十二年(1873)孙桐生序，次光绪二年(1876)孙桐生跋，次绣像二十页，次太平闲人“红楼梦读法”，次目录，后正文。图像人物与藤花榭本大致相同，但增加了太君、薛宝琴、尤三姐、香菱袭人、晴雯五页。这五页绣像虽在早期“程甲本”中就有，但它们的表现内容却与程本并不完全相同，人物和背景略有所变化。

光绪八年(1882)

上海点石斋出版王墀《增刻红楼梦图咏》照相石印本，上下两册。是《红楼梦》刊本中的第一个石印本。

光绪十年(1884)

上海同文书局《增评补图石头记》石印本，一百二十卷本，共16册。此本扉页题“增评补图石头记”。卷首程伟元序，次护花主人批序，次太平闲人读法附补遗、订误，次护花主人总评，护花主人摘误，大某山民总评，明斋主人总评，或问，读花人论赞，周绮题词，大观园影事十二咏，大观园图及图说，音释，次目录，次绣像，后正文。卷首有十九页绣像，前图后赞。

上海同文书局《增评补像全图金玉缘》石印本，一百二十回。王希廉、张新之、姚燮评。

李鞠侪《石头记新评》点石斋石印巾箱本，题“金玉缘画册”。见存者凡三百余幅，是《红楼梦》图像中的巨制。

吴友如在上海主绘《点石斋画报》，名噪一时。内容以时事画为主，笔姿细腻，对清廷的腐朽统治、外国资本主义的侵略以及人民的疾苦和反抗，都有所反映。

光绪十一年(1885)

上海广百宋斋《增评补图石头记》铅印本，图序同上同文书局《增评补图石头记》石印本。

光绪十二年(1886)

重建颐和园，其中的彩绘长廊枋上有《红楼梦》图像20幅。

王希廉、姚燮评《增评绘图大观琐绿》铅印本。扉页题“增评绘图大观琐绿”，背面题“光绪十有二年六月校印”。此本图像卷首绣像、每回前的一页两幅回目画，与广百宋斋本完全相同，但在卷首缺一张“大观园图”。

光绪十四年(1888)

王钊《红楼梦写真》画册，云声雨梦楼石印本，一册。为依据《红楼梦》回目作画，每回绘图两幅，三十二回，共六十四幅。

光绪十五年(1889)

上海同文书局《增评补像全图金玉缘》石印本，王希廉、张新之、姚燮评，两函十六册。封面背面题有红字“铁城广百宋斋藏本上海同文书局石印”，则此本是以铅印本的《增评补图石头记》为底本，改以石印技术印刷而成。

王希廉、张新之、姚燮评《金玉缘》，沪上石印本，十六册。封面为粉白相间的花纹图案，左侧题“金玉缘”，下端有一小字“锦”；右侧靠近书背题有“共十六册以锦绣回环莺花表里宝马红桥画船绿水为次第”，即十六册每册都用一个字来指称。其扉页题“增评补像全图金玉缘”，背面题“己丑仲夏沪上石印”。

光绪十六年(1890)

吴友如独资创办《飞影阁画报》，该刊形式与《点石斋画报》类似，但内容着意于仕女人物，新闻则偏于闾巷传闻。

光绪十八年(1892)

古越诵芬阁《绣像全图增批石头记》刊本，王希廉、姚燮评。一百二十卷，十六册。封面左侧题“绣像全图增批石头记华孙题”，扉页题“古越诵芬阁板护花主人黄原批、大某山民姚加评石头记泉唐毛承基署”，背面题“光绪十八岁次壬辰秋八日重校覆印”。

光绪十九年(1893)

《飞影阁画报》出至百期后易主。同年秋吴友如改出《飞影阁画册》，每逢朔望出版，出至第十期时，因病去世。《飞影阁画册》中就有吴友如的《红楼梦十二金钗》，图甚精工，有点石斋画报风格。

吴友如病逝后，周慕桥于5月接办《飞影阁画报》，改名为《飞影阁士记画报》，到1894年6月停刊。其中就有周慕桥的《红楼十二金钗图》，其画风模仿吴友如较为明显。

光绪二十四年(1898)

上海石印本，《增评补图石头记》王希廉、姚燮评，一百二十卷，十六册。扉页题“增评补图石头记”，背面题“光绪戊戌季夏上海石印”。卷首、正文等，大致与前本相同。图像内容与其他此前各石印本相比，有很大的差异。卷首有绣像十九页，前图后赞。卷首也有一张《大观园图》，有景无人。正文中还有一百二十页回目画，内容与广百诵斋铅印本相同。

光绪二十六年(1900)

石印本《绣像全图增批石头记》王希廉、姚燮评，一百二十卷。扉页题“绣像全图增批石头记悼红轩原本钟山居士题”，背面题“光绪廿有六年庚子石印”，中缝题“增评补图石头记”。卷首同前，但其中图像独具一格。绣像为二十四页，人物绣像除警幻仙子以外，各配有赞语和花。正文中的回目画以回目为题，每四回前两页八幅。

光绪二十九年(1903)

孙温《石头记》绘本大体竣工。

光绪三十二年(1906)

上海桐荫轩《足本全图金玉缘》石印本，王希廉、蝶芗仙史评，一百二十卷，十六册。扉页题红字“足本全图金玉缘光绪丙午九秋石芗”，背面亦题有“光绪丙午菊秋月上海桐荫轩石印”。此本图像内容与光绪十五年(1889)沪上石印本基本相同，但通过比较可以看出略有区别。全套书共有十六册，其中第一册为卷首和部分绣像，第二册前半为绣像，后半为正文。从第二册到第十六册，在一册开头都有这册书中所包括回目的回目画，一回一幅，取沪上石印本之回目画一页两幅中的前一幅，但在这幅画上题有回目两句。卷首绣像是沪上石印本的节选，仅有六十页，卷首绣像人物随意挑选。甚至连妙玉这样的重要人物绣像在此本中也没有踪影的。同时桐荫轩把原在绣像中缝的文字移到了绣像中，回目画数量大为减少，且位置有所变化。

光绪三十四年(1908)

求不负斋《增评全图足本金玉缘》石印本，王希廉、张新之、姚燮评，一百二十回，十六册。扉页背面题“光绪戊申九月求不负斋印行”。卷首同前，中缝题“图注金玉缘”。有卷首绣像及回目画，其图像与光绪十五年(1889)沪上石印本《金玉缘》相同，只是在卷首图像数量、版式排列等方面略有不同。卷首绣像十三页，除青埂峰石绛珠仙草、宝玉金锁外，共有人物四十二个，这些图像及其赞语在版式格局上，呈现不规则排列，既有一页前图后赞、前赞后图的，也有一页两面左图右赞的，没有一定标准，多处将人物与其赞语颠倒错乱，如将宝钗、尤氏的赞语互换。

光绪年间

故宫长春宫游廊绘有十八幅以《红楼梦》为题材的巨幅设色壁画。

悼红轩《增评补图石头记》石印本，一百二十回。署“东洞庭护花主人评”“蛟州大某山民加评”，版心署“悼红轩原本”，卷首绣像一十八页图单面方式，绣像中只有人物，略有些许道具，没有环境背景。图像刻画细腻，但原书未见刊记，版本详细情况待考。

天津杨柳青、苏州桃花坞，还有山东潍坊等一些木刻年画作坊都出现了大量《红楼梦》年画作品。据阿英先生在《杨柳青红楼梦年画作品集》中所说，现存最早的年画都是杨柳青在光绪年间的刻本。

参考文献

古籍善本

[1] 新镌全部绣像红楼梦:程甲本[M]. 影印本. 北京:北京书目文献出版社,1992.
[2] 新镌全部绣像红楼梦:程乙本[M]. 上海:上海亚东图书馆,1931(民国20年).
[3] 新增批评绣像红楼梦:东观阁本[M]. 影印本. 北京:北京图书馆出版社,2004.
[4] 藤花榭藏板绣像红楼梦[M]. 刊本. 24册. 1818(嘉庆二十三年)左右.
[5] 佛山连云阁藏绣像批点红楼梦[M]. 刻本. 20册. 咸丰年间.
[6] 经纶堂藏板绣像批点红楼梦[M]. 刻本. 24册. 咸、道年间.
[7] 务本堂藏板绣像批点红楼梦[M]. 刻本. 24册. 道光年间.
[8] 双清仙馆新评绣像红楼梦全传[M]. 刊本. 24册. 1832(道光十二年).
[9] 大观园图说[M]//北京聚珍堂绣像红楼梦. 刊本. 24册. 1876(光绪二年).
[10] 翰苑楼新评绣像红楼梦全传[M]. 刊本. 24册. 1877(光绪三年).
[11] 上海广百宋斋增评补图石头记[M]. 铅印本. 16册. 光绪年间.
[12] 古越诵芬阁绣像全图增批石头记[M]. 印本. 16册. 1886(光绪十二年).
[13] 上海同文书局增评补像全图金玉缘[M]. 印本. 16册. 1884(光绪十年).
[14] 上海同文书局详注足本全图金玉缘[M]. 石印本. 16册. 1884(光绪十年).
[15] 上海同文书局增评补像全图金玉缘[M]. 印本. 16册. 1898(光绪二十四年).
[16] 上海同文书局增评加注全图红楼梦[M]. 石印本. 16册. 1925(民国14年).
[17] 增评补像全图金玉缘[M]. 石印本. 16册. 上海:1889(光绪十五年).
[18] 金玉缘[M]. 石印本. 16册. 上海:1889(光绪十五年).
[19] 绣像全图金玉缘[M]. 石印本. 16册. 1898(光绪二十四年).
[20] 绣像全图增批石头记[M]. 石印本. 16册. 1900(光绪二十六年).

[21] 求不负斋增评全图足本金玉缘[M].石印本. 16 册. 1908(光绪三十四年).
[22] 蝶芗仙史.上海桐荫轩增评加批金玉缘图说[M].石印本. 16 册. 1906(光绪三十二年).
[23] 佚名.游戏大观园全图[M].北京:国家图书馆藏.
[24] 谢堃.春草堂集[M]. 影印本.上海:上海古籍出版社,1995.
[25] 汪惕斋.汪惕斋手绘红楼梦粉本[M]. 影印本.北京:中国书店,2004.
[26] 飞影阁画册[M]. 影印本.北京:全国图书馆缩微复制中心.
[27] 脂砚斋重评石头记:庚辰本[M]. 影印本.人民文学出版社,1974.
[28] 古本红楼梦插图绘画集成[M].六卷本.北京:国图文献缩微复制中心.
[29] 高兰墅集[M]. 影印本.北京:文学古籍刊行社,1955.

参阅书籍

[1] 莱辛.拉奥孔[M].朱光潜,译.北京:人民文学出版社,1979.
[2] 张彦远.历代名画记[M].北京:人民美术出版社,1983.
[3] 巴克森德尔.意图的模式[M].曹意强,等,译.杭州:中国美术学院出版社,1997.
[4] E.潘诺夫斯基.视觉艺术的含义[M].傅志强,译.沈阳:辽宁人民出版社,1987.
[5] 柯律格.明代的图像与视觉性[M].黄晓鹃,译.北京:北京大学出版社,2011.
[6] E. H.贡布里希.理想与偶像[M].范景中,杨思梁,译.上海:上海人民美术出版社,1989.
[7] E. H.贡布里希.艺术与错觉:图画再现的心理学研究[M].林夕,等译.长沙:湖南科学技术出版社,2000.
[8] 潘诺夫斯基.图像学研究:文艺复兴时期艺术的人文主题[M].戚印平,范景中,译.上海:上海三联书店,2011.
[9] 范景中.美术史的形状[M].杭州:中国美术学院出版社,2003.
[10] 范景中,曹意强.美术史与观念史[M]. 南京:南京师范大学出版社,2006.
[11] 汉斯-格奥尔格·伽达默尔.诠释学:真理与方法[M].洪汉鼎,译.北京:商务印书馆,2010.
[12] 曹意强,麦克尔·波德罗,等.艺术史的视野[M].杭州:中国美术学院出版社,2007.
[13] 阿英.阿英美术论文集[M].北京:人民美术出版社,1982.

[14] 阿英.红楼梦版画集[M].上海:上海出版公司,1955.
[15] 阿英.红楼梦戏曲集[M].北京:中华书局,1978.
[16] 阿英.杨柳青红楼梦年画集[M].天津:天津美术出版社,1963.
[17] 威廉·亚历山大.1793英国使团画家笔下的乾隆盛世:中国人的服饰和习俗图鉴[M].沈弘,译.杭州:浙江古籍出版社,2006.
[18] 洪振快.红楼梦古画录[M].北京:人民文学出版社,2007.
[19] 陈平原.看图说画[M].上海:三联书店,2003.
[20] 改琦.改琦红楼梦人物图册[M].杭州:西泠印社出版社,2007.
[21] 改琦.红楼梦图咏[M].北京:北京图书馆出版社,2004.
[22] 刘精民.王墀增刻红楼梦图咏[M].上海:上海书店出版社,2006.
[23] 孙温.孙温绘全本红楼梦[M].北京:作家出版社,2007.
[24] 罗兰·巴特.一个解构主义的文本[M].汪耀进,武佩荣,译.上海:上海人民出版社,1997.
[25] 奥古斯丁.忏悔录[M].周士良,译.北京:商务印书馆,1963.
[26] 红楼梦研究室.红楼梦研究资料丛书甲编:大观园研究资料汇编[M].北京:文化部文学艺术研究院,2011.
[27] 王国维.蔡元培.红楼梦评论·石头记索隐[M].上海:上海古籍出版社,2011.
[28] 曹雪芹.红楼梦[M].北京:人民文学出版社,1957.
[29] 曹雪芹.脂砚斋重评石头记:甲戌校本[M].北京:作家出版社,2000.
[30] 张爱玲.张爱玲典藏全集:红楼梦魇[M].哈尔滨:哈尔滨出版社,2003.
[31] 钱穆.论语新解[M].成都:巴蜀书社,1985.
[32] 杜春耕.红楼梦烟标精华[M].北京:北京图书馆出版社,2002.
[33] 王树村:民间珍品图说红楼梦[M].台湾:朝花美术出版社,1996.
[34] 黄凤池.唐诗画谱[M].郑州:河南大学出版社,2004.
[35] 杭州大学教育革命组.红楼梦诗词曲赋评注[M].内部教学参考资料.杭州,1970.
[36] 一粟.红楼梦书录[M].上海:上海古籍出版社,1981.
[37] 沈从文.中国古代服饰研究[M].上海:上海书店出版社,2011.
[38] 祝重寿.中国插图艺术史话[M].北京:清华大学出版社,2005.
[39] 郑振铎.中国古代木刻画史略[M].上海:上海书店出版社,2010.
[40] 郑尔康.郑振铎艺术考古文集[M].北京:文物出版社,1988.
[41] 傅惜华.中国古典文学版画选集[M].上海:上海人民美术出版社,1981.
[42] 阿英.小说四谈[M].上海:上海古籍出版社,1985.

[43] 鲁迅.中国小说史略[M].上海:上海古籍出版社,2006.
[44] 薛冰.插图本[M]. 南京:江苏古籍出版社, 2002.
[45] 清溪道人.禅真逸史[M].上海:上海古籍出版社,1996.
[46] 何延喆.改琦评传[M].天津:天津人民美术出版社,1998.
[47] 梁启超.中国历史研究方法[M].石家庄:河北教育出版社,2003.
[48] 周汝昌.红楼小讲[M].北京:北京出版社,2002.
[49] 陆尊梧.中国典故[M].上海:东方出版中心,1998.
[50] 高阳.红楼一家言[M].上海:三联书店,2001.
[51] 章乃炜.清宫述闻[M].北京:紫禁城出版社,1990.
[52] 董捷.明清刊《西厢记》版画考析[M].石家庄:河北美术出版社,2006.
[53] 罗刚.叙事学导论[M].昆明:云南人民出版社,1994.
[54] 约翰·伯格.观看之道[M].截行钺,译.桂林:广西师范大学出版社,2005.
[55] 魏绍昌.红楼梦版本小考[M].北京:中国社会科学出版社,1982.
[56] 朱一玄.红楼梦资料汇编[M].天津:南开大学出版社,2001.
[57] 吕启祥,林东海.红楼梦研究稀见资料汇编[M].北京:人民文学出版社,2001.
[59] 黄宾虹,邓实.美术丛书:第一册.[M].南京:江苏古籍出版社,1986.
[60] 郑庆山.脂本重校石头记[M].北京:作家出版社,2003.
[61] 王慧.大观园研究[M].北京:中国社会科学出版社,2008.
[62] 红楼梦研究室.大观园研究资料汇编[M].北京:文化部文学艺术研究院,1979.
[63] 曹雪芹,高鹗.红楼梦:三家评本[M].上海:上海古籍出版社,1988.
[64] 道格拉斯·凯尔纳,斯蒂文·贝斯特.后现代理论——批判性的质疑[M].张志斌,译.北京:中央编译出版社,1999.
[65] 阿莱斯·艾尔雅维茨.图像时代[M].胡菊兰,张云鹏,译.长春:吉林人民出版社,2003.
[66] 罗兰·巴特.文之悦[M].屠友祥,译.上海:上海人民出版社,2002.
[67] 马克思主义文艺理论研究编辑部.美学文艺学方法论[M].北京:文化艺术出版社, 1985.
[68] 清代宫史研究会.清代宫史求实[M].北京:紫禁城出版社,1992.
[69] 蔡义江,杜春耕,等.红楼梦导读[M].哈尔滨:黑龙江教育出版社,2003.
[70] 郑振铎.中国古代木刻画史略[M].上海:上海书店出版社,2010.
[71] 孙楷第.中国通俗小说书目[M].上海:上海古籍出版社,1981.
[72] 鲁迅.鲁迅全集:第六卷[M].北京:人民文学出版社,1981.

[73] 戴不凡. 小说见闻录[M]. 杭州:浙江人民出版社,1980.
[74] 首都图书馆. 古本小说四大名著版画全编:红楼梦卷[M]. 北京:线装书局,1996.
[75] 梁廷柟. 曲话[M]. 北京:中国戏剧出版社,1959.
[76] 周心惠. 中国古版画通史[M]. 北京:学苑出版社,2000.
[77] 朱国荣. 中国美术之最[M]. 上海:上海书店出版社,2005.
[78]《申报》影印本[M]. 上海:上海书店出版社,2008.
[79] 张静庐. 中国现代出版史料:乙编[M]. 北京:中华书局,1957.
[80] 鲁迅. 鲁迅全集:第四卷[M]. 北京:人民文学出版社,1981.
[81] 王树村. 中国民间美术全集:绘画卷[M]. 长春:吉林美术出版社,2002.
[82] 冯骥才. 中国木版年画集成:杨柳青卷[M]. 北京:中华书局,2007.
[83] 鲁迅. 魏晋风度及其他[M]. 上海:上海古籍出版社,2000.
[84] 叶德辉. 书林清话[M]. 上海:上海古籍出版社,2008.
[85] 香港艺术馆,香港市政局. 从北京到凡尔赛——中法美术交流[M]. 香港:1997.
[86] 郑振铎. 郑振铎艺术考古文集[M]. 北京:北京文物出版社,1988.
[87] 宋元放. 中国出版史料[M]. 济南:山东教育出版社,2001.
[88] [日]冈大路. 中国宫苑园林史考[M]. 常瀛生,译. 北京:农业出版社,1988.
[89] 龚自珍. 龚自珍已亥杂诗注[M]. 北京:中华书局,1980.
[90] 俞剑华. 中国绘画史[M]. 南京:东南大学出版社,2009.
[91] 张大明. 颐和园长廊彩画故事[M]. 北京:新世界出版社,2003.
[92] 杨公骥. 杨公骥文集[M]. 长春:东北师范大学出版社,1998.
[93] 隋树森. 元曲选外编[M]. 北京:中华书局,1980.
[94] 尧斯. 审美经验与文学解释学[M]. 上海:上海译文出版社,1997.
[95] 钱锺书. 七缀集[M]. 上海:三联书店,2007.
[96] 钱锺书. 管锥编[M]. 上海:三联书店,2007.
[97] 卡尔·波普尔. 通过知识获得解放[M]. 范景中,李本正,译. 杭州:中国美术学院出版社,1996.
[98] 阿尔维托·曼古埃尔. 意像地图——阅读图像中的爱与憎[M]. 薛绚,译. 昆明:云南人民出版社,2004.
[99] 邓云乡. 红楼风俗谈[M]. 北京:中华书局,1987.
[100] 俞剑华. 中国古代画论类编[M]. 北京:人民美术出版社,2007.
[101] 保罗·乔伊斯. 霍克尼论摄影——和保罗·乔伊斯的谈话录[M]. 李孝贤,郭昌晖,译. 北京:中国摄影出版社,1994.

[102] 高中甫. 歌德接受史[M]. 北京：社会科学文献出版社，1993.
[103] 李泽厚. 美学三书：美的历程[M]. 合肥：安徽文艺出版社，1999.
[104] 阿瑟阿萨·伯格. 通俗文化媒介和日常生活中的叙事[M]. 姚媛，译. 南京：南京大学出版社，2000.
[105] 汉斯·罗伯特·尧斯. 审美经验与文学解释学[M]. 顾建光，等，译. 上海：上海世纪出版集团，2006.
[106] 蔡世成.《申报》京剧资料选编[M]. 内部发行. 上海：上海市文化局当时资料征集组，1994.
[107] 张雯. 清代杨柳青《红楼梦》年画对原著的“接受”与“重构”[M]. 北京：线装书局，2011.
[108] 郑逸梅. 书报话旧[M]. 上海：学林出版社，1983.
[109] 月楼轩. 改琦红楼梦图咏[M]. 北京：中国书店出版社，1984.
[110] 周慕桥. 大雅室画宝[M]. 北京：中国书店出版社，1996.
[111] 徐悲鸿. 奔腾尺幅间[M]. 天津：百花文艺出版社，2000.
[112] 王树村. 中国民间美术全集：绘画卷[M]. 长春：吉林美术出版社，2002.
[113] 鲁忠民. 洋画儿：红楼梦绣像[M]. 北京：人民美术出版社，2003.
[114] 土默热. 土默热红学[M]. 长春：吉林人民出版社，2006.
[115] 钱慧安. 钱慧安人物画谱[M]. 天津：天津人民美术出版社，2000.
[116] 沃尔夫冈·伊瑟尔. 阅读过程：一种现象学方法探讨[M]//西方 20 世纪文论选：第 3 卷. 中国社会科学出版社，1989.
[117] David MacDougall. The visual in anthropology, in MarcusBanks and Howard Morphy(eds.) Ret hinking Visual Anthropology[M]. New Haven and London: Yale University Press, 1997.

论文文献

[1] 阿英. 漫谈红楼梦的插图和画册[J]. 文物，1963(6).
[2] 孙逊.《红楼梦》绣像、文学和绘画的结缘[C]//93 中国古代小说国际研讨会论文集，北京：开明出版社，1997.
[3] 安东尼·卡斯卡蒂. 柏拉图之后的文本与图像[J]. 邓文华，译. 学术月刊，2007(2).
[4] 周密. 文字与图像：以《红楼梦》为个案的传播与接受研究[D]. 上海：华东师范大学硕士论文文库，2006.
[5] 赵青. 论清代“红楼戏”对原著情节内容的取舍[J]. 甘肃联合大学学报：社会科学版，2006(4).

[6] 刘凤玲.论清代红楼戏的改编模式[J].红楼梦学刊,2004(4).
[7] 金凡平.《红楼梦》小说和戏曲文本的叙事方式比较[J].红楼梦学刊,2000(4).
[8] 陈东生,甘应进,周丽艳,等.清代满族风俗与《红楼梦》服饰[J].太原大学学报,2006(3).
[9] 陈东生,甘应进,周丽艳,等.解读《红楼梦》服饰的社会制约因素[J].武汉科技学院学报,2006(10).
[10] 钟正扬.红楼梦服饰研究[J].红楼梦学刊,2005(3).
[11] 张婕.插图与阅读的关系——明代小说、戏曲研究[D].硕士论文文库.
[12] 刘淑丽.从《游仙梦》看清代红楼戏曲的改编、演出[J].红楼梦学刊,2010(3).
[13] 晓红.意象叙事:《红楼梦》审美阐释的独特视角——百年红学意象研究述论[J].河南教育学院学报:哲学社会科学版,2007(1).
[14] 于向东.话本插图的渊源[J].南京艺术学院学报,2008(1).
[15] 王珍.图绘《红楼梦》及其“语-图”互文[J].江西社会科学,2007(9).
[16] 房学惠.卷帙浩繁 富丽精雅——旅顺博物馆藏《红楼梦》图册探析[J].荣宝斋,2007(6).
[17] 张雯.阳春白雪和下里巴人——改琦《红楼梦图咏》与杨柳青《红楼梦》年画比较[J].中华文化画报,2006(12).
[18] 李芬兰.浅析以“程甲本”绣像为代表的《红楼梦》卷首木刻绣像[J].郧阳师范高等专科学校学报,2007(4).
[19] 龙迪勇.图像叙事:空间的时间[J].江西社会科学,2007(9).
[20] 龙迪勇.图像叙事与文字叙事——故事画中的图像与文本[J].江西社会科学,2008(3).
[21] 王多闻.漫谈《红楼梦图咏》及其他[J].辽宁师院学报,1980(4).
[22] 静轩.红楼梦的插图艺术[J].红楼梦学刊,1997(2).
[23] 静轩.改琦:来自红楼梦时代的图像——改琦《红楼梦图咏》研究[J].红楼梦学刊,2006(6).
[24] 张惠.程甲本版画构图、寓意与其他《红楼梦》版画之比较[J].红楼梦学刊,2009(3).
[25] 静轩.艳情人自画红楼——清代《红楼梦》绘画研究[J].红楼梦学刊,2009(4).
[26] 张庆善,杜春耕.《金玉缘图画集》序[J].红楼梦学刊,2003(1).
[27] 周伟平.论改琦《红楼梦图咏》[J].浙江海洋学院学报:人文科学版,

2008(2).
[28] 占跃海.敦煌257窟九色鹿本生故事画的图像与叙事[J].艺术百家，2010(3).
[29] 李宁.四大名著连环画漫谈[J].收藏界，2004(1).
[30] 周虹冰，欧阳雪梅.大观园的造园艺术解读[J].重庆建筑大学学报，2006(2).
[31] 陆涛.叙事的停顿与凝视——关于《红楼梦》插图的图像学考察[J].红楼梦学刊，1997(2).
[32] 秦剑蓝.视觉文化理论与《红楼梦》语图史研究[J].江西社会科学，2009(5).
[33] 李芬兰.《红楼梦》图像传播研究[D].上海师范大学硕士学位论文，2006.
[34] 宋群.叙事与瞬间：再现的再研究[J].西北大学学报：哲学社会科学版，2007(1).
[35] 张庆善.妙复轩评本绣像石头记《红楼梦》序[J].红楼梦学刊，2002(3).
[36] 孙玉明.双清仙馆本新评《绣像红楼梦全传》序[J].红楼梦学刊，2002(1).
[37] 刘继保.王希廉《新评绣像红楼梦全传》探析[J].洛阳师范学院学报，2007(4).
[38] 森中美树.维经堂藏板《绣像红楼梦》版本考略[J].红楼梦学刊，2009(4).
[39] 王怀义.《红楼梦》日常生活史批判[J].红楼梦学刊，2009 (4).
[40] 刘晓明.插图如何叙事——《煲老鸭》的插图与文本叙事[J].广州大学学报，2010(8).
[41] 汪燕岗.古代小说插图方式之演变及意义[J].学术研究，2007(10).
[42] 王俊玲.点石斋与晚清时期的小说图像传播[D].上海师范大学硕士论文，2007.
[43] 龙迪勇.寻找失去的时间——试论叙事的本质[J].江西社会科学，2000(9).
[44] 介子平.老上海的出版业[J].新闻出版交流，2003(3).
[45] 刘畅，王时伟.从现存图样资料看清代晚期长春宫改造工程[J].故宫博物院院刊，2005(5).
[46] 周汝昌.红楼四壁驻长春[J].紫禁城，1981(6).
[47] 王仲杰.长春宫壁画的作者[J].红楼梦学刊，1997(2).

后　记

四年前，不愿放弃两年准备的我，怀着三个月的身孕再次参加了博士生入学考试。十一月份生下宝宝，此时的我已经开始了博士阶段的求学生涯，当时的心情满怀感恩又充满了担心，我永远无法忘记我的导师曹意强先生的包容和教诲。当时由于自身的原因，考前考后乃至录取之后都未敢与导师联系，到了报到的那天，我内心忐忑，简直惭愧得不得了。记得初次见面的曹老师并未露出惊讶责备的神情，反而安慰和鼓励了我，此后更是以宽宏的学者胸襟包容和理解学生，给予我无数的教导和帮助。先生不仅博洽多闻、敏锐严谨，而且谈吐幽默、平易近人，在治学方面则一丝不苟、精益求精，自入学之初便为我们定下了"固守经典"的阅读取向，此后更是以严格的名著翻译来训练学生的思维取向和写作能力。在博士论文的写作方向确定之后，他不断在百忙之中抽出时间来指导我的论文思路和研究方法，甚至帮我确定了论文的具体题目。论文撰写的各个阶段无不浸透老师的心血，此际忆及四年来导师的言传身教，心中泛起的不仅仅是感激，更是一份深深的愧疚。唯有铭记教诲、克己修持，方不负老师之苦心。

张彦远在《历代名画记》中叹曰："若复不为无益之事，则安能悦有涯之生！"淡逸之姿为后辈所慕，我心亦愿自在宽余，常无欲以观其妙。以《红楼梦》为博士论文的选题，是心之所往，亦是意外之喜，也要万分感谢曹老师同意我自主选题，余愿足矣。1987 版《红楼梦》电视剧的作曲王立平先生曾讲他一生没有考过试（都是保送的），如果问人生哪一天是考试的话，就是与导演王扶林见面的那一天。当时早已成名的王立平说："这是我人生最难忘的一天，也是最关键的一天。"从事作曲 30 年，这是唯一一部他自己找上门去要求写的剧曲，他说："因为我太爱《红楼梦》了，也太想写《红楼梦》了。"李泽厚先生曾讲，关于《红楼梦》人们已经说过千言万语，大概也还有千言万语要说。"一朝入梦，终身不醒"的大有人在，我挑了清代《红楼梦》图像这个空当，也只为抛砖引玉。虽粗陋鄙薄，但对我个人而言，论文的写作却使人成长，让我学到了很多。

在论文开题及构思过程中，范景中教授、金观涛教授、杨振宇教授、董捷教授、孔令伟教授以及我的硕士生导师浙江大学的胡晓云教授等都给了我很多宝贵意见，在此表示特别感谢。也要感谢工作单位浙江工业大学之江学院对我进修的支持和资助。此外，我的同门徐玉红、吕作用、巨若星、范白丁，同届博士生刘存有、张文松，我的同事周春、高虹、曾朝阳等，还有我的学生们，他们对我的帮助无法悉数。特别是我的同学许玮，他虽早我一年毕业，却仍常常与我探讨论文思路，还将他本人的写作、翻译等研究成果毫无保留地倾囊相授，并为我开了一些重要的参考书目，对我论文写作的实际帮助很大。

我能一路求学至今，父母是我最大的支柱。成长道路上不管遇到什么困难，他们总能为我撑起一方晴朗的天空。四年来他们帮我抚育稚子，几多辛勤，只为能让我心无旁骛地完成学业，“谁言寸草心，报得三春晖”，父母之恩情做儿女的难以回报。我的丈夫虽然工作繁忙、出差频繁，但仍然支持我的学业，特别是最后的论文写作阶段，我常常夜以继日地赶工，他总是默默地承担着家务诸事，并帮我打字、打印和做一些琐碎的工作。我的小儿转眼已经三周岁多了，他聪明、懂事，总是问我：“妈妈论文写好了吗？”在此论文完成之际，心中诸多感慨，难以言表。

曹公“批阅十载，增删五次”的呕心沥血、淡泊固穷的修为、赤忱痴迷的性情无一不让人击节，也常令晚辈自惭。翻出当年的硕士论文见后记结语是“任他随听见的乐声前进吧，哪怕这声音轻微而遥远”，理想主义者的结局悲壮而决不可怜。回想自工作以来十余年时间无非读书教书、结婚生子，茫茫然碌碌；一个十年又一个十年再一个十年，人生已过三分之一，少年时“虽千万人，吾往矣”的洒脱铭志再读时依旧能感热泪，而今已是换作“洞明豁达”做目标罢了。鼎立之年渐知天命，冷淡求庸在所难免，唯愿长持赤子之心，适中而行。

今晚，夜已深沉。

谨以此书献给曹雪芹先生。

2012 年 4 月于杭州